高职高专"十一五"规划教材

维修电工实训

朱应煌　主编
汤皎平　主审

化学工业出版社

·北京·

本书主要以维修电工中级工基本技能要求为依据，内容分为五篇：常用电工电子仪器仪表使用与维护；继电-接触式控制线路（系统）设计、安装与调试；电子线路安装与调试；常见电气线路故障检修以及电动机基本操作。

　　本书的特点是，融针对性及基础性与综合性于一体，重点突出维修电工操作技能训练基本内容、过程和要求，注重动手能力的培养，编写内容安排了相应的工艺基础知识及一些相关基本理论知识，注重知识与技能的有机结合，符合技能课教学特点，适应实践教学改革发展方向。

　　本书适用于高职、高专电工技术类相关专业维修电工中级工操作技能培训及电工电子实训教学，也可作为企事业单位职工、中职学生维修电工中级工操作技能鉴定考核前强化培训教材。

图书在版编目（CIP）数据

维修电工实训/朱应煌主编. —北京：化学工业出版社，2008.5
高职高专"十一五"规划教材
ISBN 978-7-122-02761-0

Ⅰ.维… Ⅱ.朱… Ⅲ.电工-维修-高等学校：技术学院-教材 Ⅳ.TM07

中国版本图书馆 CIP 数据核字（2008）第 063170 号

责任编辑：王金生　高　钰　　　　　　装帧设计：韩　飞
责任校对：洪雅姝

出版发行：化学工业出版社（北京市东城区青年湖南街 13 号　邮政编码 100011）
印　　装：北京市白帆印务有限公司
787mm×1092mm　1/16　印张 11¼　字数 274 千字　　2008 年 7 月北京第 1 版第 1 次印刷

购书咨询：010-64518888（传真：010-64519686）　　售后服务：010-64518899
网　　址：http://www.cip.com.cn
凡购买本书，如有缺损质量问题，本社销售中心负责调换。

定　　价：20.00 元　　　　　　　　　　　　　　　版权所有　违者必究

前　言

本书共 5 篇 16 章，内容包括：常用电工电子仪器仪表使用与维护；继电-接触式控制线路（系统）设计、安装与调试；电子线路安装与调试；常见电气线路故障检修以及电动机基本操作。

编写时，以项目基本知识点、技能点为切入点，力求结构合理、层次清晰，按项目类型和性质划分章节；以相关基本理论知识、工艺基础知识、操作技能训练具体内容和要求构建章节；操作技能训练内容的表述按课题工作内容、过程和要求相应展开，强调操作步骤与工艺要点，强调训练过程和要求与鉴定考核相一致，做到实际、具体，突出"指导"作用，不仅帮助学生（学员）提高对操作技能鉴定考核内容和要求的认识，更为其实际操作训练起到直接的指导作用，使学生（学员）通过较短时间的强化训练，达到鉴定考核要求。

编写中，力求突出高职实践教学特点，并努力把教学实践经验融入教材编写中来，以"简明、够用、针对、实用"为原则，正确处理理论知识、操作技能及素质的关系，将知识、技术、工艺、方法、素质有机结合。编写内容与教学实训相衔接，有代表性、针对性的练习，有综合性较强的项目，也有基础性的项目、课题，每个项目附有鉴定要素与考核要求、具体考核评分标准和鉴定考核模拟试卷等，符合技能培训教学特点与考核体系，适应实践教学改革要求，操作性强，教、学使用方便。

本书由浙江机电职业技术学院朱应煌主编，丁洪亮老师参加了电子技术中部分内容的编写工作，教研室其他教师以及兄弟院校同行提出了许多宝贵的意见，由汤皎平（高工）及金文兵（教授级高工）审稿，在此一并致谢。

由于编者水平有限，同时时间较为仓促，难免存在一些缺点和不足，敬请读者批评指正。

编者
2008 年 5 月

目 录

第1篇 常用电工电子仪器仪表使用与维护

第2篇 继电-接触式控制线路（系统）设计、安装与调试

第 5 篇　电动机基本操作

第1篇 常用电工电子仪器仪表使用与维护

第1章 基 本 知 识

1.1 万用表

1.1.1 万用表基本应用

（1）用途　万用表是一种可以测量多种电量的多量程便携式仪表。它可用来测量直流电压、直流电流、交流电压、直流电阻等。有的万用表还能测交流电流、电容、电感及晶体三极管的 h_{FE} 值等。

（2）构成　万用表一般由测量机构（表头）、测量线路、功能及量程转换开关三个基本部分组成。

（3）注意事项

① 应仔细检查转换开关位置，即功能和量程选择是否正确，若误用电流挡或电阻挡测量电压，会造成万用表的损坏。

② 万用表在测试时，不能旋转转换开关。需要旋转转换开关时，应先让表棒离开被测电路，以保证转换开关的接触性能。

③ 进行电阻的测量，测量前应首先进行欧姆调零（每次换挡后都应重新调零）。同时严禁在被测电阻带电的状态下进行电阻的测量。

④ 为提高测量精度，测量电阻时倍率的选择应使被测电阻接近该挡的欧姆中心值（使用电阻挡测电阻，仪表内阻等于欧姆中心值，欧姆中心值附近读数最准确）。电压、电流的量限选择，应使仪表指针得到较大的偏转。

⑤ 仪表每次用完后，将转换开关旋至空挡或交流电压最大挡。

另外，使用时，万用表应水平放置，不得受震动、受热和受潮。使用前注意检查是否需机械调零，是否需更换电池。如果万用表长期不用，应将电池取出。

1.1.2 DT-830型数字万用表使用方法

（1）直流电压的测量　将量程开关有黑线的一端拨至"DCV"范围内的适当量程挡，黑笔插入"COM"插口（以下各种测量都相同），红笔插入"V·Ω"插口，将电源开关拨至"ON"，表笔接触测量点以后，显示屏上便出现测量值。量程开关置于×200m挡，显示值以"mV"为单位，其余四挡以"V"为单位。

（2）交流电压的测量　将量程开关拨至"ACV"范围内适当量程挡，表笔接法同上，其测量方法与测直流电压相同。

（3）直流电流的测量　将量程开关拨至"DCA"范围内的适当量程挡，当被测电流小于 200mA 时，红表笔应插入 "mA" 插口，接通表内电源，把仪表串接入测量电路，即可显示读数。若量程开关置于 200m、20m/10A、2m 三挡时，显示值以 "mA" 为单位；置于 200μ 挡，显示值以 "μA" 为单位。当被测电流大于 200mA 时，量程开关只能置于 20m/10A 挡，红表笔应插入 "10A" 插口，显示值以 "A" 为单位。

（4）交流电流的测量　将量程开关拨至 "ACA" 范围内适当量程挡，红表笔也按量程不同插入 "mA" 或 "10A" 插口，测量方法与测量直流电流相同。

（5）电阻的测量　将量程开关拨至 "Ω" 范围内适当量程挡，红表笔插入 "V·Ω" 插口。例如：量程开关置于 20M 或 2M 挡，显示值以 "MΩ" 为单位。2K 挡显示值以 "kΩ" 为单位。

（6）线路通、断的检查　将量程开关拨至 "≫" 蜂鸣器端，红黑表笔分别插入 "V·Ω" 和 "COM" 插口。若被测线路电阻低于 "20Ω"，蜂鸣器发出叫声，说明线路接通。反之，表示线路不通或接触不良。

（7）二极管的测量　将量程开关拨至二极管符号挡，红黑表笔分别插入 "V·Ω" 和 "COM" 插口，将表笔尖接至二极管两端。红表笔接正极，黑表笔接负极，使万用表显示的是二极管的正向电压。若二极管内部短路或开路，显示值为 000 和 1。红表笔接负极，黑表笔接正极，为二极管反向电压的测量，若二极管是好的，显示屏左端出现 "1" 字；若损坏，显示值为 0。

（8）晶体管 h_{FE} 的测量　将被测管子插入 h_{FE} 插口，根据被测晶体管类型选择 "PNP" 或 "NPN" 量程挡，接通表内电源，显示屏上测出管子的 h_{FE} 值。

（9）使用注意事项与维护

① 测量前应校对量程开关位置及两表笔所接的插孔，无误后再进行测量。严禁在测量高电压或大电流时拨动开关，以防产生电弧烧毁开关触点。

② 对无法估计的待测量，应选择最高量程挡测量，然后根据显示结果选择合适的量程。

③ 严禁带电测电阻。用低挡（200Ω 挡）测电阻，可先将两表笔短接，测出表笔引线电阻，据此修正测量结果。用高阻挡测电阻时，应防止人体电阻并入待测电阻引起测量误差。

④ 数字万用表的频率特性较差，测交流电量的频率范围为 45～500Hz，且显示的是正弦波电量的有效值。因此，待测电量是其他波形的非正弦电量，或超过其频率范围，测量误差会增大。

⑤ 仪表保存时应特别注意环境条件，不放置在高温或潮湿的环境。

⑥ 仪表测量误差增大，常常是因为电源电压不足，测量时应注意欠压指示符号，若有此显示，应即时更换电池，每次测量结束都应关闭电源，以延长电池使用寿命。

⑦ 当测电流无显示时，应首先检查熔丝管是否接入插座、熔丝是否烧断。

1.2　兆欧表

兆欧表又称（绝缘）摇表，是一种专门用来测量电气设备、线路绝缘电阻的便携式仪表，在电气安装、检修和试验中应用十分广泛。

一般的兆欧表主要由手摇直流发电机、磁电系比率表以及测量电路等组成。手摇直流发电机的额定电压一般有 500V、1000V、2000V 和 2500V 等几种不同的规格。

1.2.1 兆欧表的选择

主要是选择它的电压及测量范围，其额定电压一定要与被测电气设备或线路的工作电压相适应。高压电气设备绝缘电阻要求高，须选用电压高的兆欧表进行测试；低压电气设备内部绝缘材料所能承受的电压不高，为保证设备安全，应选择电压低的兆欧表。不同额定电压的兆欧表的使用范围如表 1-1 所列。

表 1-1　不同额定电压的兆欧表的使用范围

测 量 对 象	被测绝缘额定电压/V	兆欧表的额定电压/V
线圈绝缘电阻	500 以下 500 以上	500 1000
电力变压器、电机线圈绝缘电阻	500 以上	1000～2500
发电机线圈绝缘电阻	380 以下	1000
电气设备绝缘	500 以下 500 以上	500～1000 2500
瓷瓶		2500～5000

测量范围也应与被测绝缘电阻的范围相吻合，并应不使测量范围过多地超出被测绝缘电阻的数值，以免产生较大的读数误差，如一般测量低压电器设备绝缘电阻时可选用 0～200MΩ 量程的表，一般测量高压电器设备或电缆绝缘电阻时可选用 0～2000MΩ 量程的表。

1.2.2 兆欧表测量使用方法

（1）测量照明或电力线路对地的绝缘电阻　将兆欧表的接线柱（E）可靠接地，接线柱（L）接到被测线路上，线路接好后顺时针摇动兆欧表的发电机手柄，转速由慢渐快，而后手摇发电机要保持匀速，不可忽快忽慢，通常最适宜的速度是 120r/min。一般约 1min 后发电机稳定时，表针也稳定下来，这时表针指示的数值就是所测得的绝缘电阻值。

（2）测量电机的绝缘电阻　将兆欧表的接线柱（E）接机壳，接线柱（L）接到电机绕组上，按上面步骤测量出绝缘电阻。

（3）测量电缆的绝缘电阻　测量电缆的导电线芯与电缆外壳的绝缘电阻时，除将被测两端分别接（E）和（L）两接线柱外，还需将（G）接线柱接到电缆壳芯之间的绝缘层上。

（4）兆欧表使用注意事项

① 测量设备的绝缘电阻时，必须先切断设备的电源。对含有较大电容的设备（如电容、变压器、电机及电缆线路），必须先进行放电。

② 测量前应对兆欧表做必要的检查，即进行开路和短路试验。

③ 兆欧表的引线应用多股软线，但不能用双绞线（应该用单根线分开单独连接）。

④ 测量前，被测线路和设备，必须断开电源，并进行放电。测量完毕对有大电容的设备也要进行放电。

⑤ 被测物表面应擦拭干净，不得有污物（包括漆等），以免造成测量数据的不准确。

⑥ 摇动手柄应由慢渐快，若发现指针指零，说明被测绝缘物可能发生了短路，应立即停止摇动手柄，以防损坏仪表。手摇发电机要保持匀速，不可忽快忽慢而使指针不停地摇摆。通常最适宜的速度是 120r/min。

⑦ 测量具有大电容的设备的绝缘电阻，读数后不能立即停止摇动手柄，否则可能烧坏兆欧表。应在读数后一方面降低手柄转速，一方面拆去接地端线头，在兆欧表停止转动和被

测物充分放电之前，不能用手触及被测试设备的导电部分。

⑧ 测量设备的绝缘电阻时，应记录测量时的温度、湿度及被测试物各有关情况，以便对测量结果进行正确的分析和判断。

1.3 钳形电流表

（1）应用 使用电流表测量电流时，必须停电断开电路以后接入电流表才能进行测量。钳形电流表则是一种可不断开电路测量电流的仪表。互感器式钳形电流表由电流互感器和带整流装置的磁电系表头组成，如国产 MG4 型钳形电流表。有的钳形电流表的测量机构采用电磁系，如国产 MG20、MG21 型钳形电流表，可以交直流两用。

钳形电流表的准确度比较低，一般只有 2.5 级和 5.0 级，但在电力工程中特别是监测电路的运行状况时可以不需要切断电路即能带电测量，因而被广泛采用。几种常用的钳形电流表的主要技术数据如表 1-2 所列。

表 1-2 几种常用的钳形电流表的主要技术数据

名　　称	型号	准确度等级	测量范围	1分钟内绝缘耐压/V
交流钳形电流表	MG4	2.5	电流：0～10～30～100～300～1000A 电压：0～150～300～600V	2000
交直流钳形电流表	MG20	5.0	0～200A，0～300A，0～400A，0～500A，0～600A	2000
	MG21		0～750A，0～1000A，0～1500A	
交流钳形电流表	MG24	2.5	电流：0～5～25～50～250A 电压：0～300～600V	2000
交流钳形电流表	T-301	2.5	0～10～25～50～100～250A 0～10～25～100～300～600A 0～10～30～100～300～1000A	2000
	T-302		电流：0～10～50～250～1000A 电压：0～300～600V	

（2）测量使用方法 使用时，将量程开关转到合适的位置，用食指勾紧铁芯开关，打开铁芯，将被测导线放入到铁芯中央，然后松开铁芯开关，铁芯就自动闭合，被测导线的电流就在铁芯中产生交变磁力线，从而表上就感应出电流，可直接读数。使用时应注意：

① 被测线路电压不得超过钳形电流表所规定的使用电压，以防绝缘击穿，导致触电。

② 若不清楚被测电流大小，应先用最大量程测量，估出被测量，再用合适量程测量。

③ 测量过程中，不得转动量程开关。

④ 为提高测量值的准确度，被测导线应置于钳口中央。

⑤ 为使读数准确，钳口的结合面应保持良好的接触，保持钳口清洁。

⑥ 测量完毕一定要把仪表的量程开关置于最大量程位置上，以防下次使用时因疏忽大意未选择量程就进行测量而造成损坏仪表的意外事故。

1.4 直流单臂电桥

（1）应用 直流单臂电桥又称惠斯登电桥，是根据电桥平衡原理工作的。它用于精确测量中等电阻的阻值。

（2）测量使用方法

① 使用前先将检流计锁扣打开，并调零。

②"R_x"端钮与被测电阻的连接应采用较粗较短的导线，避免用线夹，保证接头接触良好。

③ 估计（粗测）被测电阻的大小，选择合适的桥臂比率。

④ 测量电感线圈的直流电阻时，应先按下电源按钮 SB1，再按下检流计按钮 SB2；测量完毕则应先断开检流计按钮，再断开电源。

⑤ 电桥线路接通后，如果检流计指针向"＋"方向偏转，则应增加比较臂电阻，反之应减少比较臂电阻。

⑥ 发现电池电压不足时，应及时更换，否则会影响电桥的灵敏度。若电源电压超过规定值则有可能烧坏桥臂电阻。

⑦ 电桥使用完毕应切断电源，然后拆除被测电阻，再将检流计锁扣锁上。

1.5　直流双臂电桥

（1）应用　直流双臂电桥又称凯尔文电桥，是在单臂电桥的基础上构成的，常用来测量 1Ω 以下小电阻，它能消除连接导线电阻和接触电阻的影响，取得比较准确的测量结果。

（2）测量使用方法　使用双臂电桥时，除遵守单臂电桥有关事项外，还应注意：

① 被测电阻的电流端钮应接电桥的 C1、C2；电位端钮应接电桥的 P1、P2。实际测量时要从被测电阻引出四根线，注意电位端钮总是接在一对电流端钮的内侧。

② 其工作电流较大，测量要迅速。

1.6　转速表

（1）应用　电工维修中常需要测量电机及其拖动设备的转速，使用的是便携式转速表。离心式转速表是一种机械式仪表，它由机心、变速器、指示器构成。

（2）注意事项

① 选择合适的转速量限和挡位。

② 转速表轴与被测旋转轴接触时应使轴心对准，动作要缓慢，并要使两轴保持在一条直线上。

③ 测量时指针偏转与被测转轴旋转方向无关，表轴与被测旋转轴不要顶得过紧，以不产生相对滑动为准。

④ 使用前应加润滑油（钟表油），可从外壳和调速盘上的油孔注入。

1.7　接地电阻测量仪

（1）应用　接地电阻测量仪俗称"接地摇表"，是专用于直接测量接地电阻的指示仪表。目前我国生产的主要有：ZC-8 型、ZC29-1 型、ZC34-1 型等。ZC-8 型接地电阻测量仪主要由手摇交流发电机、电流互感器、滑线电阻以及检流计等构成。附件有：两根接地探测针、三根导线（5m 的用于接地极 E、E′，20m 的用于电位探测针 P、P′，40m 的用于电流探测针 C、C′）。

（2）使用方法

① 测量前先将仪表调零，然后接线。对三端钮式测量仪，将电位探针 P′ 插在被测接地极 E′ 和电流探针 C′ 之间。三者成一直线且彼此相距 20m。再用导线将 E′、P′、C′ 连接到仪表的相应端钮 E、P、C 上。

对四端钮式测量仪，则一般短接 C2、P2 后就相当于三端钮式测量仪的 E；P1、C1 相当于三端钮式测量仪的 P、C。当用四端钮 1～10～100Ω 规格的仪表测量小于 1Ω 的电阻时，应将 C2、P2 接线端钮的连接片打开，分别用导线连接到被测接地体上。

② 先将"倍率标度"置于最大的倍数，一面缓慢摇动发电机手柄，一面转动"测量标度盘"，使检流计指针处于中心线位置上。当检流计接近平衡时，加快摇动手柄，使发电机转速达到其额定转速（120r/min）以上，再转动"测量标度盘"使指针稳定地指在中心线位置。这时即可读取数值（所测接地电阻值为"测量标度盘"的读数乘以"倍率标度"盘的倍数）。

③ 如果"测量标度盘"的读数小于 1Ω，则应将倍率开关置于倍数较小的挡，并重新测量和读数。

④ 为了防止其他接地装置影响测量结果，测量时应将待测接地极与其他接地装置临时断开，测量完毕再将断开处牢固连接。

⑤ 在测量时，如果检流计的灵敏度过高，可把电位探针插得浅一些；如果检流计灵敏度不够，可沿电位探测针和电流探测针注水，使土壤湿润。当大地干扰信号较强时，可适当改变手摇发电机的转速，提高抗干扰能力，以获得平稳读数。

1.8　功率表

直流电功率的测量要反映被测负载电压和电流的乘积，即 $P=UI$ 的关系；交流电功率的测量除要反映负载电压和电流的乘积外，还要反映负载的功率因数，即 $P=UI\cos\phi$ 的关系。用电动系测量机构的动圈来反映负载两端的电压、定圈来反映流过负载的电流，构成测量电功率的仪表。

电动系功率表由电动系测量机构与附加电阻 R_s 构成，测量机构的固定线圈与负载串

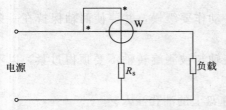

图 1-1　功率表接入电路中的电路符号

联，反映了流过负载的电流称为功率表的电流线圈，可动线圈串联附加电阻 R_s 后与负载并联，反映了负载两端的电压称为电压线圈。功率表接入电路中的电路符号如图 1-1 所示。

用功率表进行直流功率测量时，其指针偏转角 $a=KIK′\ U=K_pP$，即偏转角与被测负载的功率成正比；用功率表进行交流功率测量时，其指针偏转角 $a=KIK′\ U\cos\phi=K_pP$，即偏转角与被测交流负载有功功率成正比。因此，电动系功率表的标尺，可以直接按功率值大小进行均匀刻度。

1.8.1　功率表选用、接线与读数

（1）选用　选择功率表时，除考虑它的型号和准确度外，还应注意它的量程。功率表的

量程应包括电流、电压和功率量程。功率表的电流量程是指仪表的额定电流值，电压量程是指仪表的额定电压值，而功率量程是指功率表满刻度偏转时的功率值，实际上它等于负载功率因数 $\cos\phi$ 为 1 时，电流量程和电压量程两者的乘积。因此，当 $\cos\phi < 1$ 时，功率表量程虽未达到仪表满刻度，但被测电流或电压值却可能超出仪表的电流或电压量程，结果将功率表损坏。所以，在选择或使用功率表时，除重视功率量程外，还应注意电流及电压量程。常用携带式单相功率表的技术数据如表 1-3 所列。

表 1-3　常用携带式单相功率表的技术数据

型号	准确度等级	电流量限范围/A	电压量限范围/V	接入方式
D19-W	0.5	0～0.5～1 0～2.5～5 0～5～10	0～150～300	直接
D26-W	0.5	0～0.5～1 0～1～2 0～2.5～5 0～5～10 0～10～20	0～75～150～300 0～150～250～500 0～150～300～600	直接
D51-W	0.5	0～2.5～5	0～75～150～300～600 0～48～120～240～480	直接

注意，低功率因数功率表则是按 $\cos\phi = 0.1$ 或 0.2 的较低额定功率因数来刻度的。

便携式功率表一般都做成多量程的仪表，功率量程的扩大是通过电流和电压量程的扩大来实现的。

（2）接线　在功率表两个线圈对应于电流流进的端钮上，都注有称为发电机端的"＊"或"±"标志。功率表在接线时，应使电流和电压线圈带"＊"或"±"标志的端钮接到电源同极性的端子上，以保证两线圈的电流方向都从发电机端流入，这叫功率表接线的"发电机端守则"。

功率表按"发电机端守则"正确接线的方式有两种，一种称为电压线圈前接方式，另一种称为电压线圈后接方式。

（3）读数　多量程的功率表它们的量程标尺只有一条，一般在功率表使用说明书上附有表格，标明功率表在不同电流和电压量程的分格常数，以供查用。

$P = Ca$（P 为被测功率值，W；C 为功率表分格常数，W/格；a 为指针偏转格数，格）

且分格常数可按公式 $C = U_N I_N / a_m$ 计算出。（U_N 为功率表电压量程；I_N 为功率表电流量程；a_m 为功率表标尺的满刻度格数）

安装式功率表通常为单量程仪表，其电压量程为 100V，电流量程为 5A，与指定变比的电压互感器及电流互感器配套使用。

1.8.2　功率表基本测量

（1）测量单相负载的功率　功率表接在负载的相电压和相电流回路上。

（2）测量三相负载的功率　在三相交流电路中，用单相功率表可以组成一表法、两表法或三表法来测量三相负载的有功功率。

① 一表法测三相对称负载的有功功率。三相对称负载，无论是在三相三线制还是三相四线制电路中，都可以用一只功率表来测量它的有功功率。功率表接在负载的相电压和相电

流上，测出一相的有功功率 P_1，则三相总有功功率 $P=3P_1$。

当星形负载的中点不能引出或三角形负载的一相不能拆开接线时，可采用人工中点法将功率表接入电路。应注意的是表外两个附加电阻 R_N 应等于功率表电压回路的总电阻，以保证人工中点 N 的电位为零。

接线方式如图1-2所示。

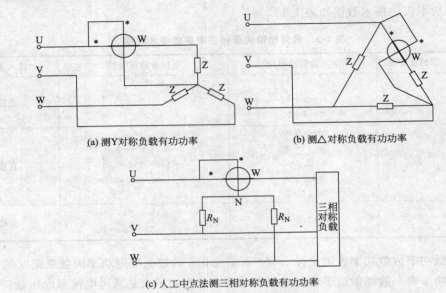

(a) 测Y对称负载有功功率　　　　　　　　(b) 测△对称负载有功功率

(c) 人工中点法测三相对称负载有功功率

图1-2　一表法测三相对称负载的有功功率接线图

② 用两表法测量三相负载的有功功率。三相三线制电路中，通常采用两表法来测量三相有功功率，三相负载的有功功率就等于两功率表读数之和，即 $P=P_1+P_2$。

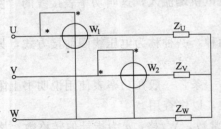

图1-3　两表法测三相负载的有功功率接线图

接线方式如图1-3所示。

只要是三相三线制，不论负载对称与否，其三相有功功率都用两表法来测量三相总有功功率。而三相四线制不对称电路因为 $i_u+i_v+i_w \neq 0$，则不能用两表法进行测量。

• 读数。用两表法测三相功率时，每只表上的读数本身没有具体意义，所以，即使在三相电路完全对称的情况下，两只表上的读数也不一定相等，而且还随负载的功率因数变化而变化。对于 $\phi=0$ 的纯电阻负载，两表读数相等，三相有功功率 $P=P_1+P_2$；对于 $\phi=\pm60°$ 的电感性、电容性负载，$\cos\phi=0.5$，两表中有一只表的读数为零，三相有功功率 $P=P_1$ 或 $P=P_2$；对于 $\phi<-60°$、$\phi>60°$ 时的负载，$\cos\phi<0.5$，两表中有一只表的读数为负值。为了取得读数，应将反转功率表的电流线圈反接，然后在它的读数值前面加上负号，三相电路的总功率就等于两表读数之差，即 $P=P_1-P_2$。

• 接线。两表法的接线应遵循下述规则：第一，两只功率表的电流线圈应串联在不同的两相线上，并将其发电机端接到电源侧，使通过电流线圈的电流为三相电路的线电流。第二，两只功率表电压线圈的发电机端应接到各自电流线圈所在的相上，而另一端共同接到没有电流线圈的第三相上，使加在电压回路的电压是电源线电压。

③ 三表法测三相四线制不对称负载的有功功率。三相四线制不对称负载的功率测量，用一表法和两表法均不适用。因此，通常采用三只单相功率表分别测出每相有功功率，然后把三表读数相加，就是三相负载的总有功功率，$P = P_1 + P_2 + P_3$。三只功率表应分别接在三个相的相电压和相电流回路上。

接线方式如图 1-4 所示。

④ 用三相功率表测量三相有功功率。应用较广的三相有功功率表，是利用两表法或三表法测量三相功率的原理，将两只或三只单相功率表的测量机构有机地组合为一体，构成一只三相有功功率表。

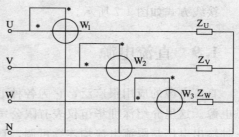

图 1-4　三表法测三相四线不对称
负载的有功功率接线图

（3）测量电路的无功功率　有功功率表不仅能用来测量电路的有功功率，通过改换它的连接方法也可以用来测量电路的无功功率。

① 用一表跨相法测量三相无功功率。用一只单相功率表，按一定的接线形式来测量三相对称负载的无功功率的方法，称为一表跨相法。功率表的电流线圈串接在三相电路任意一相中，发电机端接在电源侧，电压线圈跨接在其余两相，发电机端按相序接在两相中的超前一相上。

接线方式如图 1-5 所示。

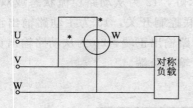

图 1-5　一表跨相法测三相对称
负载无功功率接线图

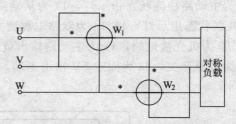

图 1-6　两表跨相法测三相对称
负载无功功率接线图

$Q = \sqrt{3}P$，功率表读数 P 乘以 $\sqrt{3}$ 倍即得到对称三相负载的三相无功功率。

② 用两表跨相法测量三相无功功率。用两只单相功率表，每表都按一表跨相法的接线原则来测量三相对称负载的无功功率的方法，称为两表跨相法。由于供电系统的电源电压不对称是难免的，采用两表跨相法测量三相对称负载的无功功率比一表跨相法的误差小，在实际中应用较多。在测量时每只功率表的读数 P_1 和 P_2 与一表跨相法一样，彼此相等（$P_1 = P_2$），将两表读数之和乘以 $\sqrt{3}/2$ 倍即得到对称三相负载的三相无功功率，$Q = \sqrt{3}/2(P_1 + P_2)$，亦即 $Q = \sqrt{3}P_1$ 或 $Q = \sqrt{3}P_2$。

接线方式如图 1-6 所示。

此外，利用测量有功功率的两表法也可测量对称三相负载的三相无功功率，且 $Q = \sqrt{3}(P_1 - P_2)$。

③ 用三表跨相法测量三相无功功率。用三只单相功率表，每表都按一表跨相法的接线

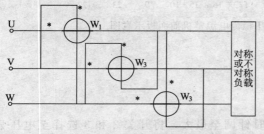

图 1-7　三表跨相法测三相负载无功功率接线图

原则来测量三相三线或三相四线制中的对称或不对称负载的三相无功功率的方法，称为三表跨相法。三只功率表读数之和乘以 $1/\sqrt{3}$ 倍即得到三相负载的总无功功率，$Q = 1/\sqrt{3}(P_1 + P_2 + P_3)$。

接线方式如图 1-7 所示。

1.9 直流电源

直流电源的应用很广泛，它为各种电子元器件、部件和电子电路的测量、检定和调试提供电源。这里介绍深圳华谊仪表有限公司生产的 HY3000-2 可调式直流稳压稳流电源，它是一种输出电压与限流电流均连续可调，且稳压与稳流自动转换的高稳定性多路直流电源，双 LED 显示，输入电压 220V AC±10%、50Hz±2Hz，输出电压 0～30V，输出电流 0～2A，保护为电流限制及短路保护。

1.9.1 面板介绍

整机前面板示意图如图 1-8 所示。其中各开关旋钮功能如下：1 为主动路输出电压或电流值指示，2 为主动路输出电压或电流值显示选择，3 为从动路输出电压或电流值显示选择，4 为从动路输出电压或电流值指示，5 为主动路输出电压调节，6 为主动路稳流输出电流调节，7 为从动路输出电压调节，8 为从动路稳流输出电流调节，9 为主动路稳压状态指示灯，10 为主动路稳流状态指示灯，11 为从动路稳压状态指示灯，12 为从动路稳流状态或双路电源并联状态指示灯，13/14 为双路电源独立、串联、并联控制开关，15 为主动路输出正端，16/19 为机壳接地端，17 为主动路输出负端，18 为从动路输出正端，20 为从动路输出负端，21 为电源开关，22 为固定 5V 输出正端，23 为固定 5V 输出负端。

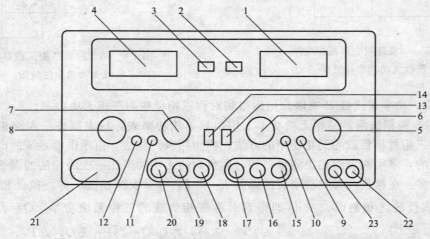

图 1-8　HY3000-2 可调式直流稳压稳流电源整机前面板示意图

1.9.2 使用方法

（1）双路可调电源独立使用

① 将开关 13 和 14 均置于弹起位置。

② 作为稳压源使用时，先将旋钮 6 与 8 顺时针调至最大，将开关 2 和 3 选择至电压显示位置，开机后，分别调节 5 与 7，使主、从动路的输出电压至需求值。

③ 作为恒流源使用时，开机后先将旋钮 5 与 7 顺时针调至最大，同时将 6 与 8 逆时针调至最小，接上所需负载，将开关 2 和 3 选择至电流显示位置，调节 6 与 8，使主、从动路的输出电流分别至所需稳流值。

④ 限流保护点的设定：开启电流，将 6 与 8 逆时针调至最小，顺时针适当调节 5 与 7，将输出端子 15 与 17、18 与 20 分别短接，将开关 2 和 3 选择至电流显示位置，并顺时针调节旋钮 6 与 8 使主、从动路的输出电流等于所要求的限流保护点电流值，此时保护点就被设定好了。

（2）双路可调电源串联使用

① 将开关 14 按下、13 弹起，将旋钮 6 与 8 顺时针调至最大，此时调节主电源电压调节钮 5，从动路的输出电压将跟踪主动路的输出电压，输出电压最高可达两路电压的额定值之和（即端子 15 与 20 之间的电压）。

② 在两路电源串联时，两路的电流调节仍然是独立的，如旋钮 8 不在最大，而在某个限流点，则当负载电流到达该限流点时，从动路的输出电压将不再跟踪主动路调节。

③ 在两路电源串联时，如负载较大，有功率输出时，则应用粗导线将端子 17 与 18 可靠连接，以免损坏机器内部开关。

④ 在两路电源串联时，如主动路和从动路输出的负端与接地端之间接有连接片，应断开，否则将引起从动路的短路。

（3）双路可调电源并联使用

① 将开关 13 和 14 均按下，两路输出处于并联状态。调节旋钮 5，两路输出电压一致变化，同时从动路稳流指示灯 12 亮。

② 并联状态时，从动路的电流调节 8 不起作用，只需调节 6，即能使两路电流同时受控，其最大输出电流可达两路额定值之和。

③ 在两路电源并联使用时，如负载较大，有功率输出时，则应用粗导线将端子 15 与 18、17 与 20 分别短接，以免损坏机内切换开关。

（4）使用注意事项

① 本电源具有完善的电流保护，当输出端发生短路时，输出电流将被限制在最大限流点而不会再增，但此时功率管上仍有很大功耗，故一旦发生短路或超负荷现象，应及时关掉电源并排除故障，使机器恢复正常工作。

② 对电源进行维修时，必须将输入电源断开，并由专业人员进行修理。

③ 机器使用完毕，请放在干燥通风的地方，长期不用时应将电源插头拔下。

1.10　信号发生器

信号发生器是一种经常使用的电子仪器，它能够产生频率、幅度均可连续调节的正弦波信号，调幅及调频信号，以及各种频率的方波、三角波、锯齿波、正负脉冲信号等。其应用广泛，是各种电子元器件、部件及整机调试、测量和检定时的信号源，在高频低频放大电路、传输网络、滤波器、调制器性能指标的测试中得到广泛应用。

信号发生器的种类很多，有专用的、通用的；有正弦波信号发生器、脉冲信号发生器、函数信号发生器；有超低频、低频、视频、高频、超高频信号发生器，有调幅、调频、调相、脉冲调制等各种信号发生器。这里介绍南京盛普仪器科技有限公司生产的 SP1641B 型函数信号发生器/计数器，它是一种精密的测试仪器，具有连续信号、扫频信号、函数信号、脉冲信号等多种输出信号和外部测频功能，其中输出频率 0.3Hz～3MHz（按十进制分类共分七挡，每挡均以频率微调电位器实行频率调节），函数输出信号波形有正弦波、三角波、方波（对称或非对称输出），函数输出信号幅度不衰减为 1VPP～10VPP、衰减 20dB 为 0.1VPP～1VPP、衰减 40dB 为 10mVPP～100mVPP（均 10％连续可调）。

1.10.1　面板介绍

整机前面板示意图如图 1-9 所示。其中各开关旋钮功能如下：1 为频率显示窗口，2 为幅度显示窗口，3 为扫描宽度调节旋钮，4 为扫描速率调节旋钮，5 为扫描/计数输入插座，6 为 TTL 信号输出端，7 为函数信号输出端，8 为函数信号输出幅度调节旋钮，9 为函数输出信号直流电平偏移调节旋钮，10 为输出波形对称性调节旋钮，11 为函数信号输出幅度衰减开关，12 为函数输出波形选择按钮，13 为"扫描/计数"按钮，14 为频率微调旋钮，15/16 为倍率选择按钮（频段递减/递增），17 为整机电源开关。

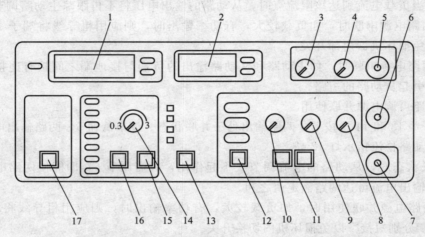

图 1-9　SP1641B 型函数信号发生器/计数器整机前面板示意图

1.10.2　使用方法

（1）准备与检查　先检查市电电压，确认市电电压在 220V±10％范围内。仪器接通电源后进行自校检查，如调变频率、幅度、波形、工作方式等，观察仪器工作正常与否。

（2）50Ω 主函数信号输出　以终端连接 50Ω 匹配器的测试电缆，由插座 7 输出函数信号；由频率选择按钮 15 或 16 选定输出函数信号的频段，由频率微调旋钮 14 调整输出信号频率，直至所需的工作频率值；由波形选择按钮 12 选定输出函数的波形，可分别获得正弦波、三角波、脉冲波；由信号幅度选择器 11 和 8 选定和调节输出信号的幅度；由信号电平设定器 9 选定输出信号所携带的直流电平；输出波形对称调节器 10 可改变输出脉冲信号空度比，与此类似，输出波形为三角或正弦时可使三角波调变为锯齿波，正弦波调变为正与负半周分别为不同角频率的正弦波形，且可移相 180°。

（3）TTL 脉冲信号输出　除信号电平为标准 TTL 电平外，其重复频率、调控操作均与函数输出信号一致；以测试电缆（终端不加 50Ω 匹配器）由输出插座 6 输出 TTL 脉冲信号。

（4）内扫描/扫频信号输出 "扫描/计数"按钮13选定为"内扫描"方式；分别调节扫描宽度调节旋钮3和扫描速率调节器4获得所需的扫描信号输出；函数输出插座7、TTL脉冲输出插座6均输出相应的内扫描的扫频信号。

（5）外扫描/扫频信号输出 "扫描/计数"按钮13选定为"外扫描"方式；由外部输入插座5输入相应的控制信号，即可得到相应的受控扫描信号。

（6）外测频功能检查 "扫描/计数"按钮13选定为"外计数"方式；用本机提供的测试电缆将函数信号引入外部输入插座5，观察显示频率应与"内"测量时相同。

（7）使用注意事项

① 本仪器采用大规模集成电路，修理时禁用二芯电源线的电烙铁，校准测试时，测量仪器或其他设备的外壳应接地良好，以免意外损坏。

② 在更换保险丝时严禁带电操作，必须将电源线与交流市电电源切断，以保证人身安全。

③ 维护修理时，一般先排除直观故障，然后排除电路故障，使仪器恢复正常运行。

1.11 示波器

电子示波器，简称示波器，是一种能够直接观察信号波形变化的测量仪器。为适应各种测试的需要，示波器的种类很多，除通用示波器外，还有可显示两个以上波形的多踪示波器，以及利用取样技术与存储技术等的示波器。这里介绍合肥元隆电子技术有限公司生产的V-252型双综示波器。

1.11.1 面板介绍

V-252型示波器整机前面板示意图如图1-10所示。其中各开关旋钮功能如下：1为电源开关，2为扫描微调，3为触发电平调节，4为外触发输入，5为显示屏，6为扫描频率选择，7为X轴位移，8为触发方式选择，9为触发源选择，10为工作方式选择，11/12为Y轴位移，13为CH2Y轴增益粗调，14为CH2Y轴增益细调，15为CH2输入，16为耦合方式选择，17为辉度控制，18为聚焦控制，19为CH1Y轴增益粗调，20为CH1输入，21为内触发选择开关，22为校正0.5V端子，23为CH1Y轴增益细调，24为CH1耦合方式选择，25为接地端子。

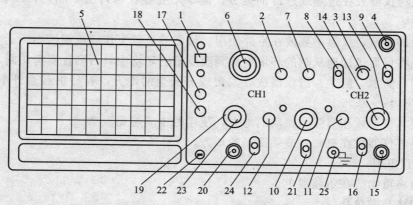

图1-10 V-252型双踪通用示波器整机前面板示意图

下面对几个开关的功能做些说明：

（1）编号 8 开关为触发方式选择开关　自动：本状态仪器始终自动触发，显示扫描线，有触发信号时，获得正常触发扫描，波形稳定显示。无触发信号时，扫描线将自动出现。常态：当触发信号产生，获得触发扫描信号，实现扫描；无触发信号时，应当不出现扫描线。TV（V）：此状态用于观察电视信号的全场波形。TV（H）：此状态用于观察电视信号的全行波形。

注：电视的同步信号应是负极性，TV（V）、TV（H）才能正常工作。

（2）编号 3 旋钮为触发电平调节旋钮（触发电平控制旋钮）　此旋钮通过调节触发电平来确定扫描波形的起始点，亦能控制触发开关的极性；按进去为"＋"极性，拉出为"－"极性。

注：此旋钮可使波形稳定显示。

（3）编号 10 开关为工作方式选择开关　CH1：只有加到 CH1 通道的信号能显示。CH2：只有加到 CH2 通道的信号能显示。ALT：加到 CH1、CH2 通道的信号能交替显示在荧光屏上，此工作方式用于扫描时间短的两通道信号观察。CHOP：在此工作方式时，加到 CH1、CH2 通道的信号受约 250kHz 自激振荡电子开关的控制，同时显示在荧光屏上，此工作方式用于扫描时间长的两通道信号观察。ADD：在此工作方式时，加到 CH1、CH2 通道的信号的代数和在荧光屏上显示。

（4）编号 16（24）耦合方式选择　此开关用于选择输入信号送至垂直轴放大器的耦合方式。AC：在此方式时，信号经过一个电容器输入，输入信号的直流分量被隔离，只有交流分量被显示。GND：在此方式时，垂直轴放大器输入端接地。DC：在此方式时，输入信号直接送至垂直轴放大器输入端而显示，包含信号的直流成分。

（5）编号 21 开关为内触发选择开关　此开关用于选择扫描的内触发源。CH1：加到 CH1 的信号作为触发信号。CH2：加到 CH2 的信号作为触发信号。VERT MODE（组合方式）：用于同时观察两个波形，同步触发信号交替取自 CH1 和 CH2。

其他各开关及旋钮的详细功能说明，可参考示波器的使用方法说明书。

1.11.2　示波器使用注意事项

正确使用和维护可延长仪器的使用寿命。

（1）放置

① 避免将仪器放在过热或过冷的地方，夏季不要放在密封的车厢内，或者放在附近有热源的房间内。

② 寒冷的季节，仪器不要放在室外使用。仪器的最低工作环境温度不低于 0℃。

③ 不要将仪器迅速地从热的环境中移到温度低的环境中，否则仪器将结露。

④ 防潮，防水，防尘；当仪器放在潮湿或有灰尘的地方，容易引起意外事故。仪器的工作湿度为 35％～85％。

⑤ 不要将仪器放在有强烈振动的地方，使用时也应避免振动。

⑥ 不要将仪器放在有磁铁或强磁场的地方。

（2）注意事项

① 切勿将重物放在示波器上。

② 切勿堵塞散热孔。

③ 切勿用重物冲击波器。

④ 切勿将导线，大头针等物从散热孔插入仪器内。

⑤ 切勿用探头拖拉仪器。

⑥ 切勿将发热的烙铁碰到机壳或屏幕。

⑦ 切勿将仪器倒置，以防损坏旋钮。

⑧ 切勿将仪器立起时将 BNC 电缆连接到后面板上的外消隐端子上，否则电缆可能损坏。

（3）维护和保养

① 盖板上污点的清除。当外盖板被沾污，先用软布蘸中性清洁剂轻轻擦，然后再用干布擦拭。

② 不要用易挥发的溶剂如汽油和酒精擦拭。

③ 清洁仪器内部时必须确信电源电路的元器件上无残存的电荷，可用干毛刷或皮老虎除尘。

（4）操作防护

① 检查电源电压。本仪器开机使用前，应检查使用场所的电网电压是否符合规定要求。

② 用规定的保险丝。为了防止过载，电源变压器的初级用了一只 1A 保险丝，若保险丝熔断，应仔细查找原因，找出故障点，再用规定的保险丝更换。严禁使用不合规定的保险丝，否则可能出现故障或造成危险。

③ 不要将亮度调得太亮。不要将光点或扫描线调得太亮。太亮会使眼睛过度疲劳，并且会损坏示波管表面的荧光层。

④ 不要加入过大的电压。各输入及探头输入的电压值如下。绝不要加入超过规定的电压。

直接输入	300V（DC＋ACpeak　1kHz）
乘×10（经探头）	400V（DC＋ACpeak　1kHz）
乘×1（经探头）	300V（DC＋ACpeak　1kHz）
外触发输入	300V（DC＋ACpeak）
外消隐	30V（DC＋ACpeak）

1.11.3 示波器使用说明

（1）校准周期方法　为确保仪器精度，示波器每工作 1000h 至少校准一次，或者使用频繁时每月校准一次。

（2）探头的使用　若使用探头作为测试信号输入连接时，应注意探头的衰减开关位置。当处于"1"位置时，示波器的带宽将下降（约为 6MHz）；当处于"10"位置时，示波器的带宽才能达到使用手册的要求。

（3）如何调出扫描线　仪器通电前应检查所用交流电源是否符合要求，并置各控制旋钮如表 1-4 所列。

表 1-4　各控制旋钮位置

电源开关	关	电源开关	关
辉度	反时针旋转到底	触发方式	自动（AUTO）
聚焦	居中	触发源	内（INT）
AC—GND—DC	GND	内触发	CH1
垂直位移	居中	TIME/DIV	0.5ms/DIV
垂直工作方式	CH1	水平位移	居中

完成准备工作后，打开电源。15s 后，顺时针旋转辉度旋钮，扫描线将出现。如果立即开始使用，调聚焦旋钮使扫描亮线最细。

如果打开电源而仪器不使用，反时针旋转辉度控制旋钮降低亮度也使聚焦模糊。

注：通常观察时将下列带校准功能旋钮置"校准"位置，如表 1-5 所列。

表 1-5　各校准功能旋钮位置

微调	旋到箭头所指方向，在这种情况下 VOLTS/DIV 被校准；可直接读出数据
扫描位移	该旋钮处于按下状态，在这种情况下 TIME/DIV 处于不扩展状态
扫描微调	旋到箭头所指方向，在这种情况下 TIME/DIV 被校准

调节 CH1 或 CH2 位移旋钮，移动扫描亮线到示波管中心，与水平刻度线水平。有时，扫描线受大地磁力线及周围磁场的影响，发生一些微小的偏转，此时可调节基线旋转电位移，使基线与水平刻度线水平。

（4）一般测量

① 观察一个波形的情况。当不观察两个波形的相位差或除 X—Y 工作方式以外的其他工作状态时，仅用 CH1 或 CH2。控制旋钮置如下状态。

垂直工作方式　　　　　　　　CH1 或 CH2
触发方式　　　　　　　　　　自动（AUTO）
触发信号源　　　　　　　　　内（INT）
内触发　　　　　　　　　　　CH1 或 CH2

在此情况下，通过调节触发电平，所有加到 CH1 或 CH2 通道上的频率在 25Hz 以上的重复信号能被同步和观察。无输入信号时，扫描亮线仍然显示。

若观察低频信号（大约 25Hz 以下），则置触发方式为常态（NORM），再调节触发电平旋钮能获得同步。

② 同时观察两的个波形。垂直工作方式开关置交替或继续时就可以方便地观察两个波形。交替用于观察重复频率高的信号，继续用于观察重复频率低的信号。当测量相位差时，需要用相位超前的信号作为触发信号。

（5）信号连接方法　测量的第一步是正确地将信号连接至示波器输入端。

探头的连接：当高精度测量高频信号波形时，使用附件中的探头，探头的衰减位置为"10"，输入信号的幅度被衰减 10 倍。注意，不要用探头直接测量大于 400V（DC＋ACpeak 1kHz）的信号。当测量高速脉冲信号或高频信号时，探头接地点要靠近被测点，较长接地线能引起振铃和过冲之类波形畸变。VOLTS/DIV 的读数要乘 10。

例如：如果 VOLTS/DIV 的读数为 50mV/DIV，则实际为 50mV/DIV × 10 = 500mV/DIV。

将探头探针接到校正方波输出端，正确的电容值将产生平顶方波，如图 1-11（a）所示。

如果波形如图 1-11（b）、（c）所示，用起子调整探头校准孔的电容补偿，直到获得正确状态。

(a) 正常　　　　(b) 太小　　　　(c) 太大

图 1-11　示波器校正方波示意图

（6）测量程序　开始测量前先做好以下事情：调节亮度和聚焦旋钮于适当位置以便观察；最大可能减少显

示波形的读出误差；使用探头时应检查电容补偿。

① 直流电压测量。置输入耦合开关于 GND 位置，确定零电平位置。置 VOLTS/DIV 开关于适当位置，置 AC-GND-DC 开关于 DC 位置。扫描亮线随 DC 电压的数值而移动，信号的直流电压可以通过位移幅度与 VOLTS/DIV 开关标称值的乘积获得。如图 1-3 所示，当 VOLTS/DIV 开关指在 50mV/DIV 挡时，则 $50mV/DIV \times 4.2DIV = 210mV$（若使用了 10:1 探头，则信号的实际值是上述值的 10 倍，即 $50mV/DIV \times 4.2DIV = 210V$）

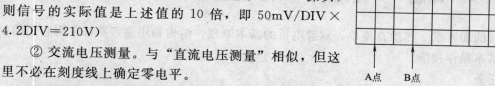

A点　B点

图 1-12　示波器输入信号波形显示图

② 交流电压测量。与"直流电压测量"相似，但这里不必在刻度线上确定零电平。

③ 频率和周期的测量。举例说明：输入信号的波形显示如图 1-12 所示，A 点和 B 点的间隔为一个周期，在屏幕上的间隔为 2DIV，当扫描时间间隔因数为 1ms/DIV 时，则周期 $T = 1ms/DIV \times 2.0DIV = 2.0ms$，频率 $f = 1/T = 1/2.0ms = 500Hz$。

注：当扩展×10 旋钮拉出时，TIME/DIV 开关的读数要乘以 1/10。

1.12　仪器、仪表的一般维护保养

为使仪器、仪表保持良好的工作状态，除使用中应注意正确操作外，还要做好以下几项工作。

① 在搬动和使用仪器、仪表时，不得撞击和振动，应轻拿轻放，以保证仪器、仪表测量的准确性。

② 应保持仪器、仪表的清洁，使用后应用细软洁净的布擦拭干净。不使用时，应放置在干燥的箱柜里保存。避免因潮湿、曝晒以及腐蚀性气体对仪器、仪表内部线圈和零部件造成霉断、接触不良等损坏。

③ 仪器、仪表应设专人保管，其附件和专用线等应保持完整无缺。

④ 应定期对仪器、仪表进行检验，以保证其测量精度。

第2章 操作技能训练

课题一 直流单、双臂电桥的使用与维护

（1）目的和要求　熟悉直流单、双臂电桥的基本原理、结构和用途，熟练掌握它们的使用与维护基本操作技能。

（2）任务

① 用单臂电桥测电阻。

② 用单臂电桥测量交流电动机、变压器绕组电阻。

③ 用单臂电桥测量并励直流电动机励磁绕组电阻。

④ 用双臂电桥测量并励直流电动机电枢绕组电阻。

⑤ 用双臂电桥测量导线的电阻。

⑥ 对仪表进行简单维护保养。

（3）工具、仪表与器材　准备清单如表2-1所列。

表2-1　直流单、双臂电桥使用与维护工具、仪表与器材准备清单

序号	名　称	型号与名称	数量	备注
1	连接导线	BVR-2.5mm² 自定 BVR-4mm²	1m 0.5m	
2	万用表	500 型或自定	1只	
3	直流单臂电桥	QJ23 或自定	1台	
4	直流双臂电桥	QJ44 或自定	1台	
5	电阻	33Ω、68Ω、100Ω、240Ω、510Ω、1kΩ、56kΩ、240kΩ	各1只	
6	三相笼型异步电动机	Y112M-4、4kW 或自定	1台	
7	绝缘导线	RV-0.5mm²(16/0.2)或自定	2m	
8	并励直流电动机	Z2-52 或自定	1台	
9	电工通用工具	验电笔、旋具(一字与十字)、尖嘴钳、剥线钳、电工刀等	1套	
10	劳保用品	绝缘鞋、工作服等	1套	

（4）操作步骤与工艺要点（先写出操作步骤、画出测量接线图）

【如】用直流单臂电桥测电阻。

① 电桥调试。打开检流计锁扣，调节调零器使指针指在零位。

② 接入被测电阻。应采用较粗、较短的导线连接，并将接头拧紧。

③ 估测被测电阻，选择比例臂。用万用表估测被测电阻值，选择合适的比例臂，应使其四挡都能被充分利用。

④ 接通电路，调节电桥比较臂使之平衡。先按下电源按钮后按下检流计按钮，反复调节比较臂电阻直至检流计指针指零。

⑤ 计算电阻值。被测电阻值＝比例臂读数×比较臂读数。

⑥ 关闭电桥。先松开检流计按钮后松开电源按钮，然后拆除被测电阻，并锁上检流计锁扣。

⑦ 保养。测量完毕，将仪表盒盖盖好，存放于干燥、避光、无振动的场合，操作时应小心，轻拿轻放。

【附1】 长城电工仪器厂生产的 QJ24 型直流单臂电桥介绍

（1）结构、规格与用途　QJ24 型直流单臂电桥，主要由比率臂、比较臂、检流计及电池组等组合而成，比较臂为四个九进位盘组合，最大可调电阻为 9999Ω，最小步进值为 1Ω，采用高稳定锰铜电阻丝以无感式绕制于瓷骨架上。它供各种导体电阻测量，适合工矿企业作现场测试之用。其保证准确度测量范围为 20～99990Ω，准确度为 ±0.1%，比率臂比值分有 0.001、0.01、0.1、1、10、100、1000，比较臂可调范围为 9（1＋10＋100＋1000）Ω，内附检流计电流常数 ＜5×10⁻⁷A/mm，内附电源 4.5V（1.5V 手电池三节）。

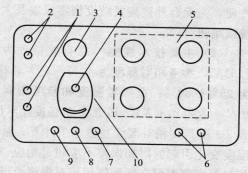

图 2-1　QJ24 型直流单臂电桥面板示意图

（2）使用　仪表面板如图 2-1 所示。其中各开关旋钮功能如下：1 为外接检流计接线端钮，2 为外接电源接线端钮，3 为比率臂旋钮，4 为检流计零位调节器，5 为比较臂旋钮，6 为被测电阻连接端钮，7/8 为接通和调节检流计灵敏度用按钮（粗调/细调），9 为电源按钮，10 为检流计。

① 1 与 2 分别为外接检流计和外接电源的两对接线端钮 "G"、"B"（接入和旋入）。使用外接电源应先连接 "－" 极。

② 将被测电阻连接在 X₁ 和 X₂ 两个端钮 6 上。

③ 估计（测）被测电阻的近似值，按表 2-2 所列将比率臂旋钮 3 和比较臂旋钮 5 旋至适当的位置。并调整检流计上的零位调节器 4 使检流计指针停在零线上。

表 2-2　QJ24 型直流单臂电桥比率臂、比较臂旋钮适当位置

被测电阻值/Ω	比率臂指示值	内附电压/V	外接电源/V	备　注
9.999 以下	0.001	4.5	＜9	根据测量精度的需要，须分别或同时使用外接电源和外接高灵敏检流计
10～99.99	0.01	4.5		
100～999.9	0.1	4.5		
1000～9999	1	4.5		
10000～99990	10	4.5	＜15	
100000～999900	100	4.5		
1000000～9999000	1000	4.5		

④ 揿下按钮 "G₁" 即 7 和 "B₀" 即 9 分别调整四个比较臂旋钮 5 直至检流计指针偏转基本指零，放开 "G₁" 随即再揿下 "G₀" 即 8 再次调整比较臂旋钮 5 直至检流计指针指零止。

则：被测电阻值 R_X＝比率臂比值 R_a/R_b×比较臂示值 R

⑤ 当内附电压不足时，可移去电桥底部的长方形板，调换 1.5V 手电池三节，应注意 "＋" "－" 极性。

⑥ 电桥应存放在周围空气温度 10～40℃，相对湿度＜80％，空气中不含有腐蚀性气体的室内。

【附2】 上海新新电子仪器厂生产的 QJ44 型直流双臂电桥介绍

（1）结构与用途　QJ44 型直流双臂电桥，是携带型测量 0.0001～11Ω 电阻的双臂电桥，用来测量金属导体的电阻率、导线电阻、直流分流器电阻、开关、电器的接触电阻及各类型电机、变压器的绕线电阻和升温试验等。全量程由五个量限和步进读数盘及滑线读数盘组成。内附晶体管检流计和工作电源，故不需任何其他附件即可投入测量工作。适合工矿企业实验室、车间现场或野外工地，对直流低值电阻作准确测量。它体积小，测量迅速，使用方便，为配合外接高灵敏度指零仪表及大容量电源需要，电桥有外接指零仪插座及外接电源接线端钮。

（2）主要技术性能　总有效量程为 0.0001～11Ω，分五个量程；参考温度为（20±1.5）℃，参考相对湿度为 40％～60％；标称使用温度为（20±1.5）℃，标称使用相对湿度为 25％～80％；在参考温度和参考相对湿度的条件下，各量限的允许误差极限为 $E_{lim}=\pm C\%(R_N/10+X)$，其中 X 是标度盘示值（Ω）；各量限、有效量程、等级指数和基准值于表 2-3 所列；相对湿度在参考条件下，温度超过参考温度范围但在标称使用范围之内，由于温度变化引起的附加误差不应超过相应一个等级指数值；温度在参考条件下，湿度超过参考相对湿度范围但在标称使用相对湿度范围之内，由于湿度变化引起的附加误差不应超过相应一个等级指数值的 20％；工作电源为 1.5V（内附电源 1.5V 一号电池 6 节并联），晶体管指零放大仪工作电源为三节 6F22，9V 并联；内附晶体管指零仪灵敏度可以调节，在测量 0.01～11Ω 范围内，在规定的电压下，当被测量电阻变化允许在一个极限误差时，指零仪的偏转大于等于一个分格，就能满足测量准确度的要求，灵敏度不要过高，否则不易平衡，测量电阻时间不宜过长。

表 2-3　QJ44 型直流双臂电桥各量限、有效量程、等级指数和基准值

量程因素	有效量程/Ω	等级指数（C）	基准值 R_N/Ω
×100	1～11	0.2	10
×10	0.11～1.1	0.2	1
×1	0.01～0.11	0.2	0.1
×0.1	0.001～0.011	0.5	0.01
×0.01	0.0001～0.0011	1	0.001

（3）面板介绍　仪表面板示意图如图 2-2 所示。其中各开关旋钮功能如下：1 为外接工作电源接线柱，2 为指零仪灵敏度调节旋钮，3 为晶体管检流计工作电源开关，4 为滑线读数盘，5 为步进读数盘，6 为指零仪按钮开关，7 为工作电源按钮开关，8/12 为被测电阻电流端接线柱，9 为量程因数读数开关，10 为被测电阻电位端接线柱，11 为指零仪电气调整零旋钮，13 为外接指零仪插座，14 为指零仪指示表头。

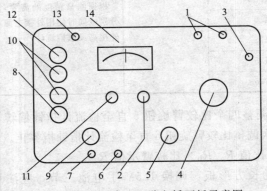

图 2-2　QJ44 型直流双臂电桥面板示意图

（4）使用方法

① 在外壳的底部的电池盒内，装入 1.5V 一号电池，4～6 节并联使用和三节 6F22、9V 并联使用，并联线内部已经连好，此时电桥就能正常工作。如用外接直流电源 1.5～2V 时，电池盒内的 1.5V 电池应预先全部取出。

② 将被测电阻按四端连接法接在电桥相应的 C1、P1、P2、C2 的接线柱上，如图 2-3 所示，R_X 为被测电阻。

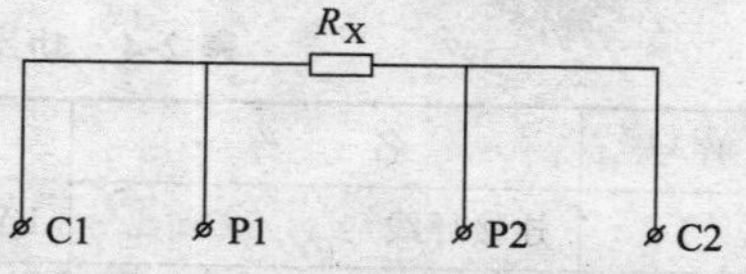

③ "K1" 开关扳到通位置，晶体管放大器电源接通，等待 5min 后，调节指零仪指针指在零位上。

④ 估计（测）被测电阻值大小，选择适当量程因素位置，先按下 "G" 按钮再按下 "B" 按钮，调节步进盘读数

图 2-3　被测电阻四端连接法接线图

和滑线读数盘，使指零仪指针指在零位上，电桥平衡，被测电阻值按下式计算：

$$被测电阻值 R_X = 量程因素读数 \times（步进盘读数 + 滑线盘读数）$$

⑤ 在测量未知电阻时，为保护指零仪指针不被打坏，指零仪的灵敏度调节旋钮应放在最低位置，使用电桥初步平衡后再增加指零仪灵敏度。在改变指零仪灵敏度或环境等因素的影响，有时会引起指零仪指针偏离零位，在测量之前，随时都可以调节指零仪零位。

（5）注意事项与维修保养

① 在测量电感电路的直流电阻时，应先按下 "B" 按钮再按下 "G" 按钮，断开时应先断开 "G" 按钮后断开 "B" 按钮。

② 测量 0.1Ω 以下阻值时，"B" 按钮应间歇使用。

③ 在测量 0.1Ω 以下阻值时，C1、P1、P2、C2 接线柱到被测电阻之间的连接导线电阻为 0.005～0.01Ω，测量其他阻值时连接导线电阻不大于 0.005Ω。

④ 电桥使用完毕后，"B" 与 "G" 按钮应松开。"K" 开关应放在断位置，避免浪费晶体管检流计放大器工作电源。

⑤ 如电桥长期搁置不用，应将电池取出。

⑥ 仪器长期搁置不用，在接触处可能产生氧化，造成接触不良，为使接触良好，再涂上一薄层无酸性凡士林，予以保护。

⑦ 电桥应储放在环境温度 5～35℃、相对湿度 25％～80％的环境内，室内空气中不应含有能腐蚀仪器的气体和有害杂质。

⑧ 仪器应保持清洁，并避免直接阳光曝晒和剧烈振动。

⑨ 仪器在使用中，如发现指零仪灵敏度显著下降，可能因电池寿命完毕引起，应更换新的电池。

课题二　功率表的选择、使用及维护

（1）目的和要求　熟悉功率表的基本原理、结构和用途，熟练掌握功率表的选择及使用与维护基本操作技能。

（2）任务

① 用功率表测量单相负载的功率。

② 用两表法测量三相负载的有功功率。

③ 用三相功率表测量三相有功功率。

④ 用一表跨相法测量三相无功功率。

⑤ 用两表跨相法测量三相无功功率。

⑥ 用三只单相有功功率表按三表跨相法测量三相无功功率。

⑦ 对仪表进行简单维护保养。

（3）工具、仪表与器材　准备清单如表 2-4 所列。

表 2-4　功率表使用与维护工具、仪表与器材准备清单

序号	名　　称	型号与名称	数量	备注
1	连接导线	BVR-2.5mm²	10m	
2	单相、三相功率表	D26-W 或自定	2 只	
3	电流表	T19-V　5～10A 或自定	1 只	
4	电压表	T19-V　300～600V 或自定	1 只	
5	单相交流电源	～220V、10A	1 处	
6	三相交流电源	～3×380/220V、20A	1 处	
7	大于 1kW 电阻性负载	自定	1 只	
8	三相笼型异步电动机	Y112M-4、4kW 或自定	1 台	
9	木配电板	500mm×450mm×20mm 或自定	1 块	
10	电工通用工具	验电笔、旋具（一字与十字）、尖嘴钳、剥线钳、电工刀等	1 套	
11	劳保用品	绝缘鞋、工作服等	1 套	

（4）操作步骤与工艺要点（先写出操作步骤、画出测量接线图）

【如】　用功率表测量单相负载的功率。

① 调零。使用前应先进行机械调零。

② 选择量程。应使功率表的电流量限、电压量限、功率量限三者同时满足负载要求。

③ 接线。要按照"发电机端守则"进行接线，用电流表和电压表监视被测电路的电流和电压，接头连接要接触良好，接线完毕应经指导教师检查同意后再通电测量。

④ 读数。被测功率＝分格常数×指针偏转格数。

⑤ 保养。测量完毕，先切断电源总开关，再逐步拆除仪表接线，保证操作安全，清理现场后将仪表存放于干燥、避光、无振动的场合，操作时应小心，轻拿轻放。

【附1】　上海良标智能终端股份有限公司（原上海第二电表厂）生产的 D26-W 型功率表介绍

D26-W 型携带式 0.5 级电动系交直流功率表，系供直流及交流 50Hz 电路中测量功率用。仪表适用于周围环境温度（23±10)℃、湿度为 25%～80% 的条件下工作。

（1）技术特性

① 测量范围与消耗如表 2-5 所列。

表 2-5　D26-W 型功率表测量范围与消耗

测量范围	50Hz 消耗/V·A	刻度分格
75/150/300V　0.5/1A	2.25/4.5/9　1.34/1.33	150
125/250/500V　0.5/1A	3.75/7.5/15　1.34/1.33	125
150/300/600V　0.5/1A	4.5/9/18　1.34/1.33	150
75/150/300V　1/2A	2.25/4.5/9　1.17/1.17	150

测 量 范 围	50Hz 消耗/V·A	刻度分格
125/250/500V 1/2A	3.75/7.5/15 1.17/1.17	125
150/300/600V 1/2A	4.5/9/18 1.17/1.17	150
75/150/300V 2.5/5A	2.25/4.5/9 1.09/1.09	150
125/250/500V 2.5/5A	3.75/7.5/15 1.09/1.09	125
150/300/600V 2.5/5A	4.5/9/18 1.09/1.09	150
75/150/300V 5/10A	2.25/4.5/9 1.24/1.29	150
125/250/500V 5/10A	3.75/7.5/15 1.24/1.29	125
150/300/600V 5/10A	4.5/9/18 1.24/1.29	150
75/150/300V 10/20A	2.25/4.5/9 1.72/1.72	150
125/250/500V 10/20A	3.75/7.5/15 1.72/1.72	125
150/300/600V 10/20A	4.5/9/18 1.72/1.72	150
75/150/300/600V 0.5/1A	2.25/4.5/9/18 1.33/1.33	150
75/150/300/600V 1/2A	2.25/4.5/9/18 1.17/1.17	150
75/150/300/600V 2.5/5A	2.25/4.5/9/18 1.09/1.09	150
75/150/300/600V 5/10A	2.25/4.5/9/18 1.24/1.29	150
75/150/300/600V 10/20A	2.25/4.5/9/18 1.72/1.72	150

② 主要性能参数

a. 准确度等级：0.5 级。

b. 工作位置：水平位置。

c. 响应时间：不大于 4s。

d. 标度尺长度：130mm。

e. 安全要求：接线端与外壳之间能耐受交流 50Hz、2kV、1min 的电压试验。绝缘电阻不小于 5MΩ。

f. 电流串联电路能承受 120％额定电流超载使用。

g. 额定功率因数：$\cos\phi=1$。

h. 当功率因数由 1 降为 0.5 时（感性负载），由此引起的仪表指示值改变不超过测量上限的±0.5％。

（2）使用、操作注意事项

① 使用时仪表应放置水平位置，尽可能远离强电流导线和强磁性物质，以免仪表增加误差。

② 仪表指针如不在零位，可利用表盖上调节器调整。

③ 根据所需测量范围按如图 2-4 所示将仪表接入电路，在通电前，必须对线路中的电流、电压有所估计，避免超载使仪表遭到损坏。

④ 为扩大仪表的测量范围，可按如图 2-5 所示连接相应的互感器进行测量，但此时测量误差为仪表本身的误差与互感器误差之和。

⑤ 测量时如遇仪表指针反向偏转，应改变换向开关之极性，即可使指针顺方向偏转切忌互换电压接线，以免使仪表产生误差。

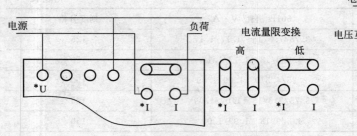

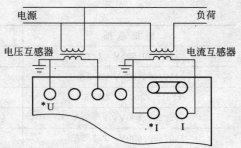

图 2-4 D26-W 型功率表接线图　　　　　　　图 2-5 D26-W 型功率表与互感器

　　　　　　　　　　　　　　　　　　　　　　　　　　　　一起使用接线图

（3）保管及维修

① 仪表应保存于室温 0～40℃，相对湿度不超过 85% 的室内，空气中不应含有腐蚀性气体和有害杂质。

② 仪表在运输和携带时，必须小心轻放，避免使仪表受强烈振动。

③ 仪表使用完毕后，应妥善保存，防止灰尘侵入。

④ 仪表应按规定进行检定。

【附 2】　上海第二电表厂生产的 D33-W 型三相功率表介绍

　　D33-W 型三相功率表是电动系双元件携带式指示仪表，供频率为 50～60Hz 的交流三相平衡负载电路测量有功功率用。仪表按使用条件属 P 组，适用于周围气温为 (23±10)℃ 及相对湿度为 25%～80% 的条件下工作。

（1）技术特性

① 测量范围与消耗如表 2-6 所列。

表 2-6　D33-W 型三相功率表测量范围与消耗

测量范围		电压线路消耗/V·A	电流线路阻抗/Ω			刻度分格
0-0.5A	0-75-150-300V		A 相　C 相		4.5	
0-1A	0-75-150-300V		A 相　C 相		1.14	
0-2A	0-75-150-300V		A 相　C 相		0.29	
0-2.5A	0-75-150-300V	1.5-3-6	A 相　C 相		0.25	150
0-5A	0-75-150-300V		A 相　C 相		0.06	
0-10A	0-75-150-300V		A 相　C 相		0.015	
0-0.5A	0-100-200-400V		A 相　C 相		4.5	
0-1A	0-100-200-400V		A 相　C 相		1.14	
0-2A	0-100-200-400V		A 相　C 相		0.29	
0-2.5A	0-100-200-400V	2-4-8	A 相　C 相		0.25	100
0-5A	0-100-200-400V		A 相　C 相		0.06	
0-10A	0-100-200-400V		A 相　C 相		0.015	
0-0.5A	0-150-300-600V		A 相　C 相		4.5	
0-1A	0-150-300-600V		A 相　C 相		1.14	
0-2A	0-150-300-600V		A 相　C 相		0.29	
0-2.5A	0-150-300-600V	3-6-12	A 相　C 相		0.25	150
0-5A	0-150-300-600V		A 相　C 相		0.06	
0-10A	0-150-300-600V		A 相　C 相		0.015	

② 主要性能参数

a. 准确度等级：1.0 级。

b. 工作位置：水平方向。

c. 响应时间：不大于 4s。

d. 标度尺长度：不小于 130mm。

e. 安全要求：接线端与外壳之间能耐受交流 50Hz、2kV、1min 的电压试验。绝缘电阻不小于 5MΩ。

（2）使用、操作注意事项

① 使用时仪表应放在水平位置，并尽可能远离强电流导线或强磁场，以免使仪表产生附加误差。

② 仪表使用前应先利用表盖上的零位调节器把指针调整到零位。

③ 仪表应按如图 2-6 所示接入线路。

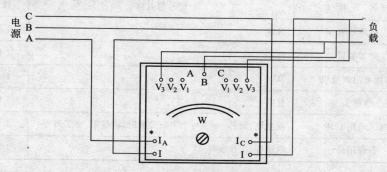

图 2-6　D33-W 型三相功率表接线图

④ 当测量较大功率时，需和电流互感器一起使用，应按如图 2-7 接入线路，此时实际功率为仪表的指示值与电流互感器倍率的乘积，测量误差为仪表误差与互感器误差之和。

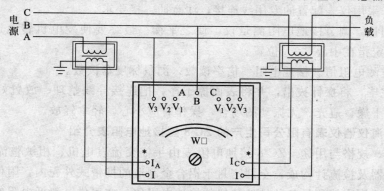

图 2-7　D33-W 型三相功率表与电流互感器一起使用接线图

（3）保管及维修

① 仪表应保存在周围环境温度 0～40℃ 及相对湿度不超过 85％ 的室内，且空气中不应含有腐蚀性气体和有害杂质。

② 仪表在运输和携带时，必须小心轻放，避免使仪表受强烈振动。

③ 仪表使用后应妥善保存，防止灰尘侵入。

④ 仪表应按规定进行送检。

课题三 接地电阻测量仪的使用与维护

（1）目的和要求　熟悉接地电阻测量仪的基本原理、结构和用途，熟练掌握接地电阻测量仪使用与维护基本操作技能。

（2）任务

① 用接地电阻测量仪测量接地装置的接地电阻。

② 用接地电阻测量仪测量避雷装置的接地电阻。

③ 对仪表进行简单维护保养。

（3）工具、仪表与器材　准备清单如表 2-7 所列。

表 2-7　接地电阻测量仪使用与维护工具、仪表与器材准备清单

序号	名　称	型号与名称	数量	备注
1	接地装置	自定	1处	
2	避雷装置	自定	1处	
3	接地电阻测量仪	ZC-8	1台	包括附件
4	铁榔头	自定	1把	
5	电工通用工具	验电笔、旋具（一字与十字）、尖嘴钳、剥线钳、电工刀等	1套	
6	劳保用品	绝缘鞋、工作服等	1套	

（4）操作步骤与工艺要点（先写出操作步骤、画出测量接线图）

【如】　用接地电阻测量仪测量接地装置的接地电阻。

① 仪表调零。使用前将仪表放平调节调零器，使指针指在零位。

② 接线。采用仪表配置的专用线连接，注意插、接要求。

③ 进行测量，调节接地电阻测量仪，使之平衡。最终要使发电机转速达到 $120r/min$，检流计指针稳定指在中心"0"位置。

④ 计算被测电阻值。接地电阻＝倍率读数×测量标度盘读数。

⑤ 测量完毕，将探针拔出，并将表面擦干净，把连接导线整理、放置好，清理现场后将仪表存放于干燥、避光、无振动的场合，操作时应小心，轻拿轻放。

【附】　上海康海仪器仪表有限公司生产的 ZC-8 型接地电阻表介绍

（1）结构、规格与用途　ZC-8 接地电阻表由手摇交流发电机、相敏整流放大器、电位器、电流互感器及检流计构成，全部密封于铝合金制造的携带式外壳内，附件有接地探测针及连接导线。适用直接测量各种接地装置的接地电阻值，亦可供一般低电阻的测量，四端钮（0～1～10～100Ω 规格）还可以测量土壤电阻率，主要规格及量程如表 2-8 所列。

表 2-8　ZC-8 接地电阻表主要规格及量程/Ω

规　格	量　程	最小分格值	规　格	量　程	最小分格值
1～10～100	0～1	0.01	10～100～1000	0～10	0.1
	0～10	0.1		0～100	1
	0～100	1		0～1000	10

（2）技术参数　基准值为量程；基本误差以基准值的百分数表示，其基本误差的极限为量程的±3%；工作环境温度为−20～+50℃；因温度变化引起指示值变化，换算成每变化10℃不大于基本误差；工作环境湿度为25%～95%，由此引起指示值的变化不大于基本误差；工作位置为水平，自水平工作位置向任一方向倾斜5°，由此引起指示值的变化不大于基本误差的1/2；在外磁场强度为0.4kA/m的影响下由此引起指示值的变化不大于基准值的1.5%；线路与外壳间的绝缘电阻不低于20MΩ；线路与外壳间的电压试验为500V；外壳防护性能为防溅式；发电机手柄额定转速为120r/min；辅助探测针的接地电阻在其阻值不大于表2-9所列规定值时，对测量无影响。

表 2-9　辅助探测针的接地电阻阻值范围/Ω

量　　程	R_p　R_c	量　　程	R_p　R_c
0～1	500	0～100	2000
1～10	1000	0～1000	5000

（3）保管　仪表运输及使用时应小心轻放，避免剧烈振动，以防轴尖宝石轴承受损而影响指示；仪表保存于周围空气温度自0～40℃、相对湿度不超过85%的地方，且空气中不含有腐蚀性气体。

三端钮式、四端钮式接地电阻测量仪测量接线图如图2-8所示。

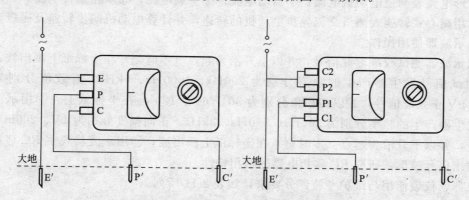

图 2-8　三端钮式、四端钮式接地电阻测量仪测量接线图

课题四　示波器的使用与维护

（1）目的和要求　熟悉示波器的基本组成、原理和应用，熟练掌握示波器的使用与维护基本操作技能。

（2）任务

① 用示波器观察交流电压波形。

② 用示波器观察信号发生器输出的波形。

③ 对示波器进行简单维护保养。

（3）工具、仪器仪表与器材　准备清单如表2-10所列。

（4）操作步骤与工艺要点（先写出操作步骤、画出测量接线图，此处略）

表 2-10 示波器使用与维护工具、仪表与器材准备清单

序号	名 称	型号与名称	数量	备注
1	单相交流电源	～220V、10A	若干	
2	万用表	500 型或自定	1 只	
3	示波器	V-252 型或自定	1 台	包括附件
4	信号发生器	XD-1 型或自定	1 台	包括附件
5	电工通用工具	验电笔、旋具(一字与十字)、尖嘴钳、剥线钳、电工刀等	1 套	
6	劳保用品	绝缘鞋、工作服等	1 套	

其他训练课题

(1) 万用表使用操作

用万用表①测电阻、直流电流、交/直流电压;②判断二极管和三极管的好坏、极性、类型及材料;③判别电容器好坏并比较容量。

(2) 兆欧表使用操作

用兆欧表①测量 BV-1.0mm² 、BVR-2.5mm² 等绝缘电线的绝缘电阻;②测量电动机的绝缘电阻;③测量低压电缆的绝缘电阻。

(3) 钳形电流表使用操作

用钳形电流表测量电动机电流:①启动电流;②空载电流;③缺相运行电流。

(4) 用离心式转速表测量交流异步电动机的转速,并计算电动机同步转速及磁极对数。

(5) 示波器使用操作

①用示波器测试校准方波信号,并以上升沿为起点(零时刻)在坐标纸上画出波;②用示波器测试信号发生器产生的频率分别为 200Hz、1000Hz、5kHz,有效值分别为 2V、200mV、5V 正弦波信号,并以初相角分别为 30°、60°、120°画在坐标纸上;③用示波器测试信号发生器产生的频率分别为 300Hz、500Hz、2kHz、正向幅度分别为 1V、200mV、5V 方波信号,并以下升沿为起点(零时刻)在坐标纸上画出波;④用示波器观察 RC 移相电路的输入输出信号波形,研究 RC 移相电路的移相特性。

【附】 仪器、仪表使用与维护考核评分要求,如表 2-11 所列。

表 2-11 仪器、仪表使用与维护考核评分要求

序号	主要内容	要 求	评分标准	配分
1	测量准备	仪表功能选择正确	仪表功能选择错误,扣 10 分	10
2	测量过程	测量方法和步骤准确无误	测量过程中,操作方法和步骤每错一次(处)扣 5～10 分(其中包括:仪表挡位选择、调零、测量接线、测量操作)	40
3	测量结果	测量结果(结论)正确	测量结果有较大误差扣 10～15 分,测量结果(结论)完全错误扣 30 分	30
4	维护保养	对仪表进行简单维护保养	维护保养有误,扣 5～10 分	10
5	安全文明生产	①穿戴好劳保用品,工量具配备齐全;②遵守操作规程;③不损坏设备、器材、仪表;④项目完毕后认真整理器材、场地	①穿戴不合要求、工量具不齐全扣 3 分;②操作违规扣 3～10 分;③损坏设备、器材、仪表(较轻微)扣 5～10 分;④发生严重违纪或重大事故,该项目为不合格	10
备注			合计	100

第2篇 继电-接触式控制线路（系统）设计、安装与调试

第3章 继电-接触式控制及常用低压电器基本知识

用电动机来拖动生产机械，称为电力拖动。目前，大多数的生产机械都采用电力拖动，电力拖动系统主要包括电动机及其电气控制线路（或其他控制设备）、生产机械的工作机构、传动机构、电源等几大部分，其中电气控制线路（或其他控制设备）用来控制电动机的运转，它由各种控制电器按一定要求和规律组成，控制电动机的运行如启动、制动、调速和反转等。

继电-接触式控制产生于20世纪20至30年代。最初是采用一些手动电器如开关、按钮等来控制执行电器（电动机），即手动控制，它只适合于那些容量小、不需频繁操作的场合。后来发展为采用继电器、接触器、位置开关、保护元件等的自动控制方式，通常叫作电器控制。这种控制是操作者通过主令电器接通继电器、接触器，再通过它们的触头接通或断开电动机线路，从而实现电动机的自动启动、制动、反向、调速与停车等操作。继电-接触式有触点控制只有通和断两种状态，其控制作用是断续的，也就是说只能控制信号的有无，而不能连续地控制信号的变化，故称为断续控制。这种控制具有使用的单一性，但方法简单直接、工作稳定、成本低，能在一定范围内适应生产需要，在工矿企业中仍被广泛采用。

电器即所有电工器械的简称。凡是根据外界特定的信号和要求，自动或手动接通和断开电路，断续或连续地改变电路参数，实现对电路或非电现象的切换、控制、保护、检测和调节的电气设备均称为电器。根据我国电工专业范围的划分与分工，低压电器通常是指交流1200V及以下、直流1500V及以下的电器。低压配电电器主要有刀开关、转换开关、熔断器和自动开关等，低压控制电器主要有接触器、控制继电器、主令电器和电磁铁等。下面介绍用于电力拖动及自动控制系统中常用的几种低压电器。

3.1 低压开关

它们主要用作隔离、转换以及接通和分断电路用，一般为非自动切换电器，常用的主要类型有刀开关、转换开关、自动空气开关以及主令控制器等。

3.1.1 刀开关

（1）种类、结构与应用 它有瓷底胶盖刀开关（开启式负荷开关）和铁壳开关（封闭式负荷开关），由操作手柄、动触刀、静夹座、进线座、出线座和绝缘底板组成。前者因其结构简单、操作方便、价格便宜，在一般的照明电路和功率小于5.5kW电动机的控制电路仍可采用，用于照明电路时可选用额定电压220V或250V、额定电流不小于电路最大工作电流的二极开关，用于电动机的直接启动时，可选用额定电压380V或500V、额定电流不小

于电动机额定电流 3 倍的三极开关。HK 系列闸刀开关不设专门的灭弧装置，仅利用胶盖的遮护以防电弧灼伤人手，因此不宜带负荷操作，适于接通或断开有电压而无负载电流的电路，常用的闸刀开关有 HK1 系列、HK2 系列，HK1 系列为全国统一设计产品。后者是在闸刀开关基础上改进设计的一种开关，其灭弧性能、操作性能、通断能力、安全防护性能等都优于闸刀开关，常用的铁壳开关有 HH3 系列、HH4 系列，HH4 系列为全国统一设计产品，可取代同容量的其他系列老产品。HK1 系列开启式负荷开关基本技术参数如表 3-1 所列。

表 3-1　HK1 系列开启式负荷开关基本技术参数

型号	极数	额定电流值 /A	额定电压值 /V	可控电动机最大容量值 /kW		配用熔丝规格			
				220	380	熔丝成分			熔丝线径 ϕ /mm
						铅	锡	锑	
HK1-15	2	15	220	—	—				1.45～1.59
HK1-30	2	30	220	—	—				2.30～2.52
HK1-60	2	60	220	—	—	98%	1%	1%	3.36～4.00
HK1-15	3	15	380	1.5	2.2				1.45～1.59
HK1-30	3	30	380	3.0	4.0				2.30～2.52
HK1-60	3	60	380	4.5	5.5				3.36～4.00

（2）型号意义

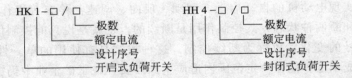

3.1.2　转换开关（组合开关）

（1）种类、结构与应用　它实质上也是一种特殊刀开关，具有多触头、多位置、体积小、性能可靠、操作方便、安装灵活等特点。多用在机床电气控制线路中作为电源的引入开关，也可以用作不频繁地接通和断开电路、换接电源和负载以及控制 5kW 及以下的小容量异步电动机的正反转和星三角启动。其按操作机构可分为无限位型和有限位型两种，二者结构略有不同，无限位型转换开关手柄可以在 360°范围内旋转，无固定方向、无定位限制，常用的 HZ10 系列是全国统一设计产品，它是由多节触片分层组合而成，故又称组合开关。有限位型转换开关也叫可逆转换开关或倒顺开关，它只能在 90°范围内旋转，有定位限制，两位置转换，常用的为 HZ3 系列，HZ3 系列转换开关多用于控制小容量异步电动机的正反转及双速异步电动机△/YY、Y/YY 的变速切换。

常用组合开关主要技术数据、HZ3 系列组合开关的型式和用途分别如表 3-2、表 3-3 所列。

（2）型号意义

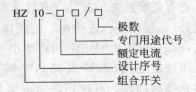

表 3-2 常用组合开关主要技术数据

型 号	额定电压/V	额定电流/A	用 途	备 注
HZ10-10		10	在电气线路中作接通和分断电路；换接电源或负载；测量三相电压；控制小型异步电动机正反转	①可取代 HZ1、HZ2 等老产品；②HZ10-10 为单极时，其额定电流为 6A，HZ10 系列具有二极和三极
HZ10-25	交流 380 直流 220	25		
HZ10-60		60		
HZ10-100		100		

表 3-3 HZ3 系列组合开关的型式和用途

型号	额定电流/A	电动机容量/kW			鼓轮节数	安装地点	用 途
		220V	380V	500V			
HZ3-131	10	2.2	3	3	3	机床外部	控制启动、停止
HZ3-431	10	2.2	3	3	3	机床内部	控制启动、停止
HZ3-132	10	2.2	3	3	3	机床外部	控制倒、顺、停
HZ3-432	10	2.2	3	3	3	机床内部	控制倒、顺、停
HZ3-133	10	2.2	3	3	3	控制屏	控制倒、顺、停
HZ3-161	35	5.5	7.5	7.5	6	控制屏	控制倒、顺、停
HZ3-452	5(110V) 2.5(220V)	—	—	—	5	机床内部	控制电磁吸盘
HZ3-451	10	2.2	3	3	5	机床内部	控制△/丫丫、丫/丫丫

（3）选用 转换开关是根据电源种类、电压等级、所需触头数、接线方式进行选用。其适合于交流 50Hz 380V、直流 220V 及以下的电源引入，5kW 及以下小容量电动机的直接启动，电动机的正反转控制及机床照明控制的电路中，应用转换开关控制异步电动机的启动、停止时，每小时的接通次数不宜超过 15～20 次，其额定电流一般取电动机额定电流的 1.5～2.5 倍。

3.1.3 自动空气开关

（1）应用 它又称自动空气断路器或自动开关，是低压配电网络和电力拖动系统中非常重要的一种电器，它集控制和多种保护功能于一身，除能完成接通和分断电路外，还能对电路或电气设备发生的短路、严重过载及失压等进行保护，同时也可用于不频繁地启动电动机。它具有操作安全、使用方便、工作可靠、安装简单、动作值可调、分断能力较高、兼顾多种保护功能、动作后不需要更换元件等优点，因此获得广泛应用。电力拖动与自动控制线路中常用的自动空气开关为塑壳式，如 DZ5 和 DZ10 系列，DZ5 为小电流系列，DZ10 为大电流系列。

（2）型号意义

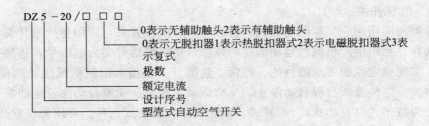

（3）自动空气开关的一般选用原则

① 额定电压和额定电流应不小于电路的正常工作电压和工作电流。

② 热脱扣器的整定电流应与电动机的额定电流或负载电流一致。

③ 电磁脱扣器的瞬时整定电流应大于电路正常工作时的峰值电流，对于单台电动机来说，应不小于 1.5～1.7 倍电动机的启动电流，对于多台电动机来说，应不小于最大容量的一台电动机的启动电流与其余电动机额定电流的总和的 1.5～1.7 倍。

④ 欠电压脱扣器的额定电压等于线路额定电压。

3.2 主令电器

主令电器是在自动控制系统中发出指令或信号的操纵电器，由于它是专门发号施令的，故称"主令电器"。主要用来切换控制电路，使电路接通或分断，实现对电力拖动系统的各种控制，以满足生产机械的要求。

常用的有按钮开关、位置开关、万能转换开关、主令控制器等。

3.2.1 按钮开关

（1）种类与应用 一般情况下它不直接控制主电路的通断，主要利用其远距离发出手动指令或信号去控制接触器、继电器等电磁装置，实现主电路的分合、功能转换或电气联锁，触头允许通过的电流很小，一般不超过 5A。按用途和触头的结构不同分为停止（常闭）按钮、启动（常开）按钮、复合（常开常闭组合）按钮。一般常以红色表示停止、绿色或黑色表示起动。在机床中常用的按钮开关有 LA18 系列、LA19 系列、LA20 系列，还有 LAZ 系列。

（2）型号意义

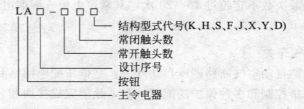

```
LA□－□□□
            结构型式代号(K、H、S、F、J、X、Y、D)
            常闭触头数
            常开触头数
            设计序号
            按钮
            主令电器
```

（3）选用

① 根据使用场合选择其种类，如开启式、保护式和防水式等。

② 根据用途选用合适的型式，如一般式、旋钮式和紧急式。

③ 根据控制回路的需要，确定不同的按钮数，如单联、双联和三联等。

④ 按工作状态指示和工作情况要求，选择按钮和指示灯的颜色。常用按钮的主要技术数据如表 3-4 所列。

3.2.2 位置开关

（1）种类与应用 它又称限制开关、行程开关、限位开关，作用与按钮开关相同，只是其触头的动作是利用生产机械的运动部件的碰撞，将机械信号变为电信号，达到接通或断开控制电路、实现一定控制要求的目的。通常，这类开关被用来限制机械运动的位置或行程，使运动机械按一定位置或行程自动停止、反向运动、变速运动或自动往返运动等。按其动作及结构可分为按钮式（直动式）、旋转式（滚轮式）和微动式三种。常用的位置开关有 LX19

表 3-4 常用按钮的主要技术数据

型号	型式	触头数量		信号灯		额定电压、电流和控制容量	按钮	
		常开	常闭	电压/V	功率/W		钮数	颜色
LA10-1	元件	1	1				1	黑、绿、红
LA10-1K	开启式	1	1				1	黑、绿、红
LA10-2K	开启式	2	2				2	黑、红或绿、红
LA10-3K	开启式	3	3			电压：AC 380V DC 220V 电流：5A 容量：AC 300VA DC 60W	3	黑、绿、红
LA10-3H	保护式	3	3				3	黑、绿、红
LA10-3S	防水式	3	3				3	黑、绿、红
LA18-22	一般式	2	2				1	红、绿、黄、白、黑
LA18-22J	紧急式	2	2				1	红
LA18-22X₂	旋钮式	2	2				1	黑
LA19-11DJ	紧急带指示灯式	1	1	6	<1		1	红
LA20-22J	紧急式	2	2				1	红
LA20-22D	带指示灯式	2	2	6	<1		1	红、黄、绿、蓝、白

系列和 JLXK1 系列，还有 JW 系列以及 3SE3 系列，它们主要用于机床、自动生产线和其他生产机械的限位及程序控制，包括专门用于起重用的 LX22 系列。

（2）型号意义

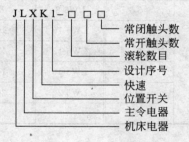

```
JLXK1-□□□
         │  │  └─ 常闭触头数
         │  └──── 常开触头数
         └─────── 滚轮数目
               └─ 设计序号
               └─ 快速
               └─ 位置开关
               └─ 主令电器
               └─ 机床电器
```

（3）选用

① 根据应用场合及控制对象选择种类。

② 根据安装环境选择防护型式。

③ 根据控制回路的额定电压和电流选择系列。

④ 根据机械与位置开关的传力与位移关系选择合适的操作头型式。

3.2.3 万能转换开关

（1）种类、结构与应用 它是由多组相同结构的开关元件叠装而成，可以控制多回路的一种主令电器。可用于控制高压油断路器和空气断路器等操作机构的分合闸、各种配电设备中线路的换接、遥控以及电流表、电压表的换相测量等。

它也用于控制小容量电动机的启动、换向和调速。由于它换接的线路多，用途广泛，故称为万能转换开关。

万能转换开关由凸轮机构、触头系统和定位装置等部分组成。依靠凸轮转动，用变换半径来操作触头，使其按预定顺序接通与分断电路，同时由定位机构和限位机构来保证动作的准确可靠。凸轮是用尼龙或耐磨塑料压制而成，其工作位置有 90°、60°、45°、30°四种，触头系统多为双断口桥式结构，定位装置采用滚轮卡棘轮的辐射形机构。

（2）型号意义

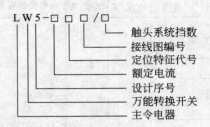

LW5-□□□/□
- 触头系统挡数
- 接线图编号
- 定位特征代号
- 额定电流
- 设计序号
- 万能转换开关
- 主令电器

（3）选用　常用的万能转换开关有 LW5、LW6 系列。常用的 LW5 系列万能转换开关额定电压为 AC 380V 或 DC 220V，额定电流为 15A，允许正常操作频率为 120 次/h，机械寿命 100 万次，电气寿命 20 万次。LW5 型 5.5kW 手动转换开关是 LW5 系列的派生产品，专用于 5.5kW 以下电动机的直接启动、正反转和双速电动机的变速。LW6 系列是一种适用于交流 50Hz 电压至 380V 或直流电压至 220V、工作电流至 5A 的控制电路中的体积小巧的转换开关，也可用于不频繁地控制 2.2kW 以下的小型感应电动机。LW6 系列万能转换开关型号和触头排列特征如表 3-5 所列。

表 3-5　LW6 系列万能转换开关型号和触头排列特征

型号	触头座数	触头座排列型式	触头对数	型号	触头座数	触头座排列型式	触头对数
LW6-1	1	单列式	3	LW6-8	8	单列式	24
LW6-2	2		6	LW6-10	10		30
LW6-3	3		9	LW6-12	12		36
LW6-4	4		12	LW6-16	16	双列式	48
LW6-5	5		15	LW6-20	20		60
LW6-6	6		18				

3.2.4　主令控制器

（1）种类与应用　它用来按顺序操纵多个控制回路，主要用于电力拖动系统中，按一定操作分合触头，向控制系统发出指令，通过接触器以达到控制电动机的启动、制动、调速及反转的目的，同时也可实现控制线路的联锁作用，主要用于起重机、轧钢机等的操作控制。其按结构型式分为凸轮调整式和凸轮非调整式。主令控制器结构虽较庞大，但维修更换触头极为方便，同时，也便于调整触头开距及超行程，并根据被控电路要求，制成多种不同的触头工作位置图表即触头合断表以供选用。常用的主令控制器有 LK1-12 系列和 LK14-12 系列。LK1 和 LK14 系列主令控制器技术数据如表 3-6 所列。

（2）型号意义

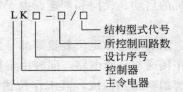

LK□-□/□
- 结构型式代号
- 所控制回路数
- 设计序号
- 控制器
- 主令电器

表 3-6　LK1 和 LK14 系列主令控制器技术数据

型　号	额定电压/V	额定电流/A	控制电路数	接通与分断能力/A	
				接通	分断
LK1-12/90					
LK1-12/96	380	15	12	100	15
LK1-12/97					
LK14-12/90					
LK14-12/96	380	15	12	100	15
LK14-12/97					

（3）选用

① 根据控制电源、控制支路数确定额定电压和额定电流。

② 根据使用环境选择防护形式。

③ 根据控制要求选择控制回路数及操作挡位。

④ 根据触头合断表特征确定产品型号。

⑤ 根据操作方式选择凸轮调整式或非调整式。

3.3　熔断器

（1）种类、结构与应用　熔断器是一种保护电器，在低压电路及电动机控制线路中作过载和短路保护，串联在所保护电路中。主要由熔体、安装熔体的熔管和熔座三部分组成。每一种系列及型号的熔断器都有安秒特性和分断能力两个主要技术参数，这两个参数都体现了在保护方面对熔断器提出的要求，安秒特性主要是为过载保护服务的，分断能力主要是为短路保护服务的。

① RC1A 系列瓷插式熔断器。它是在 RC1 系列的基础上改进设计的，可取代 RC1 系列老产品，属半封闭插入式。它由瓷座、瓷盖、动触头、静触头和熔丝五部分组成。其结构简单、更换方便、价格低廉，一般在交流 50Hz、额定电压至 380V、额定电流 200A以下的低压线路末端或分支电路中，作为电气设备的短路保护及一定程度上的过载保护之用，广泛用作照明和小容量电动机的短路保护。RC1A 系列瓷插式熔断器基本技术数据如表 3-7 所列。

表 3-7　RC1A 系列瓷插式熔断器基本技术数据

型　号	额定电压值/V	熔断器额定电流值/A	熔体额定电流值/A	极限分断能力值/A
RC1A-5	380	5	2,5	250
RC1A-10	380	10	2,4,6,10	500
RC1A-15	380	15	15	
RC1A-30	380	30	20,25,30	1500
RC1A-60	380	60	40,50,60	
RC1A-100	380	100	80,100	3000
RC1A-200	380	200	120,150,200	

② RL1 系列螺旋式熔断器。它属有填料封闭管式，主要由瓷帽、熔断管、瓷套、上接线座、下接线座及瓷座等部分组成。其分断能力较高、结构紧凑、体积小、安装面积小、更换熔体方便，安全可靠，熔丝熔断后有明显信号指示，故广泛应用于控制箱、配电屏、机床设备及振动较大的场所，作为短路及过载保护元件。在装接使用时，接线应低进高出，以保证安全。常用螺旋式熔断器的型号和规格如表 3-8 所列。

表 3-8 常用螺旋式熔断器的型号和规格

类别	型号	额定电压/V	额定电流/A	熔体额定电流等级/A	极限分断能力/kA
螺旋式熔断器	RL1	500	15	2,4,6,10,15	2
			60	15,20,30,35,40,50,60	3.5
			100	60,80,100	20
			200	100,125,150,200	50
	RL2	500	25	2,4,6,10,15,20,25	1
			60	25,35,50,60	2
			100	80,100	3.5

另外，还有 RM10 系列无填料封闭管式熔断器，RT0 系列有填料封闭管式熔断器和 RLS、RL0、RS3 等系列快速熔断器，以及自复式熔断器。

熔断器在机床电路中不作为过载保护用，只作为短路保护用，而在照明电路中可作短路保护和严重过载保护用。熔体有额定电流和熔断电流两个参数，熔管有额定工作电压、额定工作电流、断流能力三个参数。

（2）型号意义

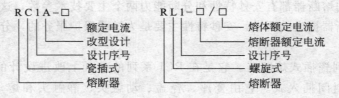

（3）熔断器的选用

① 熔断器的选择。

根据使用环境和负载性质选择适当类型的熔断器。

熔断器的额定电压必须不小于线路的工作电压。

熔断器的额定电流必须不小于所装熔体的额定电流。

熔断器的分断能力应大于电路可能出现的最大短路电流。

熔断器在电路中上、下两级的配合应有利于实现选择性保护。

② 熔体额定电流的选择。

对于负载电流比较平稳，没有冲击电流的短路保护，熔体的额定电流应等于或稍大于负载的工作电流，如一般照明或电阻炉负载。

对于一台不经常启动而且启动时间不长的电动机的短路保护，熔体的额定电流应取 1.5～2.5 倍电动机的额定电流。

对于一台经常启动或启动时间较长的电动机的短路保护，熔体的额定电流应取 2.5～3.5 倍电动机的额定电流。

对于多台电动机的短路保护，熔体的额定电流应取容量最大的一台电动机的额定电流的1.5~2.5倍与其余各台电动机额定电流之和。若电动机的容量较大，而实际负载又较小时，熔体的额定电流可适当选小些，小到以启动时熔体不熔断为准。

3.4 接触器

（1）种类、结构与应用 接触器是用来频繁地遥控接通或断开交直流主电路及大容量控制电路的自动控制电器。在电力拖动和自动控制系统中，主要控制对象是电动机，也可用于其他电力负载。它不仅能遥控通断电路，还具有欠电压、零电压释放保护，操作频率高、工作可靠、性能稳定、使用寿命长、维护方便等优点。接触器是有触点电磁式电器的典型代表，按主触头通过电流的种类，可分为交流接触器和直流接触器两种。

电磁接触器由电磁机构、触头系统、弹簧、灭弧装置及支架底座等部分组成。

接触器的主要技术参数有额定电压、额定电流、主触头接通与分断能力、电气寿命和机械寿命、线圈启动功率与吸持功率等。根据我国电压标准，接触器额定电压为交流380V、660V及110V，直流220V、440V及660V。接触器额定电流一般小于或等于630A。

直流接触器主要用以控制直流电路或频繁地操作和控制直流电动机，它的结构和工作原理与交流接触器基本相同，但也有区别。

常用的交流接触器有CJ20、CJX1、CJX2、CJ12、B、3TB等系列。CJ10、CJ12系列为早期全国统一设计产品，CJ10X系列消弧接触器是近年发展起来的新产品，适用于条件较差、频繁启动和反接制动的电路中。近年来从国外引进的产品有德国的B系列、3TB系列，法国的LC1-D和LC2-D系列接触器，它们符合国际标准，具有许多特点。CJ10系列交流接触器的技术数据如表3-9所列。

表 3-9 CJ10 系列交流接触器的技术数据

型号	主触头			辅助触头			线圈		可控制三相异步电动机的最大功率/kW		额定操作频率（次/h）
	对数	额定电流/A	额定电压/V	对数	额定电流/A	额定电压/V	电压/V	功率/V·A	220V	380V	
CJ10-10	3	10	380	均为两常开两常闭	5	380	可为36、110（127）、220、380	11	2.2	4	≤600
CJ10-20	3	20						22	5.5	10	
CJ10-40	3	40						32	11	20	
CJ10-60	3	60						70	17	30	

常用的直流接触器有CZ0、CZ18、CZ21、CZ22等系列。一般工业中，如冶金、机床设备的直流电动机控制，普遍采用CZ0系列直流接触器，因为它具有寿命长、体积小、工艺性好、零部件通用性强等优点。CZ0系列直流接触器主要技术数据如表3-10所列。

表 3-10　CZ0 系列直流接触器主要技术数据

型号	额定电流/A	额定电压/V	主触头数量		辅助触头数量		辅助触头额定电流/A	额定操作频率/(次/h)	操作线圈功率/W	额定控制电源电压/V	飞弧距离/mm
			常开	常闭	常开	常闭					
CZ0-40/20	40	440	2		2	2	5	1200	23	220 110 48 24	15
CZ0-40/02				2				600	24		
CZ0-100/10	100		1					1200	24		30
CZ0-100/01				1				600	180/27		
CZ0-100/20			2					1200	33		
CZ0-150/10	150		1					1200	33		35

（2）型号意义

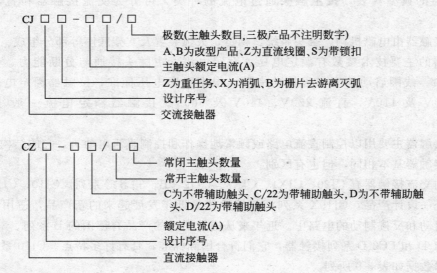

（3）接触器的选择

① 根据接触器所控制的电动机及负载电流类别选择相应的接触器类型。

② 选择接触器主触头的额定电压，其应大于或等于负载回路的额定电压。

③ 选择接触器主触头的额定电流，控制电阻性负载时其应等于负载的工作电流、控制电动机时其应大于或稍大于电动机的额定电流。

④ 选择接触器吸引线圈的电压，交流线圈有 36V、110V、127V、220V、380V 几种，直流线圈有 24V、48V、110V、220V、440V 几种。

⑤ 选择接触器的触头数量及触头类型，其触头数量应满足控制支路数的要求，触头类型应满足控制线路的功能要求。

3.5　继电器

继电器是一种根据输入信号（电量或非电量如电压、电流、转速、时间、温度等）的变化，接通或断开控制电路，实现自动控制和保护电力拖动装置的电器。一般不用来直接控制较强电流的主电路，主要用于反映控制信号，因此同接触器比较，其触头的分断能力很小，一般不设灭弧装置。

一般来说，继电器由承受机构、中间机构、执行机构三大部分组成。根据继电器在控制线路中的重要性，要求继电器具有反应灵敏、动作准确、切换迅速、工作可靠、结构简单、体积小、重量轻等特点。

3.5.1 电磁式继电器

它是应用最早的一种型式，属于有触点自动切换电器，它广泛应用于电力拖动系统中，起控制、放大、联锁、保护与调节的作用，以实现控制过程的自动化。按继电器反映的参数可分为：中间继电器、电流继电器、电压继电器等。

(1) 中间继电器

① 结构与应用。它是将一个输入信号变成一个或多个输出信号的继电器，其基本结构及工作原理与接触器完全相同，只是其触头对数较多，并且没有主、辅之分，各对触头允许通过的电流大小是相同的，额定电流为5A。

中间继电器的主要用途有两个：一是当电压或电流继电器触头容量不够时，可借助中间继电器来控制，用它作为执行元件，这时可被看成是一级放大器；二是当其他继电器或接触器触头数量不够时，可利用它来切换多条电路。常用的中间继电器有两种，一种如JZ7系列中间继电器，另一种为交直流中间继电器，如JZ14系列。

② 型号意义。

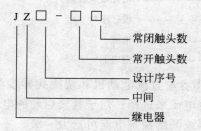

③ 中间继电器的选择。主要依据被控制电路的电压等级、所需触头的数量、种类及容量等要求来选择。常用中间继电器主要技术数据如表3-11所列。

表 3-11　常用中间继电器主要技术数据

型号	触头参数						操作频率/(次/h)	线圈消耗功率/V·A	动作时间/s	线圈电压/V 交流
	常开	常闭	电压/V	电流/A	分断电流/A	闭合电流/A				
JZ7-44	4	4	380	5	2.5	13				12、24、36、48、110、127、220、380、420、440、500
JZ7-62	6	2	220	5	3.5	13	1200	12		
JZ7-80	8	0	127	5	4	20				

(2) 电流继电器

① 种类与应用。它的线圈串接在电路中，根据电流值的大小而动作。根据实际应用的要求，电流继电器可分为过电流继电器和欠电流继电器。过电流继电器主要用于频繁启动和重载启动的场合，作为电动机或主电路的过载和短路保护，一般交流过电流继电器调整在$110\% \sim 400\% I_e$动作，直流过电流继电器调整在$70\% \sim 300\% I_e$动作；欠电流继电器的吸引电流为线圈额定电流的$30\% \sim 65\%$，释放电流为额定电流的$10\% \sim 20\%$。因此，当继电器线圈电流降低到额定电流的$10\% \sim 20\%$时，继电器即动作，给出信号，使控制电路作出应有的反应。

常用的电流继电器为JL14系列。JL14系列交直流电流继电器技术数据如表3-12所列。

表 3-12　JL14 系列交直流电流继电器技术数据

电流种类	型号	吸引线圈额定电流值/A	吸合电流调整范围	接点组合型式	用途	备注
直流	JL14-□□Z	1、1.5、2.5、5、10、15、25、40、60、100、150、300、600、1200、1500	$70\%\sim300\%I_N$	三常开、三常闭 二常开、一常闭 一常开、二常闭 一常开、一常闭	在控制电路中过电流或欠电流保护用	可取代 JT3-1 JT4-1 JT4-S JL3 JL3-J JL3-S 等老产品
	JL14-□□ZS					
	JL14-□□ZQ		$30\%\sim65\%I_N$ 或释放电流在$10\%\sim20\%I_N$ 范围			
交流	JL14-□□J		$110\%\sim400\%I_N$	二常开、二常闭 一常开、一常闭		
	JL14-□□JS					
	JL14-□□JG			一常开、一常闭		

② 型号意义。

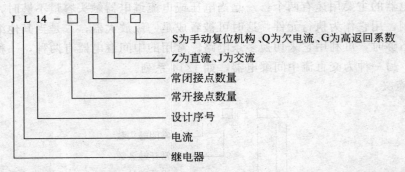

③ 过电流继电器选用。小容量直流电动机和绕线式异步电动机，其线圈的额定电流一般可按电动机长期工作的额定电流来选择；对于频繁启动的电动机，考虑到启动电流在继电器线圈中的发热效应，继电器线圈的额定电流可选大一级。

（3）电压继电器

① 种类与应用。它的线圈并联在电路中，根据电压大小而动作。其电磁机构及工作原理与接触器类同。根据实际应用的要求，电压继电器有过电压、欠电压、零电压继电器之分。过电压继电器一般动作电压为 $105\%\sim120\%U_e$ 以上时对电路进行过电压保护；欠电压继电器一般动作电压为 $40\%\sim70\%U_e$ 以下时对电路进行欠电压保护；零电压继电器一般动作电压为 $10\%\sim35\%U_e$ 时对电路进行零电压保护。具体的吸合电压及释放电压值的调整，应根据需要决定。

常用的过电压继电器为 JT4-A 型，欠电压及零电压继电器为 JT4-P 型。

② 型号意义。

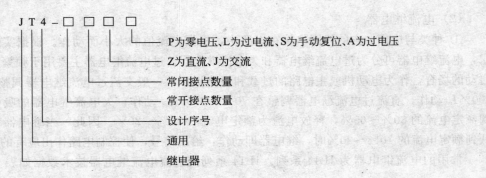

3.5.2 热继电器

(1) 种类、结构与应用　它是利用电流的热效应来推动动作机构使触头系统闭合或分断的保护电器。主要用于电动机的过载保护、断相保护、电流不平衡运行的保护及其他电气设备发热状态的控制。热继电器的形式有许多种，其中以双金属片式用得最多，其基本结构由加热元件、主双金属片、动作机构、触头系统、电流整定装置、复位机构和温度补偿元件等组成。

在一般情况下，应用两相结构的热继电器已能对电动机的过载进行保护，因为电源的三相电压均衡，电动机的绝缘良好，三相线电流也是对称的。但当三相电源因供电线路故障而发生严重的不平衡情况，或因电动机绕组内部发生短路或接地故障时，就可能使电动机某一相线电流比另外两相线电流要高，若该相线路中恰巧没有热元件，就不能对电动机进行可靠的保护，为此，就必须选用三相结构的热继电器。

三相电源的断相是引起电动机过载的常见故障之一。一般热继电器能否对电动机进行断相保护，还要看电动机绕组的连接方式。对于绕组是星形接法的电动机，普通的两相结构或三相结构的热继电器都可以起到断相保护作用；对于绕组是三角形接法的电动机，要进行可靠的断相保护作用，必须采用三相结构带断相保护装置的热继电器。

热继电器的主要技术参数有额定电压、额定电流、相数、热元件编号、整定电流调节范围、有无断相保护等。常用的热继电器有 JRS1、JR20、JR9、JR16、JR15、JR14 等系列，引进产品有 T 系列、3UA 系列。其中 T 系列热继电器是从德国 BBC 公司引进制造的新产品，主要用于交流 50Hz 或 60Hz、电压 660V 及以下的电力线路中，一般作为交流电动机的过载保护，常与 B 系列交流接触器配合组成 MSB 系列磁力启动器，T 系列热继电器可分组合安装式（插入式）和独立安装式（固定式）两种，共有 8 个规格、90 个品种。

(2) 型号意义

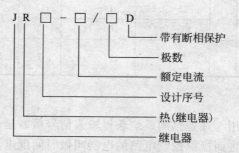

(3) 热继电器的选用　热继电器主要用于保护电动机的过载，因此在选用时，必须了解被保护对象的工作环境、启动情况、负载性质、工作制以及电动机允许的过载能力，当然还应了解热继电器的某些基本特性和特殊要求。

① 保护长期工作或间断长期工作的电动机。

根据电动机的启动时间，选取 $6I_N$ 下具有相应可返回时间的热继电器。一般取可返回时间为 (0.5～0.7) 的继电器动作时间。

选取热继电器整定电流范围的中间值为电动机的额定工作电流。使用时，热继电器的旋钮应调到该额定值，一般使其整定值为 $(0.95～1.05)I_N$，否则将不能起到保护作用。

作断相保护时，对于星形接法的电动机，可用一般不带断相保护的两相或三相热继电器。对于三角形接法的电动机，应选用带有断相保护装置的热继电器。

两相与三相热继电器的选用：在一般故障情况下，两相热继电器与三相热继电器具有相同的保护效果，因两相的制造与调试比较简单，所以应尽量选用两相热继电器，但当电网的相电压均衡性较差、三相负载不平衡、多台电动机的功率差别比较显著、工作环境恶劣或较少有人照管的电动机等不宜选用两相的。

② 保护反复短时工作制的电动机。热继电器用于反复短时工作电动机的保护时仅有一定范围的适应性，即当电动机的启动电流为 $6I_N$、启动时间小于 5s、电动机满载工作、通电持续率为 60％时，每小时允许操作次数最高不超过 40 次。要求更高的操作频率时，可选用特殊类型的热继电器。

③ 特殊工作制电动机的保护。正反转及密集通断工作的电动机不宜采用热继电器来保护，可选用埋入电动机绕组的温度继电器或热敏电阻来保护。

常用热继电器的技术规格如表 3-13 所列。

表 3-13　常用热继电器的技术规格

| 型号 | 额定电压/V | 额定电流/A | 相数 | 热元件 | | | 断相保护 | 温度补偿 | 复位方式 | 触头数量 |
				最小规格/A	最大规格/A	挡数				
JR16（JR0）	380	20	3	0.25～0.35	14～22	12	有	有	手动或自动	1常闭1常开
		60		14～22	10～63	4				
		150		40～63	100～160	4				
JR15	380	10	2	0.25～0.35	6.8～11	10	无	有	手动或自动	1常闭1常开
		40		6.8～11	30～45	5				
		100		32～50	60～100	3				
		150		68～110	100～150	2				
JR14	380	20	3	0.25～0.35	14～22	12	有	有	手动或自动	1常闭1常开
		150		64～100	100～160	2				
JR9	660	310	3	24～38	226～310	7	有	有	手动或自动	1常闭1常开

3.5.3　时间继电器

（1）种类、结构与应用　凡是感测系统获得输入信号后需延迟一段时间，然后它的执行系统才会动作输出信号，进而操纵控制电路的电器叫做时间继电器。它被广泛用来控制生产过程中按时间原则制定的工艺程序。时间继电器的种类很多，常用的主要有电磁式、电动式、空气阻尼式和晶体管式等。

空气阻尼式时间继电器又称气囊式时间继电器，它是利用气囊中的空气通过小孔节流的原理来获得延时动作的。常用的为 JS7-A 系列，根据其触头延时特点可分为通电延时动作与断电延时复位两种，主要由电磁机构、触头系统、气室及传动机构、机座等几部分组成。断电延时与通电延时两种时间继电器的组成元件是通用的，从结构上说，只要改变电磁机构的安装方向，便可获得两种不同的延时方式。

空气阻尼式时间继电器的优点是延时范围较大（0.4～180s），且不受电压和频率波动的影响；可以做成通电及断电两种延时形式；结构较简单、寿命长、价格低廉。缺点是延时误差大（±10%～±20%）；无调节刻度指示，难以精确地整定延时值；延时值易受周围环境温度、尘埃及安装方向的影响。在对延时精度要求较高的场合，不宜采用这种时间继电器。

电动式时间继电器是由同步电动机带动减速齿轮以获得延时的时间继电器，目前应用较普遍的为JS17系列，它适用于交流50Hz、额定电压500V及以下的电气自动控制线路中，用来由一个电路向另一个需要延时的被控电路发送信号。

晶体管时间继电器也称为半导体时间继电器或电子式时间继电器，它具有机械结构简单、延时范围广、精度高、返回时间短、消耗功率小、耐冲击、调节方便和寿命长等优点。其种类很多，按构成原理分为阻容式和数字式两类；按延时的方式分为通电延时型、断电延时型及带瞬间触点的通电延时型；按电压鉴别线路的不同分为采用单结晶体管的延时电路、采用不对称双稳态电路的延时电路及采用MOS型场效应管的延时电路三类。具有代表性的是JS20系列、JSJ型。

（2）型号意义

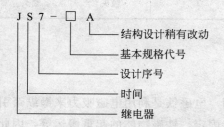

（3）时间继电器的选用

① 根据系统的延时范围选用适当的系列和类型。
② 根据控制电路的功能特点选用相应的延时方式。
③ 根据控制电压选择吸引线圈的电压等级。

在下列情况下可选用晶体管时间继电器。

① 当电磁式、电动式、空气阻尼式时间继电器不能满足电路控制要求时。
② 当控制电路要求延时精度较高时。
③ 控制回路相互协调需要无触点输出时。

JS7-A系列空气式时间继电器技术数据如表3-14所列。

表3-14　JS7-A系列空气式时间继电器技术数据

型号	瞬时动作触头数量		有延时的触头数量				触头额定电压/V	触头额定电流/A	线圈电压/V	延时范围/s	额定操作频率/(次/h)
			通电延时		断电延时						
	常开	常闭	常开	常闭	常开	常闭					
JS7-1A	—	—	1	1					24、36、110、127、220、380、420	0.4～60及0.4～180	600
JS7-2A	1	1	1	1			380	5			
JS7-3A	—	—			1	1					
JS7-4A	1	1			1	1					

3.5.4　速度继电器

它是用来反映转速和转向变化的继电器。它的基本工作方式和主要作用是依靠旋转速度的快慢为指令信号，通过触头的分合传递给接触器，从而实现对电动机反接制动控制。主要由定子、转子、端盖、可动支架、触头系统等组成。

目前机床线路中常用的速度继电器有 JY1 型和 JFZ0 型两种。其中 JY1 型能在 3000r/min 以下可靠地工作。JFZ0 型的触头动作速度不受定子偏转的影响，两组触头改用两个微动开关，其额定工作转速有 300～1000r/min（JFZ0-1 型）与 1000～3000r/min（JFZ0-2 型）。它们具有两个常开触点、两个常闭触点，触点额定电压为 380V、额定电流为 2A。一般速度继电器转轴转速达到 120r/min 以上时触头即动作，当转轴速度低于 100r/min 时触头即复位。JY1、JFZ0 型速度继电器技术数据如表 3-15 所列。

表 3-15　JY1、JFZ0 型速度继电器技术数据

型号	触头额定电压/V	触头额定电流/A	触头数量		额定工作转速/(r/min)	允许操作频率/(次/h)
			正转时动作	反转时动作		
JY1	380	2	1组转换触头	1组转换触头	100～3600	<30
JFZ0					300～3600	

3.6　电磁铁

(1) 种类、结构与应用　电磁铁是利用电磁吸力来操纵牵引机械装置，以完成预期的动作，或用于钢铁零件的吸持固定、铁磁物体的起重搬运等，因此也是将电能转换为机械能的一种低压电器。主要由铁芯、衔铁、线圈及工作机构四部分组成。

电磁铁的种类较多，按电流种类可分为交流电磁铁和直流电磁铁；按电源相数可分为单相、两相和三相；按线圈额定电压可分为 220V 和 380V；按功能可分为牵引电磁铁、阀用电磁铁、制动电磁铁和起重电磁铁。

电力拖动系统中常用的是三种电磁铁。

① 牵引电磁铁主要用于自动控制设备中，牵引或推斥其他机械装置，以达到自控或遥控的目的，一般具有装甲螺管式结构，目前常用的有 MQ1 和 MQ3 两个系列。

② 阀用电磁铁主要用于金属切削机床中远距离操作各种液压阀、气动阀，以实现自动控制，一般制成螺管直动式，分直流和交流两种，并具有防护外壳结构，如电磁换向阀就是利用电磁铁推动滑阀移动来控制液流流动方向的，换向阀在机床液压系统中用以改变液流方向，实现运动换向，接通或关断油路。

③ 制动电磁铁是操纵制动器作机械制动用的电磁铁，通常与闸瓦制动器配合使用，在电气传动装置中作电动机的机械制动，以达到准确和迅速停车的目的，一般电磁铁的线圈并联在电动机定子接线侧，所以制动电磁铁是随电动机供电而工作的。

(2) 电磁铁的选用

① 按控制系统电压选择其线圈电压。

② 根据工作要求选择适当的结构形式。

③ 当制动器的型号已经确定时，应根据规定正确选配电磁铁，配用见表 3-16 所列。

④ 其功率应不小于牵引或制动功率。

表 3-16　制动器与制动电磁铁的配用

制动器型号	制动力矩/(N·cm)		闸瓦退距/mm（正常/最大）	调整杆行程/mm（开始/最大）	电磁铁型号	电磁铁转矩/(N·cm)	
	通电持续率＝25%或40%	通电持续率＝100%				通电持续率＝25%或40%	通电持续率＝100%
TJ2-100	2000	1000	0.4/0.6	2/3	MZD1-100	550	300
TJ2-200/100	4000	2000	0.4/0.6	2/3	MZD1-200	550	300
TJ2-200	16000	8000	0.5/0.8	2.5/3.8	MZD1-200	4000	2000
TJ2-300/200	24000	12000	0.5/0.8	2.5/3.8	MZD1-200	4000	2000
TJ2-300	50000	20000	0.7/1	3/4.4	MZD1-300	10000	4000

第4章 继电-接触式控制线路（系统）安装与调试工艺

4.1 控制线路安装

4.1.1 板前明配线（硬线配线）

（1）进行元器件检查

① 外观检查，如外壳有无裂纹、各接线桩螺栓有无生锈、零部件是否齐全。

② 电磁机构动作是否灵活，有无衔铁卡阻等不正常现象，用万用表检查电磁线圈的通断情况。

③ 触头有无熔焊、变形、严重氧化锈蚀现象，触点开距、超程是否符合要求，以及各元件的电压等级、电流容量、触头数目及开闭状况等是否正确和符合要求。

在未通电的情况下，用手动及万用表检查各触点的分、断情况是否良好。如检查接触器时，当用手（工具）同时按下三副主触点并用力均匀，切忌用力过猛，以防触点变形，同时应检查接触器线圈电压与电源电压是否相符。

（2）安装电器元件注意事项

① 组合开关、熔断器的受电端子应安装在控制板的外侧，并使熔断器的受电端为底座的中心端。

② 各元件的安装位置应合理、整齐、匀称、间距合适和便于更换元件。

③ 紧固各元件时应用力均匀、紧固程度适当。在紧固熔断器、接触器等易碎裂元件时，应用手按住元件一边轻轻摇动一边用旋具轮流旋紧对角线的螺钉，直至手感摇不动后再适当旋紧一些即可。

（3）布线 进行布线时应符合平直、整齐、紧贴敷设面、走线合理及接点电气连接可靠、不松动等要求。其一般原则如下。

① 布线次序，一般以接触器为中心，由里向外，由低至高，先控后主，不妨碍后续布线。走线通道应尽可能少，同一通道中的沉底导线，按主、控电路分类集中，单层平行密排，并紧贴敷设面板，不走单线，更不能乱线敷设。

② 同一平面的导线应高低一致或前后一致，不能交叉。当必须交叉时，可在另一接线抬高时下穿，但必须走线合理。在遵循"就近原则"的基础上，针对于一个电器，接线时一般遵循左进右出、上进下出、高进低出的习惯原则。

③ 布线应横平竖直，变换走向时应垂直。

④ 导线与接线桩（接线端子）连接时，应不压绝缘层，不反圈及露铜过长。并做到同一元件、同一回路的不同接点的导线间距保持一致。

⑤ 电器元件一个接线端子上的连接导线不得超过两根；每节接线端子板上的连接导线一般只允许连接一根。

⑥ 接线时，严禁损伤线芯及导线绝缘。

⑦ 应编套与原理图上相一致的线号，如果线路简单可不套线号管。

4.1.2　线槽配线（软线配线）

（1）安装步骤

① 在电气原理图上编写好线号。

② 按电气原理图及负载电动机功率的大小配齐电器元件并进行检查。检查时包括：外观检查，如外壳有无裂纹、各接线桩螺栓有无生锈、零部件是否齐全；电磁机构动作是否灵活，有无衔铁卡阻等不正常现象，用万用表检查电磁线圈的通断情况；触头有无熔焊、变形、严重氧化锈蚀现象，触点开距、超程是否符合要求，以及各元件的电压等级、电流容量、触头数目及开闭状况等是否正确和符合要求。

③ 确定电器元件安装位置，根据行线多少和导线截面，估计并确定线槽的规格、型号，规划线槽走向，并按一定合理尺寸进行裁割。然后固定、安装电器元件与线槽，绘制电气接线图。在确定电器元件安装位置与规划线槽走向时，应做到既方便安装时布线，又便于维修。

（2）安装要求

① 电器元件固定应牢固、排列整齐，防止外壳压裂损坏。线槽安装要紧固可靠，避免敲打而引起破裂。

② 按电气接线图及线槽规划确定的走线方向进行布线，可先布主回路线，也可先布控制回路线。

具体工艺要求如下。

线槽换向拐弯应成直角，衔接方式用横竖各 45°角对插方式。线槽与器件之间的间隔要适当，以方便压线和换件。

布线时严禁损伤线芯和导线绝缘。控制板上各电器元件接线端子引出导线的走向，以元件的水平中心线为界，在水平中心线以上的必须进入元件上面的走线槽，在其水平中心线以下的必须进入元件下面的走线槽，任何导线都不允许从水平方向进入走线槽内。

各电器元件接线端子上引出或引入的导线，除间距很小和元件机械强度很差允许直接架空敷设外，其他导线必须经过走线槽进行连接。

各电器元件与走线槽之间的外露导线应走线合理，并尽可能做到横平竖直，且同一个元件上位置一致的端子和同型号电器元件中位置一致的端子上引出或引入的导线应敷设在同一平面上，应做到高低一致或前后一致，不得交叉。

进入走线槽内的导线要完全置于走线槽内，并应尽可能避免交叉，避免槽内行线过短而拉紧，要留有少量裕度，且装线时不要超过走线槽容量的 70%，以便于盖上线槽盖，以及今后的装配和维修。

所有接线端子、导线线头上都应套有与原理图上相应接点一致线号的编码套管，并按线号进行连接，连接必须牢靠，不得松动。

接线端子必须与导线截面积和材料性质相适用，当接线端子不适合连接软线或较小截面积的软线时，可以在导线端头穿上针形或叉形轧头并压紧。

一般一个接线端子只能连接一根导线，如果采用专门设计的端子，可以连接两根或多根导线，但导线连接的方式必须是公认的，在工艺上是成熟的，如夹紧、反接、焊接、绕接等，并应严格按照连接工艺工序要求进行。

主回路和控制回路的线号套管必须齐全，每一根导线的两端都必须套上编码套管，并注意线头号码编套方向一致，避免线号混淆。

4.2 控制线路调试

4.2.1 通电前的检查

安装完毕的控制线路，必须经过认真检查后，才能通电试车，以防止错接、漏接造成不能实现控制功能以至短路事故。

（1）通电前检查内容

① 按电气原理图或电气接线图从电源端开始，逐段核对接线及接线端子处线号，重点检查主回路有无漏接、错接及控制回路中容易接错之处，检查导线压接是否牢固、接触是否良好。

② 用万用表检查线路的通断情况，可先断开控制回路，用欧姆挡检查主回路有无短路现象，然后断开主回路再检查控制回路有无开路或短路现象，包括自锁、联锁装置的动作及可靠性。

③ 用 500V 兆欧表检查线路的绝缘电阻，应不小于 $1M\Omega$。

（2）自检方法　用万用表进行检查时，应选用电阻挡的适当倍率，并进行校零，以防错漏短路故障。

① 检查控制电路，可将表棒分别搭在 0 号线、1 号线线端上，读数应为"∞"，按下启动按钮时读数应为接触器线圈的直流电阻阻值（或几个的并联值）。

② 检查主电路时，可用手动来代替接触器励磁受电线圈吸合时的情况进行检查。

（3）注意事项

① 电动机及按钮的金属外壳必须可靠接地。接到电动机的导线必须穿在导线通道内加以保护，或采用坚韧的四芯橡皮线或塑料护套线进行临时通电校验。

② 电源进线应接在螺旋式熔断器底座的通中心端的接线桩上，出线应接在通螺纹外壳的接线桩上。

③ 按钮内接线时，用力不能过度，以防止螺钉打滑。

4.2.2 通电试运转

通电试车，必须征得指导教师检查和同意，并在指导教师的指导和监护下进行，合上电源后必须先验电。为保证人身安全，在通电试运转时，应认真执行安全操作规程的有关规定，一人监护、一人操作。试运转前，应检查与通电试运转有关的电气设备是否有不安全的因素存在，若有应立即整改，方能试运转。

通电试运转的顺序如下：（空载）试运转时接通三相电源，合上电源开关，用试电笔检查熔断器出线端看是否电源接通。按动操作按钮，观察接触器动作情况是否正常并符合线路功能要求；观察电器元件动作是否灵活，有无卡阻及噪声过大等现象，以及有无异味。检查负载接线端子三相电源是否正常。经反复几次操作，均正常后方可进行带负载试运转。通电试运行完毕，断开电源，拆除三相电源线。

4.2.3 控制线路故障检查与排除

控制线路故障检查的方法和步骤是：根据故障现象分析故障原因、判断故障范围，用电阻法、电压法、短接法等方法查找故障点。一般用电阻法进行故障点的查找。

（1）通电观察故障现象

第一步：验电。合上电源（空气开关），用电笔检查电动机控制线路进线端（端子排）是否有电，检查电动机控制线路电源开关（组合开关代用）上接线桩是否有电；合上控制线路电源开关，检查电源开关下接线桩、熔断器上接线桩、熔断器下接线桩是否有电；检查有金属外壳的元器件外壳是否有（漏）电。如一切正常，可进行下一步的通电试验。

第二步：通电试验，观察故障现象，分析、确定故障范围。按照故障现象，确定可能产生故障的原因，然后切断电源（注意，最后一定要切断总的电源开关，以确保安全），并在电路图上画出检查故障的最短路径。例如：如图 4-1 为两台电动机 M1、M2 顺序启动逆序停止的控制线路原理图，设电路只有一处故障，当按下启动按钮 SB2 时，M1 电动机不能启动，故障应在从 FU2 熔断器-1 号线-FR1 常闭触头-2 号线- FR2 常闭触头-3 号线-SB1 常闭触头-4 号线- SB2 常开触头（已按合）-5 号线-KM1 线圈-0 号线的路径中。

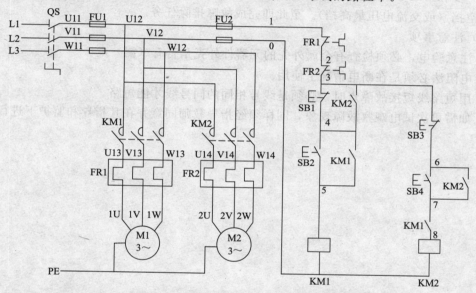

图 4-1　两台电动机顺序启动逆序停止的控制线路原理图

（2）检查并排除电路故障　把万用表从空挡切换到×10 或×100 电阻挡，并进行电气调零。调零后，可利用二分法，把万用表的一支表棒（黑表棒或红表棒）搭在所分析最短故障路径的起始一端（或末端），例如：上例中按下启动按钮 SB2 时，M1 电动机不能启动，把万用表的一支表棒（黑表棒或红表棒）搭在上图中 1 号线所接的 FU2 下接线桩，另一支表棒搭于处在所判断故障路径的中间位置的电气元件的接线桩上，如 4 号线所接的 SB1 接线桩（两表棒间如有启动按钮，应按下启动按钮）。此时，万用表指针如指向零位，表明故障不在两表棒间的电路路径上：1 号线-FR1 常闭触头-2 号线- FR2 常闭触头-3 号线-SB1 常闭触头中，而在所分析故障路径的另一半路径中（如电阻表现为无穷大"∞"，则故障即在此路径中。若两表棒间有线圈，无故障时电阻值应为线圈的直流电阻值，一般约为 1800～2000Ω）。

再用万用表检查另一半电路，对上例把万用表的一支表棒（黑表棒或红表棒）搭在 5 号线所接的 SB2 接线桩，另一支表棒搭于 0 号线所接的 FU2 下接线桩，电阻约为 1800～2000Ω，则路径 SB2 常开触头-5 号线-KM1 线圈-0 号线-熔断器 FU2 中无故障，故障应在

SB1-SB2 的 4 号线上。如用万用表测量 SB1-SB2 的 4 号线电阻确为无穷大 "∞"，则故障判断正确。然后用短接线连接 SB1-SB2 的 4 号线即可排除故障。

以上第二步判断由于只有三段线（分别是 SB1-SB2 的 4 号线、SB2 常开触头- KM1 线圈的 5 号线、KM1 线圈-熔断器 FU2 的 0 号线），也可用万用表一段一段线地检查，直至找到故障点，找到后用短接线连接故障点排除故障。

（3）通电试车复查，完成故障排除任务　试车前先用万用表初步检查控制电路的正确性。上例顺序启动逆序停止控制线路，用万用表的×10 或×100 电阻挡，搭在控制回路熔断器 FU2 下接线桩的 0 号线与 1 号线之间，按下启动按钮 SB2，电阻应为 1800～2000Ω；模拟 KM1 通电吸合状态（手动使 KM 1 吸合），同时按下启动按钮 SB4 电阻应为 900～1000Ω；模拟 KM1、KM2 同时通电吸合状态，电阻也应为 900～1000Ω，则电路功能正常。再按第一步和第二步试电步骤通电试车，试车成功，拆除短路线，整理好工作台，并把万用表打回空挡（或交流电压最高挡）。至此即完成故障排除任务。

（4）注意事项

① 注意验电，必须检查有金属外壳的元器件外壳是否有（漏）电。

② 电阻法必须是在断电情况下使用。

③ 用短路线短接故障点时，必须是线号相同的同号线才能短路。

④ 如需再次试电观察故障现象，同样须经指导教师同意并在其指导和监护下进行。

第5章 继电-接触式控制线路 （系统）设计工艺

在控制系统设计中，应树立正确的设计思想和工程实践的观点，使之最大限度地满足生产机械对电气控制的要求，并在满足控制要求的前提下，力求使控制系统简单、经济、实用、安全可靠、便于操作和维修。

机床电气控制系统设计的基本内容主要有：确定电力拖动方案、选择电动机的容量及结构型式、设计电气控制电路图、选择控制电器、进行电气设备施工设计包括编写设计说明书与使用说明书等。

5.1 电力拖动方案确定与拖动电动机选择

5.1.1 确定电力拖动方案

首先根据机床工艺要求及结构选用电动机的数量，然后根据机床各运动机构要求选择控制方案。

电力拖动方式的发展趋势是多电机拖动，它使电动机逐步接近工作机构。机床各运动机构和部件分别由单独电动机拖动，不仅能缩短机械传动链、提高传动效率、便于自动化，而且能使总体结构得到简化。

一般金属切削机床的主运动和进给运动，以及要求具有快速平稳的动态性能和准确定位的设备，都要求具有一定的调速范围，为此可采用如齿轮变速箱、液压调速装置、双速或多速电动机及电气无级调速方案等，同时，电动机调速性质应与负载特性相适应，选用时应根据设备的具体情况和工作性质及要求进行。

5.1.2 选择拖动电动机

电动机的选择包括电动机的种类、结构型式、额定转速和额定功率。

（1）根据工作环境选择电动机的结构型式

① 在正常环境条件下，一般采用防护式电动机，在人员及设备安全有保证的前提下亦可采用开启式电动机。

② 在空气中存在较多粉尘的场所，宜用封闭式电动机。

③ 在湿热带地区或比较潮湿的场所，应尽量选用湿热带型电动机，若用普通型电动机应采取相应的防潮措施。

④ 在露天场所宜采用户外型电动机，若有防护措施也可采用封闭型或防护型电动机。

⑤ 在高温车间，应根据周围环境温度选用相应绝缘等级的电动机，并加强通风，改善电动机工作条件，提高电动机的工作容量。

⑥ 在有爆炸危险、有腐蚀性气体的场所，应选用隔爆型、防腐型电动机。

（2）根据生产机械负载性质选择电动机的类型 电动机的类型是指电动机的电压级别、电流种类、转速及工作原理。确定类型的主要根据是电动机应在经济条件下满足生产机械在工作速度、机械特性硬度、速度调节、启制动特性等方面所提出的要求。具体选择原则如下。

① 不需要调速的机械应首先考虑选用异步电动机。

② 对于周期性波动负载的长期工作机械，为削平尖峰负载，一般都采用电动机带飞轮工作，这时应考虑启动条件和充分利用飞轮的作用而选用绕线型异步电动机。

③ 需要补偿电网功率因数及稳定的工作速度时，应优先考虑采用同步电动机。

④ 对于只需几种速度，但不要求调速的生产机械，选用多速异步电动机。

⑤ 要求大的启动转矩和恒功率调速时，常选用直流串励电动机。

⑥ 对启动、调速及制动要求较高的生产机械常选用直流电动机或带调速装置的交流电动机。

⑦ 要求调速范围很宽的机械，最好采用机械变速与电气调速相结合的办法，这样易于收到技术和经济指标都较高的效果。

（3）电动机转速的选择

① 对于不需要调速的高转速或中转速的机械，一般应选用相应转速的异步电动机或同步电动机直接与机械相连接。

② 对于不调速的低速运转的生产机械，一般是选用适当转速的电动机通过减速机构来传动，但电动机转速不宜过高，以免增加减速器的制造和维修。

③ 对于需要调速的机械，电动机的最高转速应与生产机械的最高转速相适应，连接方式可以采用直接传动或者通过减速机构来传动。

（4）电动机容量的选择　电动机的容量说明它的负载能力，主要与电动机的允许温升和过载耐量有关。实际上，电动机的额定容量由允许温升决定。正确选择电动机容量的原则，应当是在电动机能够胜任生产机械负载要求的前提下，最经济最合理地决定电动机的额定功率，既不能选得过大，也不能选得过小。若选得过大，不能充分利用电动机的工作能力，会使电动机的效率及功率因数（交流电动机）降低，增加投资，造成浪费，极不经济；若选得过小，会使电动机过载而缩短寿命甚至被烧毁，或者只能在保证电动机不过热的情况下降低负载使用。电动机容量的选择有两种方法，即调查统计类比法与分析计算法。

5.2　继电-接触式控制系统设计的一般要求

生产机械电气控制系统是生产机械的重要组成部分，它对生产机械能否正确可靠地工作起着决定性的作用。因此，必须正确地设计电气控制电路、合理地选用电器元件。设计线路时应满足如下要求。

5.2.1　电气控制系统应满足生产机械的工艺要求

设计前，应充分了解生产机械的工作性能、基本结构、运动情况及实际加工工艺过程，在此基础上考虑具体控制方案，如控制方式，启动、反向、制动及调速等控制，并设置必要的保护与联锁，以保证生产机械工艺要求的实现。

5.2.2　控制线路电流种类与电压数值的要求

对于比较简单的控制线路，且电器元件不多时，往往直接采用交流 380V 或 220V 电压，不用控制电源变压器。采用这一方案时，动力电源电路中的过电压将直接引进控制线路，这对电器元件的可靠工作不利；另外，由于控制线路电压较高，对维护与操作安全不利，因此必须引起注意。

对于比较复杂的控制线路，根据 GB 5226—85《机床电气设备通用技术条件》的规定，当机床电气系统电磁线圈（如接触器、继电器等）超过 5 个或电柜外还有控制器件或仪表时，必须采用分离绕组的变压器给控制和信号电路供电，将控制电压降到如 110V 或 48V、24V，这种方案对维修与操作以及电器元件的可靠工作均有利。

对于操作比较频繁的直流电力传动的控制线路，常用 220V 或 110V 直流电源供电。若控制电压过高，在电器线圈断电的瞬间将产生很高的过电压（可达额定电压的 10 倍以上），这将对电器的工作可靠性及使用寿命有影响。若控制电压过低，电器触头不易可靠的接通，影响系统的正常工作。直流电磁铁及电磁离合器的控制线路，常用 24V 直流电源供电。

交流控制电路的电压为：24V、48V、110V（优选值）、220V、380V、50Hz；直流控制电路的电压为：24V、48V、110V、220V。只能使用低电压的电子电路和电子装置可以采用其他的低电压。对于大型机床，线路长、串联的触点多、压降大，不推荐使用 24V 或 48V。

5.2.3 保证控制线路工作的可靠性、安全性

电器元件应完好无损且符合质量要求，工作稳定可靠，符合使用环境条件，电器元件动作时间的配合不致引起竞争，要求其动作时间小（需延时的除外），如线圈的吸引、释放时间不影响线路正常工作。

电器元件的线圈和触点的连接应符合 GB 5226—85 有关规定。电器的线圈或触头连接不正确，会使控制线路发生误动作，以至造成严重的事故。

在实际连接时，应注意以下几点。

① 正确连接电器的电磁线圈。交流电压线圈通常不能串联使用，即使是两个同型号电压线圈也不能采用串联后接在两倍线圈额定电压的交流电源上；在直流控制电路中，对于电感较大的电磁线圈如电磁阀、电磁铁或直流电动机励磁线圈等不宜与相同电压等级的继电器直接并联工作。

② 合理安排电器元件及触点位置。在实际运行中应使电路安全以及简化外部连接、不浪费导线，一般应使分布在线路不同位置的同一电器触头尽量接到同一个极或同一相上（比如尽量将所有电器的联锁触头接在线圈的上端，线圈的下端直接接到电源），以免在电器触头上引起短路。

③ 防止出现寄生电路。在电气控制电路动作过程中，发生意外接通的电路即寄生电路，它将破坏电器和线路的工作顺序，造成误动作。

④ 减少触头数和连接导线。尽量减少被控制的负载或电器在接通时所经过的触头数，通过触头的合理布置，使工作可靠；尽量减少控制线路中所用的控制电器数量和触头数量，在满足动作要求的条件下，所用的电器越少、触头越少，控制线路的故障机会率就越低，工作的可靠性也就越高。如常用的方法有合并同类触头（但应注意触头的额定电流是否允许）、利用转换触头（此法只适用于有转换触头的中间继电器）、利用半导体二极管的单向导电性（此法用于弱电电器控制线路中既经济又可靠，已在自动化磨床上应用）；减少连接导线，将各电器触头的位置合理安排，特别要注意：同一电器的不同触头在线路中应尽可能具有更多

的公共连接线，这样可以简化接线工作、减少导线段数和缩短导线长度。

⑤ 应考虑电器触头的接通和分断能力。在电路中采用小容量的继电器触点来断开与接通大容量接触器线圈时，若触点容量不够，必须加大继电器容量或在线路中加接中间继电器、或增加线路中触头数目，否则工作不可靠。

⑥ 在电气控制电路工作时，应尽量减少通电电器数量，以减少故障可能性并节约电能。

5.2.4 应具有必要和合适的保护环节

电气控制电路在事故情况下，应能保证操作人员、电气设备、生产机械的安全，并能有效地制止事故的扩大。因此，应采取一定的保护措施以确保安全，为了避免由于线路故障引起事故的可能性，在线路内采取一定的保护措施，如常用的有：漏电开关保护、短路、过载、过流、过压、欠压失压、联锁、行程保护等，包括一些必要的如通断、安全、事故等指示。

5.2.5 操作和维修方便

电气控制电路应从操作与维修人员的工作出发，力求做到操作简单、维护检修方便。

5.2.6 控制线路力求简单和经济实用

在满足生产工艺要求的前提下，控制线路应力求简单、经济和实用。尽量选用标准电气控制环节和电路，缩减电器数量，采用标准件和尽可能选用相同型号的电器。

5.3 电气控制电路图的设计

在电力拖动方案及拖动电动机容量确定之后，以及明确了控制系统设计要求的基础上，就可以开始进行电气控制电路图的设计。首先要确定电气控制方案，然后再进行电气控制原理图的设计。

机床的电气控制系统应能保证机床的使用效能和正确的动作程序，在控制方案中要考虑并明确：控制方式（应与设备的通用化和专用化程度相适应）、自动工作循环的组成、控制系统的工作方式、联锁条件及电气保护，以及控制电器的电源种类和工作电压，包括有关设备操纵、信号指示、仪表检测及局部照明等。

生产机械电气控制电路图的设计有分析设计法与逻辑设计法。

5.3.1 分析设计法

即经验法，也可以称为拼凑法。它是根据生产工艺的要求，先设计各个独立环节的控制电路，选择适当的基本控制环节（单元电路）或将比较成熟的电路按联锁条件与联系组合起来，并经补充和修改，综合成满足控制要求的完整电路。当没有现成典型环节可运用时，可根据控制要求边分析边设计，且最后考虑尽量减少电器与触头数目，以力求取得好的技术与经济效果。因此，具体设计中常有两种做法。

① 根据生产机械的工艺要求与工作过程，将现有典型环节集聚起来，加以补充修改，最后综合形成所需的控制线路。

② 在找不到现成典型环节时，则根据生产机械的工艺要求与工作过程自行设计，边分析边画图，将输入的主令信号经过适当转换，得到执行元件所需要的工作信号。

这种方法在设计过程中，要随时增加电器元件和触头，以满足所给定的工作条件。它没有固定的设计程序，设计方法简单，易于掌握，是在熟练掌握各种电气控制电路的基本环节和具有一定的阅读分析电气控制电路能力的基础上进行的，对于具备一定工作经验的电气技术人员来说，能较快地完成设计任务，因此在电气设计中被普遍采用。一般不太复杂的继电-接触式控制线路都按此法进行设计，掌握较多的典型环节（简单基本控制线路、较复杂常见控制线路）和具有较丰富的实践经验对设计工作大有益处，通过不断设计实践能较快较好地掌握。但它不易获得最佳方案，对于同一个工艺要求往往会设计出各种不同结构和形式的控制线路，设计出来后要反复审核甚至模拟试验，直到电路动作准确无误，完全满足控制要求为止，且线路不一定最简单、最经济。

5.3.2 逻辑设计法

它是从生产机械工艺资料（如工作循环图）出发，将控制线路中的接触器、继电器线圈的通电与断电，触头的闭合与断开，以及主令元件的接通与断开等看成逻辑变量，将其表示为逻辑关系并经逻辑函数式化简，然后按化简后的逻辑函数式画出相应的电路结构图，最后作进一步的检查、化简和完善工作，以获得最佳设计方案，使线路既符合工艺要求，又做到简单、可靠、经济合理。

5.4 绘制与识读电气图的原则

5.4.1 电气控制线路原理图

① 原理图一般分电源电路、主电路、控制电路、信号电路及照明电路。

电源电路画成水平线，三相交流电源相序 L1、L2、L3 由上而下依次排列画出，中线 N 和保护线 PE 画在相线之下。直流电源则正端在上、负端在下画出。电源开关要水平画出。

主电路即受电的动力装置及保护电器，它通过的是电动机的工作电流，电流较大。主电路要垂直电源电路画在左侧。

控制电路即控制主电路工作状态的电路。信号电路即显示主电路工作状态的电路。照明电路即实现机床设备局部照明的电路。这些电路通过的电流都较小，画原理图时，它们跨接在两相电源线之间，依次垂直画在主电路的右侧，且电路中的耗能元件（如接触器和继电器的线圈、信号灯、照明灯等）要画在下方，而电器的触头画在耗能元件的上方。

② 原理图中，各电器的触头位置都按常态位置画出。分析原理时，应从触头的常态位置出发。

③ 原理图中，各电器元件采用国家规定的统一国标符号画出。

20 世纪 60 年代初，国家科委批准发布 GB 312—64、GB 313—64、GB 314—64、GB 315—64、GB 316—64 五个标准。按照新的国家标准（GB 6988）的规定，电气图分为 15 种，其中电路图是用图形符号并按工作顺序排列，详细表示电路、设备或成套装置的全部基本组成和连接关系，而不考虑其实际位置的一种简图，目的是便于详细理解作用原理、分析和计算电路特性。20 世纪 60 年代初期，中国采用的图形符号主要根据 GB 312《电工系统图图形符号》、GB 313《电力及照明平面图图形符号》、GB 314《电信平面图图形符号》，20 世纪 80 年代，中国参照国际通用标准颁布了一套新的电气图图形符号标准即 GB 4728—84、85《电气图用图形符号》，它将电气图形符号分为 11 类。另如 GB 6988—86《电气制图》、

GB 7159—87《电气技术中的文字符号制订通则》、GB 4457—84《机械制图》等。图形符号旁还要标注相应的文字符号，其通常由基本符号、辅助符号及数字组成，新的以 IEC 规定的通用英文含义为基础、旧的是以汉语拼音字母为基础。国际电工委员会（IEC）是国际标准化组织（ISO）的成员组织，专门负责电力和电子工业领域标准化的问题，它所颁布的标准（即 IEC 标准）在国际上具有一定的权威性。

④ 原理图中，同一电器的各元件按其在线路中的作用分画于不同的电路（支路），但它们的动作是相互关联的，应标以相同的文字符号；若图中相同的电器较多，则在电器文字符号后边加上数字以示区别。

⑤ 原理图中，对有直接电联系的交叉导线（十字）连接点，要用小黑圆点表示。

⑥ 主电路各接点标记。

三相交流电源引入线采用 L1、L2、L3 标记。

电源开关之后的三相交流电源主电路分别按 U、V、W 顺序标记。

分级三相交流电源主电路采用三相文字代表 U、V、W 的前边加上阿拉伯数字 1、2、3 等来标记。如 1U、1V、1W；2U、2V、2W 等。

各电动机分支电路各接点标记采用三相文字代号后面加数字来表示，数字中的个位数表示电动机代号，十位数字表示该支路各接点的代号，从上到下按数值大小顺序标记。如 U11 表示 M1 电动机的第一相的第一个接点代号。

电动机绕组首端分别用 U1、V1、W1 标记，尾端分别用 U2、V2、W2 标记。双绕组的中点则用 U3、V3、W3 标记。

控制电路采用阿拉伯数字编号，一般由三位或三位以下的数字组成，标注方法按"等电位"原则进行。在垂直绘制的电路中，标号顺序一般由上而下编号，凡是被线圈、绕组、触点或电阻、电容等元件所间隔的线段，都应标以不同的电路标号。

5.4.2 电气安装图

电气安装图是用来指示电气控制系统中各电器元件的实际安装位置和接线情况的。包括电器位置图和安装接线图两个部分。

（1）电器位置图　用来详细表明电气原理图中各电气设备、元器件的实际安装位置，可视电气控制系统复杂程度采取集中绘制或单独绘制，图中各电器代号应与有关电路图和电器清单上所有元器件代号相同。电器设备、元器件的布置应注意以下几个方面。

① 体积大和较重的电器设备、元器件应安装在电器安装板的下部，而发热元件应安装杂电器安装板的上部。

② 强电、弱电应分开，弱电应加屏蔽，以防止外界干扰。

③ 需要经常维护、检修、调整的电器元件安装位置不宜过高或过低。

④ 电器元件的布置应考虑整齐、美观、对称。外形尺寸与结构类似的电器安装在一起，以利安装和配线。

⑤ 电器元件布置不宜过密，应留有一定间距。如用走线槽，应加大各排电器间距，以利于布线和故障维修。

（2）安装接线图　用来表明电气设备或装置之间的接线关系，清楚地表明电气设备外部元件的相对位置及它们之间的电气连接，是实际安装布线的依据。其主要用于电器的安装接线、线路检查、线路维修和故障处理，通常接线图与电气原理图和元件布置图一起使用。电气接线图的绘制原则如下。

① 各电气元件均按实际安装位置绘出，元件所占图面按实际尺寸以统一比例绘制，尽可能符合电器的实际情况。

② 一个元件中所有的带电部件均画在一起，并用点画线框起来，即采用集中表示法。

③ 各电气元件的图形符号和文字符号必须与电气原理图一致，并符合国家标准。

④ 各电气元件上凡是需接线的部件端子都应绘出，并予以编号，各接线端子的编号必须与电气原理图上的导线编号相一致。

⑤ 绘制安装接线图时，走向相同的相邻导线可以绘成一股线。

5.5 控制电器的选择

在继电-接触式电气控制电路图设计完成后，即着手选择各种控制电器。正确、合理地选用电器元件是控制电路安全、可靠工作的重要保证。

一般常用控制电器的选择见第 3 章所述，这里主要介绍控制变压器以及导线截面积的选择。

5.5.1 控制变压器的选用

控制变压器一般用于降低控制电路或辅助电路电压，以保证控制电路安全可靠。其选择原则如下。

① 控制变压器一、二次侧电压应与交流电源电压、控制电路电压与辅助电路电压要求相符。

② 应保证接于变压器二次侧的交流电磁器件在启动时能可靠地吸合。

③ 电路正常运行时，变压器温升不应超过允许温升。

④ 控制变压器容量的近似计算公式为：$S \geqslant 0.6 \sum S_1 + 1/4 \sum S_2 + 1/8 \sum S_3 K$

式中，S 为控制变压器容量（V·A），S_1 为电磁器件的吸持功率（V·A），S_2 为接触器、继电器启动功率（V·A），S_3 为电磁铁启动功率（V·A），K 为电磁铁工作行程 L 与额定行程 L_N 之比的修正系数（当 $L/L_N = 0.5 \sim 0.8$ 时 $K = 0.7 \sim 0.8$，$L/L_N = 0.85 \sim 0.9$ 时 $K = 0.85 \sim 0.95$，$L/L_N = 0.9$ 以上时 $K = 1$）。

满足上式时，既可保证已吸合的电器在启动其他电器时仍能保持吸合状态，且正在启动的电器也能可靠地吸合。式中系数 1/4 和 1/8 为经验数据，当电磁铁额定行程小于 15mm、额定吸力小于 15N 时，系数 1/8 修正为 1/4。系数 0.6 表示在电压降至 60% 时，已吸合的电器仍能可靠地保持吸合状态。

控制变压器也可按长期运行的温升来考虑，这时变压器容量应大于或等于最大工作负荷的功率，即 $S \geqslant \sum S_1 K_1$，式中，S_1 为电磁器件吸持功率（V·A），K_1 为变压器容量的储备系数，一般 K_1 取 1.1 ~ 1.25。也可按下式计算：$S \geqslant 0.6 \sum S_1 + 1.5 \sum S_2$，式中的 S、S_1、S_2 与上边第一式中相同。

5.5.2 导线截面积的选择

导线截面积必须按正常工作条件下流过的最大稳定电流来选择，并考虑环境条件。同时还应考虑电动机启动、电磁线圈吸合及其他电流峰值引起的电压降。导线的最小截面积，以及几种导线的载流量有关数据，如表 5-1～表 5-5 所列，可供选用时考虑。

表 5-1　导线的最小截面积/mm²

使用场合及说明	电线		电缆		
	软线	硬线	双芯		三芯和三芯以上
			屏蔽	不屏蔽	
电柜外	1	—	0.75	0.75	0.75
电柜外频繁运动的机床部件之间的连接	1	—	1	1	1
电柜外很小电流的电路连接	1	—	0.3	0.5	0.3
电柜内	0.75	—	0.75	0.75	0.75
电柜内很小电流的电路连接	0.2	0.2	0.2	0.2	0.2

表 5-2　机床用电线的载流容量

导线截面积/mm²	一般机床载流量/A		机床自动线载流量/A	
	在线槽中	在大气中	在线槽中	在大气中
0.5	6	6.5	5	5.5
0.75	9	10	7.5	8.5
1	12	13.5	10	11.5
1.5	15.5	17.5	13	15
2.5	21	24	18	20
4	28	32	24	27
6	36	41	31	34
10	50	57	43	48
16	68	76	58	65
25	89	101	76	86

表 5-3　几种规格的塑料绝缘铜线的安全载流量/A

导线截面积/mm²	固定敷设用的线芯		明线安装	穿钢管安装		
	线芯股数/单股直径/mm	近似英规股数/线号		一管二根线	一管三根线	一管四根线
1.0	1/1.13	1/18#	17	12	11	10
1.5	1/1.37	1/17#	21	17	15	14
2.5	1/1.76	1/15#	28	23	21	19
4	1/2.24	1/13#	35	30	27	24
6	1/2.73	1/11#	48	41	36	32
10	7/1.33	1/17#	65	56	49	43
16	7/1.70	1/16#	91	71	64	56

表 5-4　几种规格的塑料绝缘软导线的安全载流量/A

导线截面积/mm²	0.5	0.75	0.8	1.0	1.5	2.0	2.5
单根芯线软导线载流量	8	13	14	17	21	25	29

表 5-5　绝缘导线安全载流量的温度校正系数

环境最高平均温度/℃	35	40	45	50	55
校正系数	1.0	0.91	0.82	0.71	0.58

注：表5-3、表5-4 所列的安全载流量是根据线芯最高允许温度为65℃、周围空气温度为35℃而定的。当实际环境最高平均温度超过35℃的地区（指当地最热月份的平均最高温度），导线的安全载流量应乘以表5-5 所列的校正系数。

第6章　操作技能训练

课题一　如图 6-1 所示电动机双重联锁正反转控制线路的安装与调试

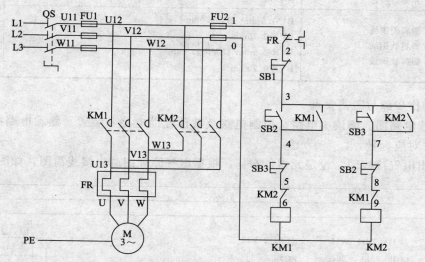

图 6-1　电动机双重联锁正反转控制线路原理图

（1）目的和要求　熟悉控制电路的工作原理、特点及应用，熟练掌握控制线路安装与调试基本操作技能，能正确选用电器元件、材料，能熟练发现并排除线路常见故障。

（2）任务

① 按图纸要求安装电路。

② 按所给定电动机功率及其他条件选用电器元件、材料。

③ 完成通电调试步骤，排除线路常见故障。

（3）工具、仪表　电工通用工具一套，万用表、兆欧表、钳形电流表。

（4）电器元件、材料　准备清单如表 6-1 所列（给定电动机的功率后自行填写）。

表 6-1　电动机双重联锁正反转控制线路安装与调试电器元件、材料准备清单

序　号	名　　　称	型号与规格	数　量	备　注
1	三相异步电动机	Y112M-4,4kW、380V、8.8A、△接法	1 台	
2	配线板	500mm×600mm×20mm	1 块	
3	组合开关	HZ10-25/3	1 只	
4	交流接触器	CJ10-10,线圈电压 380V	2 只	
5	热继电器	JR16-20/3	1 只	
6	熔断器及熔芯配套	RL1-60/20	3 套	
7	熔断器及熔芯配套	RL1-15/2	2 套	

序 号	名 称	型号与规格	数 量	备 注
8	三联按钮	LA10-3H	1个	
9	接线端子排	JX2-1015	1条	
10	木螺丝	$\phi 3 \times 25mm$	若干	
11	行线槽	TC3025	若干	
12	别径压端子	UT2.5-4、UT2.5-5、UT1-3、UT1-4	若干	
13	异型塑料管	$\phi 3mm$	若干	
14	塑料硬铜线 塑料软铜线 塑料软铜线	BV-1.5mm²、BV-1.0mm²， BVR-0.75mm²； BVR-2.5mm²、BVR-1.0mm²、 BVR-0.75mm²	若干	

（5）操作步骤与工艺要点

① 阅读电路图。阅读主电路、控制电路及其他辅助电路和装置，熟悉电路的组成和工作原理，并对应标号。

② 画出电气接线图。设定元器件布局，根据电气原理图画出接线简图，如图 6-2 所示。

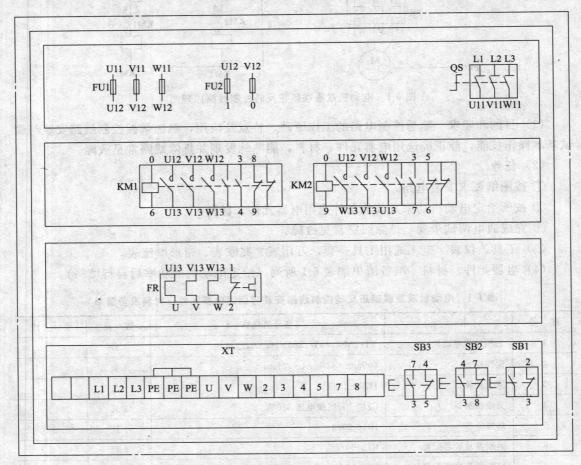

图 6-2　电动机双重联锁正反转控制线路接线简图

③ 配齐电器元件，并检查元器件的质量。根据图纸要求配齐电器元件，注意其数量、型号、规格以及外观、活动部件、线圈和触点通断等情况应符合要求。

④ 依接线图在配电板上合理布置和安装电器元件。元器件布局要整齐、匀称、合理，既要方便安装和布线，又要便于操作、维护检修，元器件安装应牢靠、整齐美观。

⑤ 布线。其工艺要求见第二节中有关叙述。

⑥ 不通电自检。从电源开始逐段核对线号检查其是否与图纸相一致，检查元器件安装是否牢固，线路有无漏接、错接，线头有无脱落、松动，用万用表检查主、控线路的通断功能，特别要注意正、反转倒相与正、反转联锁接线是否正确，检查主、控电路熔断器，检查热继电器整定值，用兆欧表检测线路绝缘电阻等。

⑦ 通电试车。自检（可包括互检）工作完毕后经指导教师检查合格并在指导教师监护下进行，接线时先接负载端、后接电源端，先接接地线、后接三相电源相线，电动机外壳接地必须良好，电动机接线正确，通电时先闭合电源开关后按启动按钮、断电时先按停止按钮后断电源开关，争取试车一次成功。如果发现有故障则立即进行查找并排除，直到成功（在时间允许时，可由指导教师或同学或自己在已完成的线路上人为设置故障点进行排故练习）。

⑧ 清理现场。

［分别用软线和硬线进行练习。练习争取在规定时间内完成，并做到安全生产、文明操作。］

课题二　如图 6-3 所示三相异步电动机丫-△降压启动控制线路的安装与调试

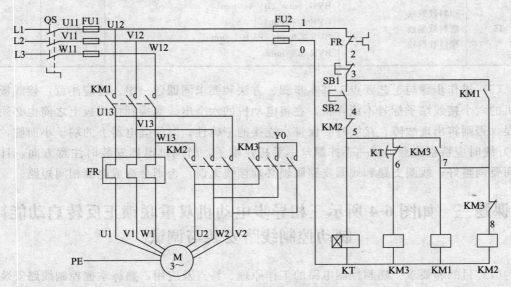

图 6-3　电动机丫-△降压启动控制线路原理图

（1）目的和要求　熟悉控制电路的工作原理、特点及应用，熟练掌握控制线路安装与调试基本操作技能，能正确选用电器元件、材料，能熟练发现并排除线路常见故障。

（2）任务

① 按图纸要求安装电路。

61

② 按所给定电动机功率及其他条件选用电器元件、材料。

③ 完成通电调试步骤，排除线路常见故障。

（3）工具、仪表 电工通用工具一套，万用表、兆欧表、钳形电流表。

（4）电器元件、材料 准备清单如表 6-2 所列（给定电动机的功率后自行填写）。

表 6-2 三相异步电动机丫-△降压启动控制线路安装与调试电器元件、材料准备清单

序　号	名　　称	型号与规格	数　量	备　注
1	三相异步电动机	Y112M-4,4kW,380V,8.8A,△接法	1 台	
2	配线板	500mm×600mm×20mm	1 块	
3	组合开关	HZ10-25/3	1 只	
4	交流接触器	CJ10-10,线圈电压 380V	3 只	
5	热继电器	JR16-20/3	1 只	
6	时间继电器	JS7-2A	1 只	
7	熔断器及熔芯配套	RL1-60/20	3 套	
8	熔断器及熔芯配套	RL1-15/2	2 套	
9	三联按钮	LA10-3H	1 个	
10	接线端子排	JX2-1015	1 条	
11	木螺丝	$\phi 3 \times 25mm$	若干	
12	行线槽	TC3025	若干	
13	别径压端子	UT2.5-4、UT2.5-5、UT1-3、UT1-4	若干	
14	异型塑料管	$\phi 3mm$	若干	
15	塑料硬铜线 塑料软铜线 塑料软铜线	BV-1.5mm²、BV-1.0mm²、 BVR-0.75mm²； BVR-2.5mm²、BVR-1.0mm²、 BVR-0.75mm²	若干	

（5）操作步骤与工艺要点 基本步骤、方法和要求同课题一中。还应注意：接线板上电动机的六个接线端子标号不能弄错，在将电动机的六个出线端接到接线板上之前也必须判明无误，否则将出现故障；接线时要保证△连接的正确性；时间继电器上的端子小而脆，在接（拆）线时应特别注意，须一手拧螺丝一手托住端子，时间继电器安装时注意方向，且延时时间要调整好；线圈支路和线圈支路联锁必须接线无误，否则会造成电源相间短路。

课题三　如图 6-4 所示三相异步电动机双重联锁正反转启动能耗制动控制线路安装与调试

（1）目的和要求 熟悉控制电路的工作原理、特点及应用，熟练掌握控制线路安装与调试基本操作技能，能正确选用电器元件、材料，能熟练发现并排除线路常见故障。

（2）任务

① 按图纸要求安装电路。

② 按所给定电动机功率及其他条件选用电器元件、材料。

③ 完成通电调试步骤，排除线路常见故障。

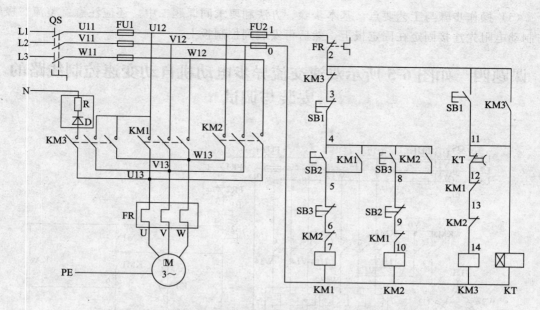

图 6-4 电动机双重联锁正反转启动能耗制动控制线路原理图

（3）工具、仪表　电工通用工具一套，万用表、兆欧表、钳形电流表。

（4）电器元件、材料　准备清单如表 6-3 所列（给定电动机的功率后自行填写）。

表 6-3　三相异步电动机双重联锁正反转启动能耗制动控制线路安装与调试电器元件、材料准备清单

序 号	名　　称	型号与规格	数　量	备　注
1	三相异步电动机	Y112M-4,4kW,380V,8.8A,△接法	1 台	
2	配线板	500mm×600mm×20mm	1 块	
3	组合开关	HZ10-25/3	1 只	
4	交流接触器	CJ10-10,线圈电压 380V	3 只	
5	热继电器	JR16-20/3	1 只	
6	时间继电器	JS7-2A	1 只	
7	熔断器及熔芯配套	RL1-60/20	3 套	
8	熔断器及熔芯配套	RL1-15/2	2 套	
9	整流二极管	2CZ30、15A、600V	1 只	
10	三联按钮	LA10-3H	1 个	
11	接线端子排	JX2-1015	1 条	
12	木螺丝	φ3×25mm	若干	
13	行线槽	TC3025	若干	
14	别径压端子	UT2.5-4、UT2.5-5、UT1-3、UT1-4	若干	
15	异型塑料管	φ3mm	若干	
16	塑料硬铜线 塑料软铜线 塑料软铜线	BV-1.5mm²、BV-1.0mm²， BVR-0.75mm²； BVR-2.5mm²、BVR-1.0mm²、 BVR-0.75mm²	若干	

（5）操作步骤与工艺要点　基本步骤、方法和要求同课题二中。还应注意：整流二极管与制动电阻先连接固定在固定板上，然后再安装到控制板上。

课题四　如图 6-5 所示双速交流异步电动机自动变速控制线路的安装与调试

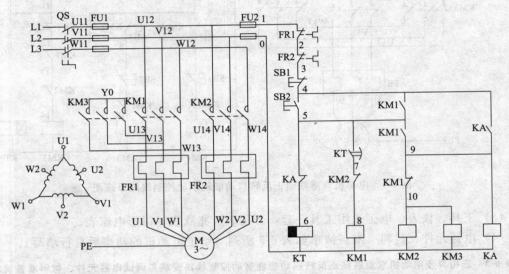

图 6-5　双速交流异步电动机自动变速控制线路（一）原理图

（1）目的和要求　熟悉控制电路的工作原理、特点及应用，熟练掌握控制线路安装与调试基本操作技能，能正确选用电器元件、材料，能熟练发现并排除线路常见故障。

（2）任务

① 按图纸要求安装电路。

② 按所给定电动机功率及其他条件选用电器元件、材料。

③ 完成通电调试步骤，排除线路常见故障。

（3）工具、仪表　电工通用工具一套，万用表、兆欧表、钳形电流表、转速表。

（4）电器元件、材料　准备清单如表 6-4 所列（给定电动机的功率后自行填写）。

表 6-4　双速交流异步电动机自动变速控制线路安装与调试电器元件、材料准备清单

序　号	名　称	型号与规格	数　量	备　注
1	双速电动机	YD123M-4/2,6.5/8kW、△/2Y、13.8/17.1A	1 台	
2	配线板	500mm×600mm×20mm	1 块	
3	组合开关	HZ10-25/3	1 只	
4	交流接触器	CJ10-20,线圈电压 380V	3 只	
5	热继电器	JR16-20/3,整定电流 13.8A 和 17.1A 各 1 只	2 只	
6	中间继电器	JZ7-44A,线圈电压 380V	1 只	
7	时间继电器	JS7-2A,线圈电压 380V	1 只	
8	熔断器及熔芯配套	RL1-60/40	3 套	

序　号	名　　称	型号与规格	数　量	备　注
9	熔断器及熔芯配套	RL1-15/2	2套	
10	接线端子排	JX2-2515	1条	
11	木螺丝	$\phi 3 \times 25mm$	若干	
12	行线槽	TC3025	若干	
13	别径压端子	UT2.5-4、UT2.5-5、UT1-3、UT1-4	若干	
14	异型塑料管	$\phi 3mm$	若干	
15	塑料硬铜线 塑料软铜线 塑料软铜线	BV-1.5mm²、BV-1.0mm²， BVR-0.75mm²； BVR-2.5mm²、BVR-1.0mm²、 BVR-0.75mm²	若干	

（5）操作步骤与工艺要点　基本步骤、方法和要求同课题二中。还应注意：接线板上电动机的六个接线端子标号不能弄错，在将电动机的六个出线端连接到接线板上之前也必须判明无误，否则将出现故障；两种转速下电源相序不要弄错。

接线简图如图 6-6 所示。

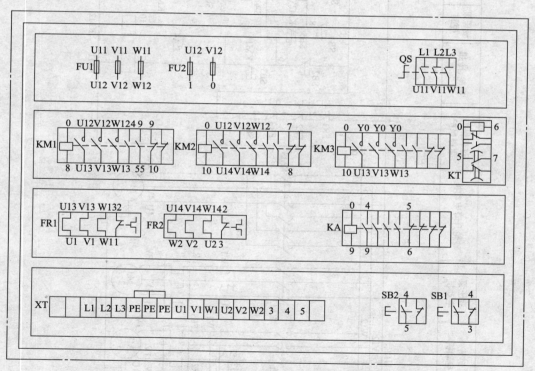

图 6-6　双速交流异步电动机自动变速控制线路接线简图

课题五　如图 6-7 所示 M7120 型平面磨床电气控制线路的安装与调试

（1）目的和要求　熟悉机床电气控制线路的基本组成、工作原理和特点，熟练掌握线路安装与调试基本操作技能，能正确选用电器元件、材料，能熟练发现并排除线路常见故障。

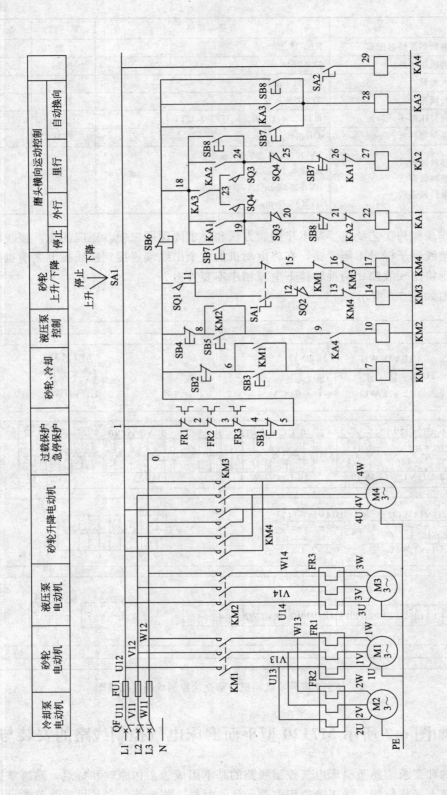

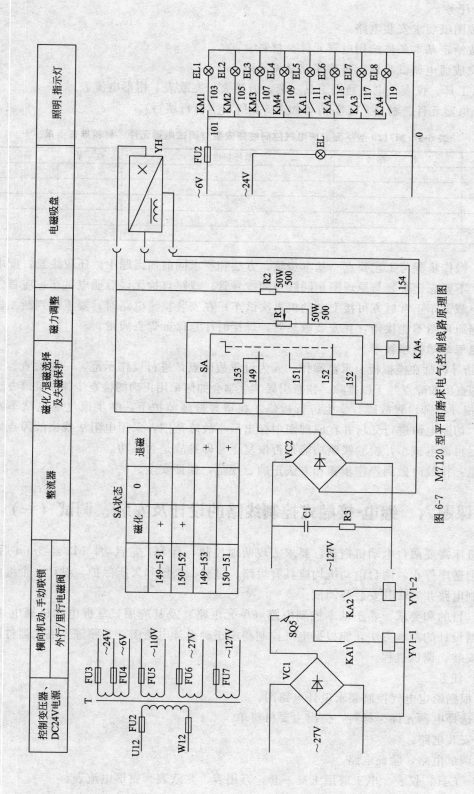

图 6-7 M7120 型平面磨床电气控制线路原理图

（2）任务

① 按图纸要求安装电路。

② 按给定基本条件选用电器元件、材料。

③ 完成通电调试步骤，排除线路常见故障。

（3）工具、仪表 电工通用工具一套，万用表、兆欧表、钳形电流表。

（4）电器元件、材料 准备清单如表6-5所示（自行填写）。

表6-5 M7120型平面磨床电气控制线路安装与调试电器元件、材料准备清单

序　号	名　　称	型号与规格	数　量	备　注

（5）操作步骤与工艺要点 基本步骤、方法和要求同前面课题中。还应注意：配电板外部接线，不要忘记套装与原理图相同线号的线号管；线路自检无误后通电试车，应首先空载试车，空载试车正常后方可接上电动机再次试车；在安装整流电路时，要正确判断二极管极性，根据原理图不能接错，并安装散热器，焊接时注意保证焊点质量。

【附】 电气故障检修教学

① 指导教师在模拟板上示范操作。人为设置故障点，进行操作示范，一边检查、一边分析，直到查出故障点并予以排除。注意引导学生学会如何采用正确的检查步骤和维修方法。

② 指导教师设置故障，学生进行检修。在指导教师监护下，学生通过通电试车发现故障现象，切断电源进行分析并在原理图中标出最小故障范围，采用电阻法找出故障点，修复故障点后再通电试车，检验线路功能是否恢复正常即排故是否成功。

注意：排故时做到操作步骤和方法正确、规范，保证安全。

课题六　继电-接触式控制线路的设计及安装、调试（一）

某机床需要两台电动机拖动，要求实现两地控制，且M1先启动，M2经3min后启动，停车时则逆序停止，两台电动机均应具有短路、过载、失压和欠压保护。设计一个继电—接触式控制电路并完成其安装与调试。

（1）目的和要求 熟悉基本控制电路（单元电路）及其应用，掌握电动机继电-接触式控制线路设计的基本方法，能根据电气控制要求正确设计电路图，并熟练完成元器件选择及电路的安装、调试过程。

（2）任务

① 根据给定电气控制要求设计电路图。

② 选择电器元件、材料，提出主要材料单。

③ 安装电路。

④ 调试电路，验证电路。

（3）工具、仪表 电工通用工具一套，万用表、兆欧表、钳形电流表。

（4）电器元件、材料 器材清单如表6-6所列（自行填写）。

序　号	名　　称	型号与规格	数　量	备　注

（5）操作步骤与工艺要点

① 理解和归纳控制要求。主要为：顺序启动，逆序停止，两地启动、停止，M1 先启动 M2 经 3min 后启动，两台电动机均要具有短路、过载、失压和欠压保护。

② 设计电路图。思路是：

为实现顺序启动，在后启动控制支路中串联先启动的接触器的常开触头，为实现逆序停止，在先启动控制支路中加后启动的接触器的常开触头，并将其并联在先启动支路的停止按钮的两端；

两地控制线路的接线原则是，控制同一台电动机的几个启动按钮并联、停止按钮串联；

M1 先启动 M2 需经 3min 后启动，用时间继电器延时控制来实现；

用熔断器、热继电器、接触器等实现对电动机的短路、过载、失压和欠压保护。

③ 选择电器元件、材料，提出主要材料单。列出所需电器元件、材料的名称及它们的数量、型号、规格等，形成材料清单。

④ 进行电路的安装。基本步骤和要求同前面的课题中。

⑤ 进行电路的调试，验证电路。调试的基本步骤和要求同前面的课题中，并最后检查、验证所设计和安装电路的工作情况，看其控制功能是否满足给定要求。

⑥ 清理现场。

［练习争取在规定时间内完成，并做到安全生产、文明操作。］

参考电路原理图如图 6-8 所示。

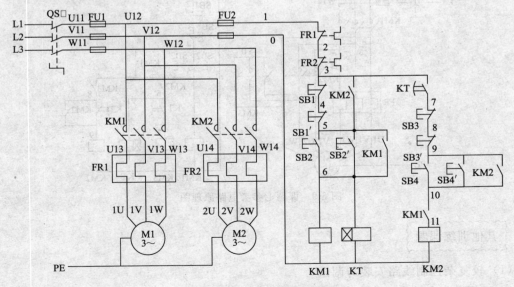

图 6-8　课题六参考电路原理图

69

课题七 继电-接触式控制线路的设计及安装、调试（二）

有一台机床设备，由型号为 Y160M1-2、功率 11kW、定子绕组为三角形接法的三相异步电动机拖动，电动机轻载启动，设计一个两地控制（启动、停止）且具有短路、过载、失压和欠压保护的继电-接触式自动降压启动控制电路，并完成其安装与调试。

（1）目的和要求 熟悉基本控制电路（单元电路）及其应用，掌握电动机继电-接触式控制线路设计的基本方法，能根据电气控制要求正确设计电路图，并熟练完成元器件选择及电路的安装、调试过程。

（2）任务

① 根据给定电气控制要求设计电路图。

② 选择电器元件、材料，提出主要材料单。

③ 安装电路。

④ 调试电路，验证电路。

（3）工具、仪表 电工通用工具一套，万用表、兆欧表、钳形电流表。

（4）电器元件、材料 器材清单如表 6-7 所列（自行填写）。

表6-7 继电-接触式控制线路设计及安装、调试（二）电器元件、材料清单

序　号	名　　　称	型号与规格	数　　量	备　注

（5）操作步骤与工艺要点 基本步骤、方法和要求同课题六中。这里，其降压启动因电动机正常工作时定子绕组为三角形接法且属轻载启动，所以用丫-△降压启动控制来实现。

参考电路原理图如图 6-9 所示。

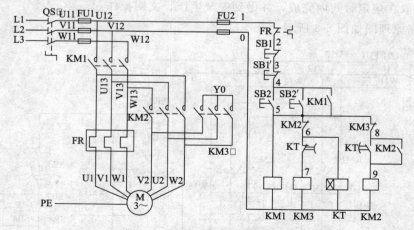

图6-9 课题七参考电路原理图

> 其他训练课题

（1）较复杂控制线路安装与调试

① 三相异步电动机工作台自动往返控制电路安装调试。

70

② 两（三）台三相异步电动机顺序控制电路安装调试。

③ 三相异步电动机多地控制电路安装调试。

④ 三相异步电动机降压启动控制电路安装调试（丫-△启动、自耦变压器启动、串电阻启动、延边三角形启动等）。

⑤ 多速交流异步电动机自动变速控制电路安装调试（双速控制、三速控制）。

⑥ 三相异步电动机停车制动控制电路安装调试（能耗制动、反接制动等）。

⑦ 较复杂（混合）控制电路安装调试。

（2）典型通用机床部分主要控制线路安装与调试

① 车床部分主要控制线路安装与调试。

② 钻床部分主要控制线路安装与调试。

③ 磨床部分主要控制线路安装与调试。

④ 铣床部分主要控制线路安装与调试。

⑤ 镗床部分主要控制线路安装与调试。

（3）较复杂控制线路（系统）设计及安装、调试

① 设计一个三相异步电动机继电-接触式控制电路，要求：能实现正反转点/常动控制，且具有短路、过载、失压和欠压保护。并完成其安装与调试。

② 画出三相异步电动机正反转且两地控制的继电-接触式控制电路，要求具有短路、过载、失压和欠压保护。并完成其安装与调试。

③ 画出三相异步电动机单向启动运转、反接制动的继电-接触式控制电路，要求具有短路、过载、失压和欠压保护。并完成其安装与调试。

④ 画出三相异步电动机串电阻降压启动、能耗制动的继电-接触式控制电路，要求具有短路、过载、失压和欠压保护。并完成其安装与调试。

⑤ 画出双速交流异步电动机低速运行及低速启动高速运行（自动变速）的继电-接触式控制电路，要求具有短路、过载、失压和欠压保护。并完成其安装与调试。

⑥ 有一台设备长 10m，由两台电动机拖动工作，其中主轴电动机采用三角形连接，油泵电动机采用三相微型电动机，根据工艺要求：

a. 油泵电动机先启动，主轴电动机才能启动运转；

b. 由于车身长且高，要求能三处启动、停止；

c. 主轴电动机需降压启动；

d. 主轴电动机停车后经 10s 油泵电动机方能停止；

e. 两台电动机具有短路、过载、失压和欠压保护。设计一个继电-接触式控制电路并完成其安装与调试。

⑦ 某磨床用 4kW 三角形接法的三相异步电动机拖动工作台，要求：

工作台自动往返循环工作；

到终端换向时需停顿 4s，自动进行工作；

机床停车用无变压器能耗制动；

电动机具有短路、过载、失压和欠压保护。设计一个继电-接触式控制电路并完成其安装与调试。

⑧ 一台并励直流电动机用电枢反接法实现正反转，设计一个继电-接触式控制电路并完成其安装与调试。

【附】 一些基本控制线路（系统）原理图

① 双速交流异步电动机自动变速控制线路（二），如图 6-10 所示。

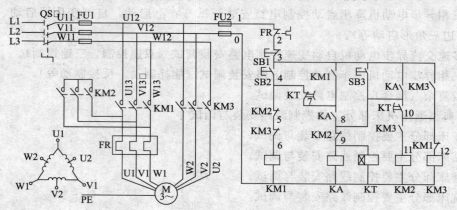

图 6-10 双速交流异步电动机自动变速控制线路（二）原理图

② 三速交流异步电动机自动变速控制线路，如图 6-11 所示。

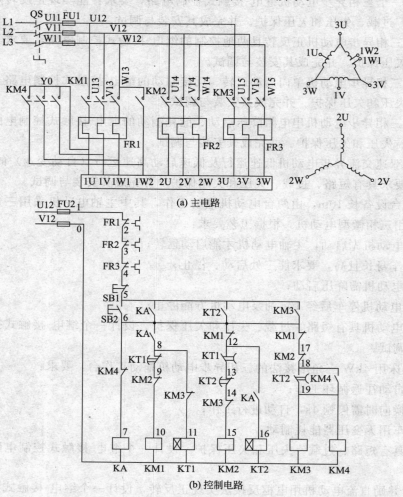

(a) 主电路

(b) 控制电路

图 6-11 三速交流异步电动机自动变速控制线路原理图

③ 电动机自耦变压器降压启动控制线路，如图 6-12 所示。

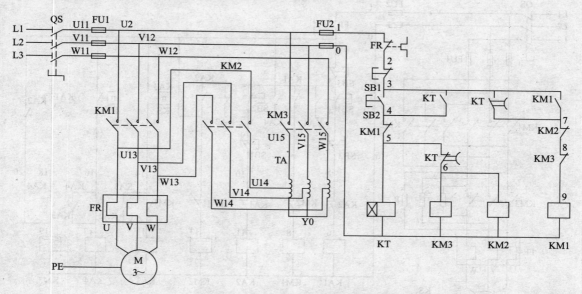

图 6-12　电动机自耦变压器降压启动控制线路原理图

④ 电动机延边三角形降压启动控制线路，如图 6-13 所示。

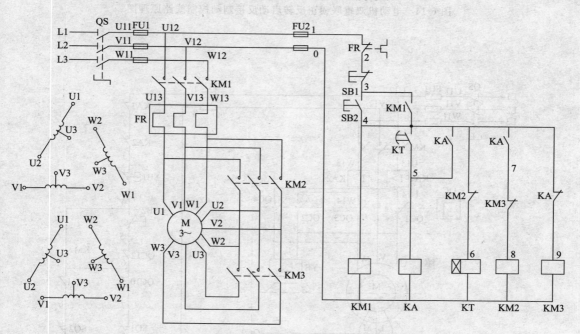

图 6-13　电动机延边三角形降压启动控制线路原理图

⑤ 电动机双重联锁正反转启动反接制动控制线路，如图 6-14 所示。

⑥ 绕线式交流异步电动机启动、机械制动控制线路，如图 6-15 所示。

⑦ 绕线式交流异步电动机转子绕组串电阻启动控制线路，如图 6-16 所示。

⑧ 并励直流电动机电枢回路串电阻二级启动控制线路，如图 6-17 所示。

⑨ 并励直流电动机正反转启动、反接制动控制线路，如图 6-18 所示。

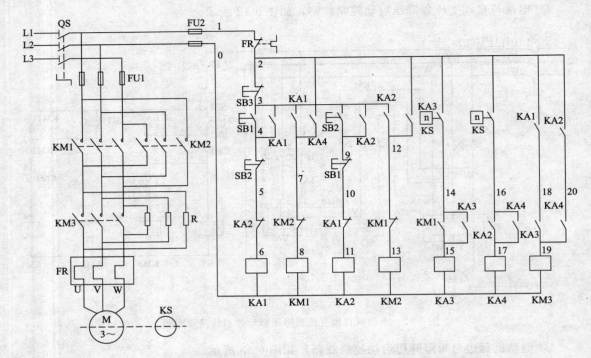

图 6-14　电动机双重联锁正反转启动反接制动控制线路原理图

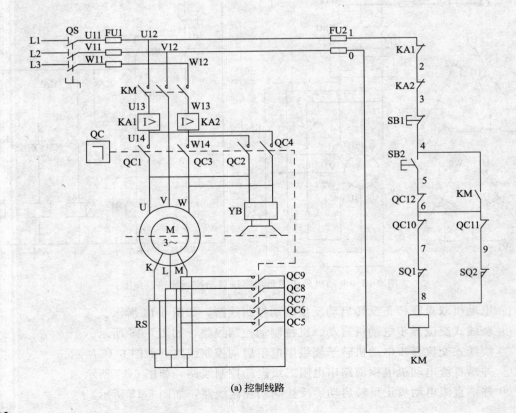

(a) 控制线路

触点		反转					零位	正转				
代号	图形	5	4	3	2	1	0	1	2	3	4	5
QC1								×	×	×	×	×
QC2		×	×	×	×	×						
QC3								×	×	×	×	×
QC4		×	×	×	×	×						
QC5		×	×	×						×	×	×
QC6		×	×	×								
QC7												
QC8		×										×
QC9		×										×
QC10							×	×	×	×	×	×
QC11		×	×	×	×	×	×					
QC12							×					

(b) 凸轮控制器触头分合表

图 6-15　绕线式交流异步电动机启动、机械制动控制线路原理图

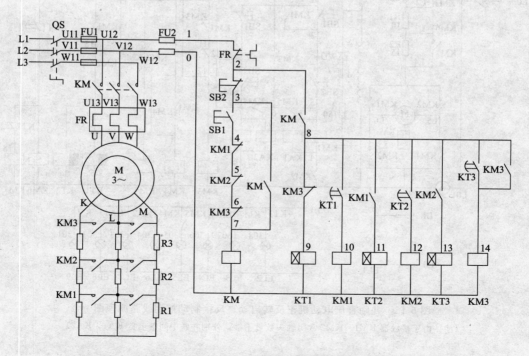

图 6-16　绕线式交流异步电动机转子绕组串电阻启动控制线路原理图

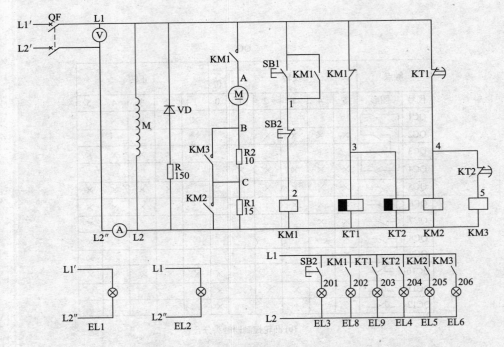

图 6-17　并励直流电动机电枢回路串电阻二级启动控制线路原理图

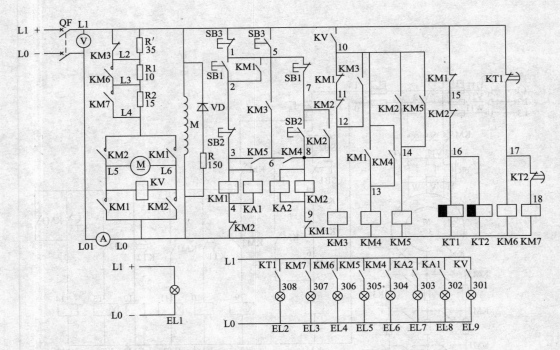

图 6-18　并励直流电动机正反转启动、反接制动控制线路原理图
（注：由于接触器 KM1、KM2 常闭触头数量不够，分别并联中间继电器 KA1、KA2）

⑩ C6163B 型车床电气控制线路，如图 6-19 所示。

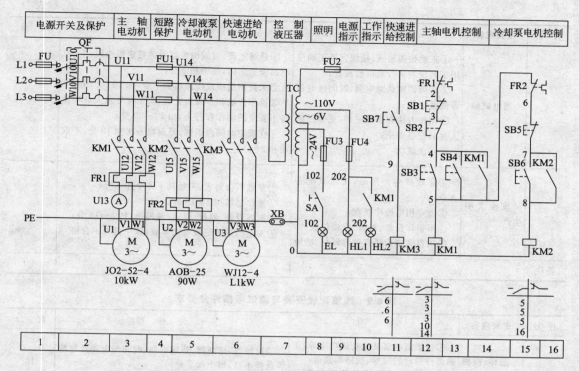

图 6-19　C6163B 型车床电气控制线路原理图

【附】　继电-接触式控制线路（系统）设计、安装与调试考核评分要求，分别如表6-8～表6-10 所列。

表 6-8　板前明配线安装与调试考核评分要求

序号	主要内容	要　　求	评　分　标　准	配分
1	选择、检测器材	①按图纸电路及电动机功率等，正确选择器材的型号、规格和数量； ②正确使用工具和仪表检测元器件	①接触器、熔断器、热继电器、时间继电器及导线等选择不当，每个扣2分； ②元器件检测失误，每个扣2分	10
2	元件安装	①按图纸要求，正确使用工具熟练安装元器件； ②布局合理、整齐，安装准确、牢固	①元器件未按要求布局或布局不合理、不整齐、不匀称，扣2分； ②安装不准确、不牢固(以至漏装螺钉)，每只扣2分； ③造成元器件损坏，每只扣3～5分	10
3	布线	①布线规范、整齐、横平竖直，接线紧固、美观、接触良好，在接线桩上标出线号。不能乱线敷设； ②电源和电动机配线、按钮接线要接到端子排上，并注明引出端子标号； ③按图接线，元器件接线正确	①布线不合理、不规范，不横平竖直，甚至乱线敷设，每根扣1.5分(乱线敷设每根扣5分)； ②接线松动、露铜过长、反圈、接触不良(压绝缘层)以至损伤导线绝缘或线芯等，每处扣1.5分； ③线号标记不清楚、漏标、错标，每处扣1分； ④未按图接线或接线不正确，扣10～20分	40

序号	主要内容	要 求	评 分 标 准	配 分
4	通电试验	①正确按图接线,接线完毕正确使用工具仪表进行通电前检查; ②正确调整热继电器、时间继电器等的整定值; ③操作方法和步骤正确,更要保证人身和设备安全; ④一次成功	①热继电器、时间继电器等的整定值错误,主、控电路配错熔体,每个扣3分; ②未按图接线或线路功能不全,扣10~20分; ③操作方法和步骤不正确,甚至有导致人身和设备不安全的动作和行为,扣10~30分; ④在规定时间内返修,每返修一次扣10分,不成功扣25分	30
5	安全文明生产	①穿戴好防护用品,工量具配备齐全; ②遵守用电操作规程; ③不损坏设备、器材、仪器仪表; ④项目完毕后认真整理器材、场地	①穿戴不合要求、工量具不齐全扣3分; ②操作违规扣3~10分; ③损坏设备、器材、仪表(较轻微)扣5~10分; ④发生严重违纪或重大事故,该项目为不合格	10
备注			合　计	100

表 6-9　线槽配线安装与调试考核评分要求

序号	主要内容	要 求	评 分 标 准	配 分
1	选择、检测器材	①按图纸电路及电动机功率等,正确选择器材的型号、规格和数量; ②正确使用工具和仪表检测元器件	①接触器、熔断器、热继电器、时间继电器及导线等选择不当,每个扣2分; ②元器件检测失误,每个扣2分	10
2	元件安装	①按图纸要求,正确使用工具熟练安装元器件; ②布局合理、整齐,安装准确、牢固	①元器件、线槽未按要求布局或布局不合理、不整齐、不匀称,扣2分; ②安装不准确、不牢固(以至漏装螺钉),每只扣2分; ③造成元器件损坏,每只扣3~5分	10
3	布线	①接线紧固、美观、无毛刺,导线要进行线槽; ②电源和电动机配线、按钮接线要接到端子排上,进出线槽的导线要有端子标号,引出端要用别径压端子; ③按图接线,元器件接线正确	①布线不美观、有毛刺,不进行线槽,每根扣1.5~5分; ②接点松动、露铜过长、接触不良(压绝缘层)以至损伤导线绝缘或线芯等,每处扣1.5分; ③引出端无别径压端子,线号标记不清楚、漏标、错标,每处扣1分; ④未按图接线或接线不正确,扣10~20分	40
4	通电试验	①正确按图接线,接线完毕正确使用工具仪表进行通电前检查; ②正确调整热继电器、时间继电器等的整定值; ③操作方法和步骤正确,更要保证人身和设备安全; ④一次成功	①热继电器、时间继电器等的整定值错误,主、控电路配错熔体,每个扣3~5分; ②未按图接线或线路功能不全,扣10~20分; ③操作方法和步骤不正确,甚至有导致人身和设备不安全的动作和行为,扣10~30分; ④在规定时间内返修,每返修一次扣10分。不成功扣25分	30
5	安全文明生产	①穿戴好防护用品,工量具配备齐全; ②遵守用电操作规程; ③不损坏设备、器材、仪器仪表; ④项目完毕后认真整理器材、场地	①穿戴不合要求、工量具不齐全扣3分; ②操作违规扣3~10分; ③损坏设备、器材、仪表(较轻微)扣5~10分; ④发生严重违纪或重大事故,该项目为不合格	10
备注			合计	100

表 6-10　继电-接触式控制线路设计及安装、调试考核评分要求

序号	主要内容	要　求	评分标准	配分
1	电路设计	①根据提出的电气控制要求,正确绘出电路图; ②按所设计的电路图,提出主要材料单	①主电路设计1处错误扣5分; ②控制电路设计1处错误扣5分; ③主要材料单有误,每处扣2分	30
2	检测器材	正确使用工具和仪表检测元器件	元器件检测失误,每个扣1分	5
3	元件安装	①按图纸要求,正确使用工具熟练安装元器件; ②布局合理、整齐,安装准确、牢固	①元器件(包括线槽)未按图纸要求布局或布局不合理、不整齐、不匀称,扣2分; ②安装不准确、不牢固(以至漏装螺钉),每只扣1分; ③造成元器件损坏,每只3分	10
4	布线	①接线紧固、美观、无毛刺,导线要进行线槽; ②电源和电动机配线、按钮接线要接到端子排上,进出线槽的导线要有端子标号,引出端要用别径压端子; ③按图接线,元器件接线正确	①布线不美观、有毛刺,不进行线槽,每根扣1～3分; ②接点松动、露铜过长、接触不良(压绝缘层)以至损伤导线绝缘或线芯等,每处扣1分; ③引出端无别径压端子,线号标记不清楚、漏标、错标,每处扣0.5分; ④未按图接线或接线不正确,扣5～15分	25
5	通电试验	①正确按图接线,接线完毕正确使用工具仪表进行通电前检查; ②正确调整热继电器、时间继电器等的整定值; ③操作方法和步骤正确,更要保证人身和设备安全; ④一次成功	①热继电器、时间继电器等的整定值错误,主、控电路配错熔体,每个扣3分; ②未按图接线或线路功能不全,扣10～20分; ③操作方法和步骤不正确,甚至有导致人身和设备不安全的动作和行为,扣10～20分; ④在规定时间内返修,每返修一次扣6～7分。不成功至少扣15分	20
6	安全文明生产	①穿戴好防护用品,工量具配备齐全; ②遵守用电操作规程; ③不损坏设备、器材、仪器仪表; ④项目完毕后认真整理器材、场地	①穿戴不合要求、工量具不齐全扣3分; ②操作违规扣3～10分; ③损坏设备、器材、仪表(较轻微)扣5～10分; ④发生严重违纪或重大事故,该项目为不合格	10
备注			合计	100

第3篇　电子线路安装与调试

第7章　电子线路安装与调试工艺

7.1　电子分立元件的插焊工艺

安装元件的电路板（或空心铆钉板），应涂上松香酒精溶液，以防氧化，其两侧即元件面、焊接面。安装时遵守"合理的结构安排、最简化的工艺、稳定可靠的产品性能"的原则。

7.1.1　元器件加工

元器件装配到电路板之前，一般都要进行加工处理，然后进行插装。

元器件引线的成形如下。

（1）预加工处理　元器件的引线在成形之前必须进行加工处理，引线的再处理包括校直、表面清洁及搪锡三个步骤，要求处理后不许有伤痕、镀锡层均匀、表面光滑、无毛刺和焊剂残留物。

（2）成形基本要求　引线开始弯曲处离元件端面应不小于 2mm，弯曲半径不小于引线直径 2 倍，元件标称值应处于便于查看的位置，不能有机械损伤。

（3）成形方法　在无专用工具或元器件少量时，可采用手工成形，使用尖嘴钳或镊子等一般工具。

7.1.2　装配

（1）元器件安装方法

元器件安装方法为贴板安装，元器件紧贴面板，间隙小于 1mm；悬空安装，安装高度一般在 3～8mm 范围内。还有垂直安装、埋头安装等，一般用卧式安装。元器件安装时应注意极性、发热问题（大功率元件）等。

（2）元器件安装具体技术要求

① 应使元器件标记向外易于辨认，并按从左至右、从上到下的顺序读出。

② 元器件的极性不得接错。

③ 安装高度符合要求，同一规格（类型）的元器件应尽量高度一致，安装方式一致。

④ 安装顺序一般先低后高、先里后外、先轻后重、先易后难、先一般后特殊（元器件）；排列整齐美观，元器件外壳和引线不得相碰，应有 1mm 左右的间隙，无法避免时应套绝缘套管；元器件引线直径与印制电路板焊盘孔应有 0.2～0.4mm 的合理间隙。

7.1.3　注意事项

（1）防止虚假焊　被焊金属预先搪锡；印制电路板焊盘上镀锡或涂助焊剂；掌握好温度和时间；焊接过程中避免被焊金属件移动；如有疑问，可以添加助焊剂重焊。

（2）防止桥连　这是焊接中的大忌，易造成电路间短路。常常是因熔铁头移开时焊料拖尾所致，或焊料过多，漫出焊盘。解决的方法是：只要加助焊剂用电烙铁烫开即可。

（3）防止铜（银）箔翘起或剥离　主要是未能掌握操作要领，焊点过热，多次焊接，焊盘受力等。

（4）防止拉尖　可能烙铁移开太早、熔接点温度太低造成的，但多数原因是烙铁头移开太迟、焊接时间过长，助焊剂被汽化，也会形成拉尖现象，只要加助焊剂重焊即可。

选用25W的电烙铁，焊头要锉得稍尖。焊接时，焊头的含锡量要适当，以满足一个焊点的需要为度。

焊接时，将含有锡液的焊头先沾一些松香，对准焊点，迅速下焊。当锡液在焊点四周充分熔开后，快速向上提起焊点。焊接完毕用棉纱蘸适量的纯酒精清除干净焊接处残留的焊剂。

7.1.4　焊接安全知识

① 电烙铁金属外壳应可靠的接地。

② 使用中的电烙铁不可搁置在木板上，要搁置在金属丝制成的搁架上。

③ 不可用烧死（焊头因氧化不吃锡）的烙铁头焊接，以免烧坏焊件。

④ 不准甩动使用中的电烙铁，以免锡珠溅出伤人。

7.2　调试方法和步骤

7.2.1　检查

（1）检查连线　电路安装完毕后，不要急于通电，先认真检查连接是否正确，包括错线（连接一端正确，另一端错误）、少线（安装时漏掉的线）和多线（连接的两端在电路图上都是不存在的）。通常采用两种方法：一是按照设计的电路图检查安装的线路，把电路图上的连接按一定顺序在安装好的线路中逐一对应检查，这种方法比较容易找出错线和少线。另一种方法是按实际线路来对照电路原理图，按照两个元件引线端子的去向查清，查找每个去处在电路图上是否存在。这种方法不但能查出错线和少线，还能查出是否多线。不论用什么方法查线，一定要在电路图上对查过的线路做出标记，并且还要检查每个元件的引线端子的使用端数是否与图样相符。查找时最好用指针式万用表的"R×1"挡，或用数字万用表"×"挡。

（2）直观观察　直观检查电源、地线、信号线、元件引线端子之间有无短路，连线处有无接触不良，二极管、三极管、电阻、电容等引线端子有无错接，集成电路是否插对等。

（3）通电观察　把经过准确测量的电源电压加入电路，但信号源暂不接入。电源接通后不要急于测量数据和观察结果，首先要观察有无异常现象，包括有无冒烟，是否闻到异常气味，手摸元件是否发烫，电源是否短路现象等。如果出现异常，应立即关断电源，待排除故障后方可重新通电。

然后，再测量各元件引线端子的电源电压，而不是只测量各路总电源电压，以保证元器件正常工作。

7.2.2　调试

电子电路调试方法有两种：分块调试法和整体调试法。

（1）分块调试法　分块调试法是把总体电路功能分成若干个模块，对每个模块分别进行调试。模块的调试顺序最好是按信号的流向，一块一块地进行，逐步扩大调试范围，最后完成总调试。

实施分块调试法有两种方式，一种是边安装边调试，即按信号流向组装一个模块就调试一个模块，然后再继续组装其他模块；另一种是总体电路一次组装完毕后，再分块调试。

分块调试法的优点是问题出现的范围小，可及时发现，易于解决。所以，此种方法适于新设计电路和课程设计。

（2）整体调试法　此种方法是把整个电路组装完毕后，不进行分块调试，实行一次性总调。显然，它只适用于定型产品或某些需要相互配合，不能分块调试的产品。

不论是分块调试还是整体调试，调试的内容包括静态与动态调试两部分。

① 静态调试法。静态调试一般指在没有外加信号的条件下测试电路各点的电位。如测模拟电路的静态工作点，数字电路各输入、输出电平及逻辑关系等，测出的数据与设计值相比较，若超出范围，则分析原因进行处理。

② 动态调试。动态调试需要加入输入信号，也可以利用前级的输出信号作为后级的输入信号，也可以用自身的信号检查功能块的各种指标是否满足设计要求，包括信号幅值、波形的形状、相位关系、频率、放大倍数、输出动态范围等。模拟电路比较复杂，而对于数字电路来说，由于集成度比较高，一般调试工作量不太大，只要器件选择合适，直流工作状态正常，逻辑关系就不会有太大的问题。一般是测试电平的转换和工作速度。

把静态和动态的测试结果与设计的指标作比较，经深入分析后对电路参数提出合理的修正。

7.2.3　调试注意事项

① 调试之前先要熟悉各种仪器的使用方法，并仔细加以检查，避免由于仪器使用不当或出现故障而做出错误判断。

② 仪器的地线和被测电路的地线应连在一起。只有使仪器和电路之间建立 1 个公共参考点，测量的结果才是正确的。

③ 测试过程中，发现器件或接线有问题需要更换或修改时，应先断电源，待更换完毕认真检查后才能重新通电。

④ 调试过程中，不但要认真观察和测量，还要认真记录。

⑤ 安装和调试自始至终要有严谨的科学作风，不能有侥幸心理。出现故障时，不要手忙脚乱，马虎从事，要认真查找故障原因，仔细做出判断，切不可一遇故障解决不了就拆掉线路重新安装。因为重新安装的线路仍然存在各种问题，况且原理上的问题不是重新安装能解决的。

第8章 操作技能训练

课题一 安装与调试如图 8-1 所示串联型可调直流稳压电源电路

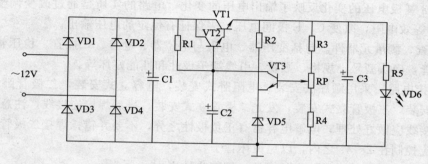

图 8-1 串联型可调直流稳压电源电路

（1）目的和要求 熟悉电路的工作原理及应用，熟练掌握电路安装与调试基本操作技能，能正确选用电子元件、材料，能熟练发现并排除电路常见故障。

（2）任务 正确使用工具、仪器仪表。

① 按图纸要求安装电路。

② 完成通电调试、各点电压测试步骤，排除电路常见故障。

（3）工具、仪器仪表 电烙铁及烙铁架，焊料与焊剂，电工基本工具一套，220V/12V 变压器，万用表、示波器等。

（4）元件、材料准备 器材准备清单如表 8-1 所列。

表 8-1 串联型可调直流稳压电源电路安装与调试器材清单

序 号	名　　　称	型 号 规 格	数 量	备 注
1	二极管 VD1～VD4	1N4007	4 只	
2	三极管 VT1	S8050	1 只	
3	三极管 VT2、VT3	S9011	2 只	
4	电阻 R1	1kΩ	1 只	
5	电阻 R2	1kΩ	1 只	
6	电阻 R3	510Ω	1 只	
7	电阻 R4	300Ω	1 只	
8	电阻 R5	1kΩ	1 只	
9	可调电位器 RP	470Ω	1 只	
10	电解电容 C1	100μF	1 只	
11	电解电容 C2	10μF	1 只	
12	电解电容 C3	470μF	1 只	
13	稳压管 VD5	6.2V	1 只	
14	发光二极管 VD6	φ5	1 只	
15	电路板	自定	1 块	
16	单股镀锌铜线	AV-0.1mm²	若干	
17	多股细铜线	AVR-0.1mm²	若干	

(5) 操作步骤与工艺要点

① 简要分析电路的基本原理和特点。电源变压器二次侧低压交流电～16V，经整流二极管 VD1～VD4 整流和电容器 C1 滤波，变为直流电，VT1、VT2 构成复合调整管，放大管（VT3）、基准电压电路（R2、VD5）、取样电路（R3、RP、R4）构成比较放大环节。当电网电压上升使输入电压增加或电源负载减轻引起输出电压 U_o 上升时，电路稳压过程为：电网电压上升→$U_o\uparrow$（负载电压）→VT3 基极电位上升→VT2 电位下降→VT1 基极电流 $I_{bVT1}\downarrow$→$R_{CEVT1}\uparrow$→$U_{CEVT1}\uparrow$→$U_o\downarrow$（负载电压），从而达到稳压的目的；当电网电压下降使输入电压下降或电源负载加重引起输出电压 U_o 下降时，稳压过程与此相反，最终使 U_o 上升。VT3 基极电压的变化反映了输出电压的变化，电路的实质是通过改变调整管 VT1 的 C、E 极间等效电阻，改变 C、E 极间电压，来保证有恒定的电压输出。

② 检查、测量元器件。包括变压器、电阻与电位器、电容、二极管、稳压管、三极管、发光二极管，确认型号、规格、数量、引线端子极性和性能好坏等。

③ 焊接电路。采用顺序法安装。电阻卧式安装，电容立式安装，二极管卧式安装，稳压管卧式安装，三极管立式安装，发光二极管立式安装，最后焊接连接线。注意：元件引线端子、连接线应做好处理；电解电容器有正负极性之分，不要弄错；焊接二极管、三极管时间要短，应控制在 2～4s 之内，以免烫坏管子。

焊接操作。对于热容量较大的工件，用五步法操作。

准备焊接。右手拿电烙铁，左手拿焊锡丝，将烙铁头和焊锡丝靠近被焊点，处于随时可以焊接的状态。

放上烙铁，加热焊件。将电烙铁放在工件上进行加热。

送入焊锡。将焊锡丝放在工件上，熔化适量的焊锡。

撤离焊锡。当熔化适量的焊锡后，迅速拿开焊锡丝。

撤离烙铁。当焊锡浸润焊盘且扩散范围达到要求时，拿开电烙铁。注意撤离烙铁的速度和方向。

对于热容量小的工件，可简化为三步法操作。

准备焊接。右手拿电烙铁，左手拿焊锡丝，将烙铁头和焊锡丝靠近被焊点，处于随时可以焊接的状态。

放上电烙铁和焊锡丝。同时放上电烙铁和焊锡丝，熔化适量的焊锡。

撤丝移烙铁。当焊锡的扩散范围达到要求后，拿开焊锡丝和电烙铁。这时注意拿开焊锡丝的时机不得迟于撤离电烙铁的时间。

按电路图（装配图）正确安装元器件，元器件排列有序，同类元器件排列方式和高度一致，元器件型号与标称值要易于识别、方向一致。将可调电位器用螺母固定在电路板孔上，电位器用导线连接到电路板上的所在位置。

④ 调试电路。

按电路图（或接线图），逐一对照检查电路中的元器件，保证它们的型号规格、数量、引线端子极性正确；逐一检查连接导线是否连接正确，检查焊点的质量。

接通电源，先观察电路有无异常情况，然后调节电位器 RP，用万用表直流电压挡测量 C3 两端的电压变化。

用万用表分别测试 VT1、VT2 和 VT3 晶体管各极的电位值，记录数据，判断 VT1、VT2 和 VT3 的工作状态，对调整管电压与输出电压进行测试对比，分析和总结在输入电压变化、负载变化以及调节 RP 时电路工作情况。如：调节电位器 RP，使触点分别处于顺时针和逆时针的两个极限位置，观察 U_{e1} 的变化情况，记录其最大值和最小值以及与之对应的 U_{c1}、U_{c1-e1} 值。保持输入电压不变，调节负载，测量 U_0 的变化情况。

用示波器测试 VT1 的 c1、e1 及 VT3 的 c3、e3 各点电压波形；测量输出纹波电压；改变负载重新测量上述各项内容。

⑤ 结束工作。将桌面清理干净；清扫地面；整理工具、仪器仪表等。

【附】 色环电阻识别

(1) 电阻标称值及偏差标记方法

电阻的标称值和偏差一般用各种方法标记在电阻体上，标记方法有以下几种。

① 直标法。用具体数字、单位或偏差符号直接把阻值和偏差标记在电阻体上，如：RJ1W2.7kΩ5% 94.2（制造日期），一般用Ⅰ、Ⅱ、Ⅲ表示偏差。

② 文字符号法。将标称阻值及允许偏差用文字和数字有规律的组合来表示，如：2R2K 表示 $(2.2\pm0.22)\Omega$，R33J 表示 $(0.33\pm0.165)\Omega$，1K5M 表示 $(1.5\pm0.3)k\Omega$，末尾一般常用字母来表示偏差。

③ 数码表示法。如：103K，"10" 表示两位有效数字，"3" 表示倍乘 10^3，即 $10k\Omega$，"K" 表示偏差 $\pm10\%$；222J 即 $2.2k\Omega$、偏差 $\pm5\%$；10Ω 以下的小数点也与文字符号法相同，用 R 表示，如 2.2Ω 也用 2R2 表示。

④ 色标法。用不同颜色表示电阻数值和偏差或其他参数。

色环电阻标示如图 8-2 所示。

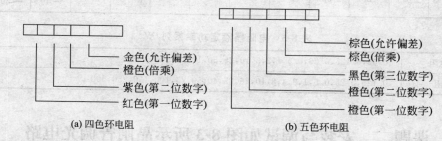

(a) 四色环电阻　　　　　　　　　(b) 五色环电阻

图 8-2　色环电阻标示

色标法的色环规定如表 8-2 所列。也适合于用色标法表示电容、电感的数值和偏差，表示额定电压时只限于电容。色标符号规定 $\Omega/PF/\mu H$。

表 8-2　色标法的色环规定

颜　　色	有　效　数　字	乘　　数	允许偏差/%
棕色	1	10^1	±1
红色	2	10^2	±2
橙色	3	10^3	/
黄色	4	10^4	/
绿色	5	10^5	±0.5
蓝色	6	10^6	±0.2
紫色	7	10^7	±0.1
灰色	8	10^8	/
白色	9	10^9	/
黑色	0	10^0	/
银色	/	10^{-2}	±10
金色	/	10^{-1}	±5
无色	/	/	±20

注：普通电阻常用 2 位有效数字表示，精密电阻常用 3 位有效数字表示。

（2）第一色环即第一位数值识别方法

① 第一色环靠最左边，偏差色环常稍远离前边几个色环。

② 金、银色环不可能是第一个色环。

③ 若色环均匀分布且无金、银色环时，可通过万用表测试来帮助判断或利用标称值的系列值来加以判断。

④ 若色环颜色分不清楚，也可利用标称值的系列值来帮助判断，如：某电阻上色环为蓝□红金，□的颜色只可能是红或灰色，而此二颜色是较容易区分的。

电阻器、电容器标称值系列及允许偏差的文字符号表示、电阻器额定功率系列分别如表8-3～表8-5所列。

表 8-3　电阻器、电容器标称值系列（表中所有数值都可以乘以 10^n）

系 列	偏　　差	标称值（Ω/PF）
E24	Ⅰ级±5%	1.0,1.1,1.2,1.3,1.5,1.6,1.8;2.0,2.2,2.4,2.7;3.0,3.3,3.6,3.9;4.3,4.7;5.1,5.6;6.2,6.8;7.5;8.2;9.1
E12	Ⅱ级±10%	1.0,1.2,1.5,1.8;2.2,2.7;3.3,3.9;4.7;5.6;6.8;8.2
E6	Ⅲ级±20%	1.0,1.5;2.2;3.3;4.7;6.8

表 8-4　允许偏差的文字符号表示

	W	B	C	D	F	G	J	K	M	N	R	S	Z
偏差/%	±0.05	±0.1	±0.2	±0.5	±1	±2	±5	±10	±20	±30	+100 −10	+50 −20	+80 −20

表 8-5　电阻器额定功率系列/W

非线绕电阻	0.05,0.125,0.25,0.5,1,2,5,10,25,50,100
线绕电阻	0.125,0.25,0.5,1,2,4,8,10,16,25,40,50,75,100,150,250,500

课题二　安装与调试如图 8-3 所示晶闸管调光电路

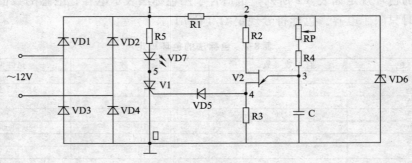

图 8-3　晶闸管调光电路

（1）目的和要求　熟悉电路的工作原理及应用，熟练掌握电路安装与调试基本操作技能，能正确选用电子元件、材料，能熟练发现并排除电路常见故障。

（2）任务　正确使用工具、仪器仪表。

① 按图纸要求安装电路。

② 完成通电调试、各点波形测试步骤，排除电路常见故障。

（3）工具、仪器仪表 电烙铁及烙铁架，焊料与焊剂，电工基本工具一套，220V/12V变压器，万用表、示波器等。

（4）元件、材料准备 器材准备清单如表8-6所列。

表 8-6 晶闸管调光电路安装与调试器材清单

序 号	名 称	型 号 规 格	数 量	备 注
1	二极管 VD1~VD5	1N4007	5 只	
2	稳压管 VD6	9V	1 只	
3	电阻 R1	510Ω	1 只	
4	电阻 R2	510Ω	1 只	
5	电阻 R3	100Ω	1 只	
6	电阻 R4	2kΩ	1 只	
7	电阻 R5	1kΩ	1 只	
8	可调电位器 RP	100kΩ	1 只	
9	瓷片电容 C	$0.1\mu F$	1 只	
10	晶闸管	MCR（1A）	1 只	
11	单结晶体管	BT33F	1 只	
12	发光二极管	$\phi 5$	1 只	
13	电路板	自定	1 块	
14	单股镀锌铜线	AV-0.1mm²	若干	
15	多股细铜线	AVR-0.1mm²	若干	

（5）操作步骤与工艺要点

① 简要分析电路的基本原理和特点。

② 检查、测量元器件。包括变压器、电阻与电位器、电容、二极管、稳压管、单结晶体管、晶闸管、发光二极管，确认型号、规格、数量、引线端子极性和性能好坏等。

③ 焊接电路。采用顺序法安装。电阻卧式安装，电容立式安装，二极管卧式安装，稳压管卧式安装，单结晶体管立式安装，晶闸管立式安装，发光二极管立式安装，最后焊接连接线。注意：元件引线端子、连接线应做好处理；单结晶体管 b1、b2 两个引线端子不要弄错；焊接二极管、晶闸管时间要短，应控制在 2~4s 之内，以免烫坏管子。

按电路图（装配图）正确安装元器件，元器件排列有序，同类元器件排列方式和高度一致，元器件型号与标称值要易于识别、方向一致。将可调电位器用螺母固定在电路板孔上，电位器用导线连接到电路板上的所在位置。

④ 调试电路。

按电路图（或接线图），逐一对照检查电路中的元器件，保证它们的型号规格、数量、引线端子极性正确；逐一检查连接导线是否连接正确，检查焊点的质量。

接通电源，先观察电路有无异常情况，然后分不带负载与带负载调试。

⑤ 结束工作。将桌面清理干净；清扫地面；整理工具、仪器仪表等。

注意事项：焊接电路前首先检查各元件，然后按图焊接，焊好后先对电路进行检查，然后通电测试，测试过程中如出现异常现象，首先切断电源，然后报告指导教师，妥善处理。

【附】 晶闸管调光电路基本知识介绍

（1）电路基本原理

电路由 V2、R2、R3、R4、RP、C 组成单结晶体管张弛振荡器。在接通电路前，电容 C 上电压为零，接通电源后，电容经由 R4、RP 充电，电压 U_e 逐渐升高，当 U_e 达到峰点电压时，e-b1 间变为导通，电容上电压经 e-b1 向电阻 R3 放电，在 R3 上输出一个脉冲电压。当电容上的电压降到谷点电压时，单结晶体管恢复阻断状态。此后，电容又重新充电，重复上述过程，结果在电容上形成锯齿状电压，在 R3 上则形成脉冲电压。在交流电压的每半个周期内，单结晶体管都将输出一组脉冲，起作用的第一个脉冲去触发 V1 的控制极，使可控硅导通，发光管发光。改变 RP 的阻值，可以改变电容充电的快慢，即改变可控硅 V1 导通的时刻，从而改变了负载上的平均电压，达到调节发光管亮度的目的。

（2）晶闸管

如果要使晶闸管导通，必须具备两个条件：一是晶闸管阳极与阴极间加正向电压，即阳极接电源正、阴极接电源负，形成主电路；二是控制极加适当的正向电压，即控制极接电源正、阴极接电源负，形成控制回路。在实际工作中，控制极加正触发脉冲信号。

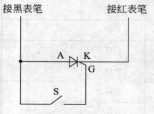

图 8-4　晶闸管的检测

检测方法：可控硅使用前需要进行检测，以确定其好坏，如图 8-4 所示。简易检测方法如下。

① 用万用表 R×10 挡，黑笔接阳极，红笔接阴极，指针应接近 ∞。

② 当合上 S 时，表针应指很小阻值，约为 $60\sim200\Omega$，表明可控硅能触发导通。

③ 断开 S，表针不回到零，表明可控硅是正常的（有些可控硅因维持电流较大，万用表的电流不足以维持它导通，当 S 断开后，表针会回到零，也是正常的），如果在 S 未合上时，阻值很小，或者在 S 合上时，表针也不动，表明可控硅质量太差，或已击穿、断极。

（3）单结晶体管

① 单结晶体管的结构和符号。它有三个电极：发射极 e、第一基极 b1、第二基极 b2，只有一个 PN 结，所以称单结晶体管，或双基极二极管，由于其特殊的内部结构，使之具有负阻特性，被广泛用于脉冲与数字电路中。单结晶体管 BT33F 图形符号及引线端子如图 8-5 所示，图中发射极箭头指向 b1 极，表示经 PN 结的电流只流向 b1 极。

② 单结晶体管的基本特性。单结晶体管的等效电路见图 8-6 所示。图中，R_{b1} 表示 e 与 b1 间的电阻，它随发射极电流而变，即 I_e 上升，R_{b1} 下降。R_{b2} 表示 e 与 b2 间的电阻，数值与 I_e 无关。两基极间的电阻为 R_{bb}，即 $R_{bb}=R_{b1}+R_{b2}$。R_{b1} 与 R_{bb} 的比

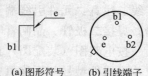

(a) 图形符号　　(b) 引线端子

图 8-5　单结晶体管 BT33F 图形符号及引线端子示意图

值称分压比 η，即 $\eta=R_{b1}/R_{bb}$（一般 η 在 0.3～0.8 之间）。单结晶体管导通的条件是：

$$G_2>\eta G_1+V_D \quad (V_D \text{ 为 PN 结的正向压降})$$

因此，只要改变 G_2 的大小，就可控制单结晶体管的导通与截止，从而获得从 b1 输出

的脉冲电压。

③ 单结晶体管的检测。将万用表置于 R×100 挡，红、黑表笔分别接单结晶体管任意两个引线端子，读取电阻，然后对调表笔，读取电阻。如第一次测得的电阻值比较小、第二次测得的电阻值无穷大，则第一次测试时黑表笔所接引线端子为 e 极，红表笔所接引线端子为 b 极，另一引线端子亦为 b 极。如果两次测得的电阻值一样，约 2～15kΩ，那么这两个引线端子都是 b 极，另一个引线端子为 e 极。由于 eb1 正向电阻比 eb2 正向电阻大，而反向电阻都为无穷大，由此可区分 b1 与 b2 两个极。

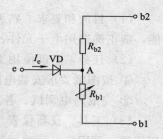

图 8-6　单结晶体管的
等效电路

在应用时，b1 极与 b2 极不能互相调换，对于 N 型单结管，b2 极接高电位。

④ 单结晶体管触发电路。单结晶体管触发脉冲形成电路，其工作原理如下。电源电压接通后，通过可调电阻 RP 和电阻 R4 向电容 C 充电，当充电电压上升至大于（$\eta G_1 + V_D$）时单结晶体管导通，C 迅速放电，在电阻 R3 上形成一个很窄的正脉冲。此时电容 C 端电压几乎又降为零。连续不断重复上述过程，从而获得可控硅电路所需的触发脉冲电压。

（4）电路调试与波形测试

① 安装完毕并检查无误后可通电调试。由于电路直接与工频电相连，调试时应注意安全，防止触电，调试前认真、仔细检查各元器件安装情况；插上电源插头，人体勿碰触电路板，打开开关，旋转电位器，发光二极管亮度应发生有规律变化。

调试时，应先控后主、先弱（电）后强（电）。用示波器观察各点波形，看工作是否正常。调节 RP（注意：要慢慢地调），对触发电路观察 1-O、2-O、3-O 及 4-O 的电压波形，对主电路观察 5-O 的电压波形，观察发光管亮度的变化（亦观察 1-5 的电压波形变化）。

② 常见故障及原因。

由 BT33 组成的单结晶体管张弛振动器停振，可能造成发光二极管不亮，发光二极管不可调光。造成停振的原因可能 BT33 损坏，C 损坏等。

当调节电位器 RP 至最小位置时，突然发现发光二极管熄灭，则应适当增大电阻 R_4 的阻值。

课题三　安装与调试如图 8-7 所示分立元件多谐振荡电路

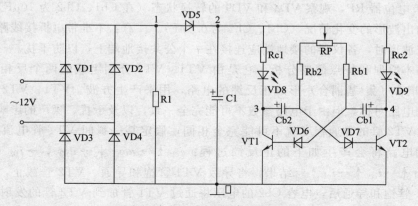

图 8-7　分立元件多谐振荡电路

（1）目的和要求　熟悉电路的工作原理及应用，熟练掌握电路安装与调试基本操作技能，能正确选用电子元件、材料，能熟练发现并排除电路常见故障。

（2）任务　正确使用工具、仪器仪表。

① 按图纸要求安装电路。

② 完成通电调试、各点波形测试步骤，排除电路常见故障。

（3）工具、仪器仪表　电烙铁及烙铁架，焊料与焊剂，电工基本工具一套，220V/12V变压器，万用表、示波器等。

（4）元件、材料准备　器材准备清单如表8-7所列。

表8-7　分立元件多谐振荡电路安装与调试器材清单

序 号	名　　称	型 号 规 格	数 量	备　注
1	二极管 VD1～VD7	1N4007	7 只	
2	三极管 VT1、VT2	S9014	2 只	
3	电阻 R1	2kΩ	1 只	
4	电阻 Rb1、Rb2	51kΩ	2 只	
5	电阻 Rc1、Rc2	1kΩ(2kΩ)	2 只	
6	可调电位器 RP	47kΩ	1 只	
7	电容 Cb1、Cb2	0.1μF(10μF)	2 只	
8	电解电容 C1	470μF	1 只	
9	发光二极管 VD8、VD9	φ5	2 只	
10	电路板	自定	1 块	
11	单股镀锌铜线	AV-0.1mm²	若干	
12	多股细铜线	AVR-0.1mm²	若干	

（5）操作步骤与工艺要点　基本步骤、方法和要求同前述课题，安装时注意背面连线不要交叉。应对各个调试点电压波形进行测试、分析，总结调节 RP（改变 VT1 和 VT2 基极电阻）、改变 Cb1 与 Cb2 对振荡器电路工作状态的影响。振荡器电路的动态调试：

① 通电观察振荡器状态转换情况（定性观察 VD8、VD9，在 Cb1、Cb2 为 10μF）；

② 调节电位器 RP，观察 VD8 和 VD9 的转换状态（在 Cb1、Cb2 为 10μF），用示波器观察振荡输出波形的变化情况（Cb1、Cb2 为 0.1μF）。注意：不准带电拆接线路；测量多谐振荡器各点波形时，各仪器的接地端应连接在一个公共接地端上，以防干扰。

电路基本原理和特点简要分析：它是由 VT1、VT2 分别组成的两个反相器通过电容 Cb2、Cb1 耦合（集-基耦合）形成正反馈的电路，用来产生方波。VT1、VT2 管均设有偏置电路，且电路对称，但由于电路参数不可能完全一致，以及干扰、噪声的影响，接通电源后，VT1、VT2 管的导通程度就不可能完全相同，假定某一瞬间 VT1 管电流稍大于 VT2 管电流，则电路将会产生如下的正反馈过程：$i_{c1}\uparrow \rightarrow u_{CE1}\downarrow \rightarrow u_{B2}\downarrow \rightarrow i_{B2}\downarrow \rightarrow i_{C2}\downarrow \rightarrow u_{CE2}\uparrow \rightarrow u_{B1}\uparrow \rightarrow i_{B1}\uparrow \rightarrow i_{c1}\uparrow$。结果，将导致 VT1 管饱和导通、VT2 管截止，形成一个暂稳态。VT1 管饱和导通后，电容 Cb2 的电压将通过 VT1 管加到 VT2 管的发射结，使 VT2 管维持截止，Cb1 将很快通过 Rc2（及 VD9）、VT1 发射结（及 VD6）充电，直到 Cb1 电容

电压 $\approx u_{CE2} \approx V_{cc}$，同时，Cb2 将通过 VT1 管、Rb2（及 RP 之部分）放电以至反向充电，随着时间的增长，u_{B2} 升高，至 $u_{B2} \approx 0.5V$ 时，VT2 开始导通，电路又发生如下的正反馈过程：i_{c2} $\uparrow \rightarrow u_{CE2} \downarrow \rightarrow u_{B1} \downarrow \rightarrow i_{B1} \downarrow \rightarrow i_{C1} \downarrow \rightarrow u_{CE1} \uparrow \rightarrow u_{B2} \rightarrow i_{B2} \uparrow \rightarrow i_{c2} \uparrow$。结果，导致 VT2 管饱和导通、VT1 管截止，电路进入另一个暂稳态。以后，电路将重复以上过程，从 VT1 管或 VT2 管的集电极即可获得方波输出。VT1 饱和、VT2 截止的状态保持的时间取决于 Cb2 的放电速度，此期间 Cb1 在充电，并且由于 Cb1×Rc2（及 VD9）远小于 Cb2×Rb2（及 RP 之部分），Cb1 是一定可以充足电的（电压接近 V_{cc}），这将为下一个暂稳态的定时做好准备。

思考与练习：设计电路，基本要求是：

① 振荡频率 25Hz、输出电流 100mA；

② 根据要求在电路图上标明参数；

③ 根据实习现有条件选取元件并安装、调试电路；

④ 用示波器测试 VT1、VT2 基极和集电极的电压波形并在坐标纸上画出波形。

课题四　安装与调试如图 8-8 所示功率放大电路

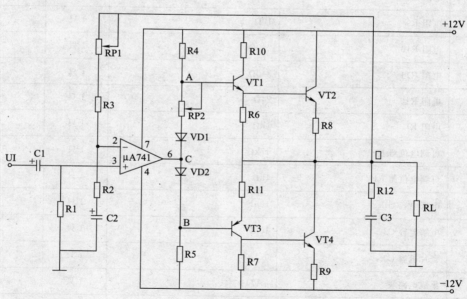

图 8-8　功率放大电路

（1）目的和要求　熟悉电路的工作原理及应用，熟练掌握电路安装与调试基本操作技能，能正确选用电子元件、材料，能熟练发现并排除电路常见故障。

（2）任务　正确使用工具、仪器仪表。

① 按图纸要求安装电路。

② 完成通电调试、各点波形测试步骤，排除电路常见故障。

（3）工具、仪器仪表　电烙铁及烙铁架，焊料与焊剂，电工基本工具一套，万用表、直流稳压电源、信号发生器、示波器等。

（4）元件、材料准备　器材准备清单如表 8-8 所列。

表 8-8　功率放大电路安装与调试器材清单

序　号	名　　称	型　号　规　格	数　量	备　注
1	三极管 VT2、VT4	S8050	2 只	
2	三极管 VT1、VT3	S9013、S9012	各 1 只	
3	二极管 VD1～VD2	1N4007	2 只	
4	电阻 R1	47kΩ	1 只	
5	电阻 R2	1kΩ	1 只	
6	电阻 R3	10kΩ	1 只	
7	电阻 R4	10kΩ	1 只	
8	电阻 R5	10kΩ	1 只	
9	电阻 R6	240Ω	1 只	
10	电阻 R7	240Ω	1 只	
11	电阻 R8	10Ω	1 只	
12	电阻 R9	10Ω	1 只	
13	电阻 R10	240Ω	1 只	
14	电阻 R11	240Ω	1 只	
15	电阻 R12	24Ω	1 只	
16	电阻 RL	1kΩ	1 只	
17	可调电位器 RP1	47kΩ	1 只	
18	可调电位器 RP2	1kΩ	1 只	
19	电解电容 C1	10μF	1 只	
20	电解电容 C2	10μF	1 只	
21	瓷片电容 C3	0.1μF	1 只	
22	集成电路块	μA741	1 只	
23	电路板	自定	1 块	
24	单股镀锌铜线	AV-0.1mm^2	若干	
25	多股细铜线	AVR-0.1mm^2	若干	

（5）操作步骤与工艺要点　基本步骤、方法和要求同前述课题。应对各个调试点电压波形分析，总结调节 RP1 和 RP2 的变化对放大电路放大倍数及输出波形的影响。

① 电路的安装。

用万用表判断三极管极性和好坏、电解电容极性和好坏，进行元器件检查。

安装工艺要求：元器件安装布局合理、整齐，安装正确、焊接牢固，不损坏元器件；元器件安装位置整齐、匀称、间距合理和便于测试及更换；同类元器件排列有序、高度一致，元器件型号与标称值易于识别且方向一致。

　　安装接线完毕仔细检查，确定无误后再通电调试。

　　② 电路的动态调试分析。

　　定性观察功率放大现象。将信号发生器的输出调到 $f=1\text{kHz}$、$V_{pp}=10\text{mV}$，接入到小信号输入端，用双踪示波器观察输入、输出波形；信号源不变，调节 RP1 位器，用示波器观察输出波形的变化情况；信号源频率不变，逐渐加大输入信号的幅度，观察输出波形的变化情况。

　　观察负载对输出波形的影响。保持输入信号不变，功率放大器接入负载电阻，在改变负载电阻的情况下观察输出波形的变化。

　　观察 RP2 对输出波形交越失真的影响。保持输入信号不变，调节 RP2 位器，用示波器观察输出波形的变化情况。

　　③ 常见故障及原因。

　　运算放大器没有放大波形输出，检查反馈环节以及供电电源。

　　输出波形没有负半周，应检查 9012 三极管回路。

　　注意事项：不准带电拆接线路；测量功率放大器各点波形时，各仪器的接地端应连接在一个公共接地端上，以防干扰；由于电路采用双电源供电，还有信号输入和示波器测试线，调试前认真，仔细检查；打开开关电源，如发现电流过大的情况，应该马上关闭电源检查。

课题五　安装与调试如图 8-9 所示晶闸管调压电路

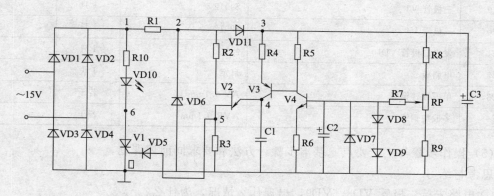

图 8-9　晶闸管调压电路

　　（1）目的和要求　熟悉电路的工作原理及应用，熟练掌握电路安装与调试基本操作技能，能正确选用电子元件、材料，能熟练发现并排除电路常见故障。

　　（2）任务　正确使用工具、仪器仪表。

　　① 按图纸要求安装电路。

　　② 完成通电调试、各点波形测试步骤，排除电路常见故障。

　　（3）工具、仪器仪表　电烙铁及烙铁架，焊料与焊剂，电工基本工具一套，220V/15V 变压器，万用表、示波器等。

　　（4）元件、材料准备　器材准备清单如表 8-9 所列。

表 8-9　晶闸管调压电路安装与调试器材清单

序 号	名　称	型 号 规 格	数 量	备　注
1	二极管 VD1～VD5、VD7～VD9、VD11	1N4007	9 只	
2	稳压管 VD6	9V	1 只	
3	电阻 R1	510Ω	1 只	
4	电阻 R2	510Ω	1 只	
5	电阻 R3	100Ω	1 只	
6	电阻 R4	1kΩ	1 只	
7	电阻 R5	5.1kΩ	1 只	
8	电阻 R6	1kΩ	1 只	
9	电阻 R7	4.7kΩ	1 只	
10	电阻 R8	510Ω	1 只	
11	电阻 R9	330Ω	1 只	
12	电阻 R10	1kΩ	1 只	
13	可调电位器 RP	2.2kΩ	1 只	
14	瓷片电容 C1	0.22μF	1 只	
15	电解电容 C2	100μF	1 只	
16	电解电容 C3	330μF	1 只	
17	晶闸管 V1	MCR (1A)	1 只	
18	单结晶体管 V2	BT33F	1 只	
19	三极管 V3	S9012	1 只	
20	三极管 V4	S9013	1 只	
21	发光二极管 VD10	φ5	1 只	
22	电路板	自定	1 块	
23	单股镀锌铜线	AV-0.1mm²	若干	
24	多股细铜线	AVR-0.1mm²	若干	

（5）操作步骤与工艺要点　基本步骤、方法和要求同前述课题。

思考与练习

① 电路未接二极管 VD8、VD9，出现什么情况，为什么？

② 未接二极管 VD11，出现什么情况，为什么？

③ 负载（R10、VD10）与晶闸管 V1 两者位置调换，出现什么情况，为什么？

课题六　安装与调试如图 8-10 所示延时定时器电路

（1）目的和要求　熟悉电路的工作原理及应用，熟练掌握电路安装与调试基本操作技能，能正确选用电子元件、材料，能熟练发现并排除电路常见故障。

（2）任务　正确使用工具、仪器仪表。

① 按图纸要求安装电路。

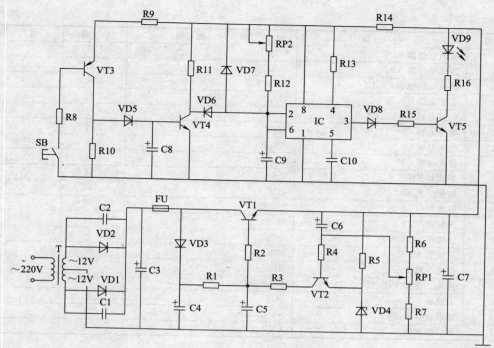

图 8-10　延时定时器电路

② 完成通电调试步骤，排除电路常见故障。

（3）工具、仪器仪表　电烙铁及烙铁架，焊料与焊剂，电工基本工具一套，变压器，万用表、示波器等。

（4）元件、材料准备　器材准备清单如表 8-10 所列。

表 8-10　延时定时器电路安装与调试器材清单

序　号	名　　　　称	型　号　规　格	数　量	备　　注
1	二极管 VD1～VD3	1N4007	3 只	
2	稳压管 VD4	2CW15	1 只	
3	二极管 VD5	2AP19	1 只	
4	二极管 VD6～VD8	2CK44	3 只	
5	电阻 R1	750Ω	1 只	
6	电阻 R2	75Ω	1 只	
7	电阻 R3、R4	100Ω	2 只	
8	电阻 R5	3.9kΩ	1 只	
9	电阻 R6、R17	330Ω	2 只	
10	微调电阻器 R7	2.2kΩ	1 只	
11	电阻 R8	3kΩ	1 只	
12	电阻 R9	12kΩ	1 只	
13	电阻 R10、R11	10kΩ	2 只	
14	电阻 R12	15kΩ	1 只	
15	微调电阻器 R13	1MΩ	1 只	
16	电阻 R14、R18	2.2kΩ	2 只	
17	电阻 R15	6.8kΩ	1 只	
18	电阻 R16	1kΩ	1 只	

序 号	名　　称	型 号 规 格	数 量	备　注
19	微调电位器 RP1	2.2kΩ	1只	
20	微调电位器 RP2	1MΩ	1只	
21	涤纶电解电容 C1、C2	1000PF	2只	
22	电解电容 C3、C7	470μF	2只	
23	电解电容 C4、C5、C9	47μF	3只	
24	电解电容 C6	22μF	1只	
25	电解电容 C8	100μF	1只	
26	瓷片电容 C10	0.01μF	1只	
27	熔断器 FU	0.5A	1只	
28	按钮开关 SB	自定	1只	
29	三极管 VT1	S8050	1只	
30	三极管 VT3	S9015	1只	
31	三极管 VT2、VT4	S9013	2只	
32	三极管 VT5	3DK4	1只	
33	集成电路块 IC	NE555	1只	
34	发光二极管 VD9	ϕ5	1只	
35	电路板	自定	1块	
36	单股镀锌铜线	AV-0.1mm²	若干	
37	多股细铜线	AVR-0.1mm²	若干	

（5）操作步骤与工艺要点　基本步骤、方法和要求同前述课题。电路工作原理自行分析。

【附】　电子线路安装与调试考核评分要求如表 8-11 所列。

表 8-11　考核评分要求

序号	主要内容	要　　求	评 分 标 准	配分
1	元件检查	①正确选用元件； ②正确使用仪表检查元件	①元件筛选错误，每只扣1分； ②检查方法不对，每次扣1分	10
2	按图焊接	正确使用工具和仪表，装接质量可靠，装接技术符合工艺要求	①布局不合理扣5分； ②焊点粗糙、拉尖、有焊接残渣，每处扣2分； ③元件虚焊、气孔、漏焊、松动、损坏元件，每处扣2分； ④引线过长、焊剂不擦干净，每处扣2分； ⑤元器件的标称值不直观、安装高度不符合要求，扣2分； ⑥工具、仪表使用不正确，每次扣2分； ⑦焊接时损坏元件，每只扣5分	50
3	调试后通电试验	在规定时间内，使用仪器、仪表调试后进行通电试验	①通电调试一次不成功扣10分，二次不成功扣20分，三次不成功扣25分； ②调试过程中损坏元件，每只扣5分	30
4	安全文明生产	①穿戴好防护用品，工量具配备齐全； ②遵守用电操作规程； ③不损坏设备、器材、仪器仪表； ④项目完毕后认真整理器材、场地	①穿戴不合要求，工量具不齐全扣3分； ②操作违规扣3~10分； ③损坏设备、器材、仪表（较轻微）扣5~10分； ④发生严重违纪或重大事故，该项目为不合格	10
备注			合计	100

第4篇　常见电气线路故障检修

第9章　低压电器常见故障及维修工艺

各种电器元件经过长期使用或使用不当都会造成损坏，必须及时进行维修。

9.1　零部件常见故障及维修

一般电器通常有触头系统、电磁系统和灭弧系统等三部分组成，这些部分经长期使用或因使用不当可能产生故障而影响电器的正常工作。下面分别介绍它们的故障原因及其维修方法。

9.1.1　触头的故障及维修

触头的故障一般有触头过热、磨损、熔焊等情况。

（1）触头过热　触头通过电流会发热，触头发热的程度与触头的接触电阻有关。动、静触头间的接触电阻越大，则触头发热越厉害，以致使触头的温度上升超过允许值，甚至将动、静触头熔焊在一起。造成触头过热的原因有以下几个方面。

① 触头接触压力不足。接触器使用日久，或由于受到机械损伤和高温电弧的影响，使弹簧变形或疲劳，从而失去弹性，造成触头压力不足；还有当触头磨损后变薄，以致动、静触头的压力（指动、静触头完全闭合后触头间的压力）减小，这两种情况都会造成动、静触头接触不良，接触电阻过大，引起触头过热。遇此情况，首先调整触头上的弹簧压力，从而增加触头间的接触压力，以减小接触电阻。

在调整触头压力时，可用纸条凭经验来测定触头的压力，或用弹簧秤测定触头的压力，看其是否符合要求。

② 触头表面接触不良。触头表面氧化或积垢都会使接触电阻增大，促使触头过热。

由于银在氧化后，遇热能还原为银，而银的氧化膜电导率与纯银不相上下，故银触头氧化时，可不作处理；但是铜触头氧化后，接触电阻将大为增加，需用小刀轻轻地把触头表面的氧化层刮去，但不可损伤触头表面的平整度。

机床上的油污滴在触头上，再沾上灰尘，就会在触头表面形成一层电阻层，使触头的接触电阻和稳升增加，要用汽油或四氯化碳清洗干净。

③ 触头表面烧毛。触头接触表面被电弧灼伤烧毛，也会引起接触电阻增大，使触头过热。修理时，应用小刀或小锉刀整修毛面，整修时不必将触头表面锉得过分光滑，过分光滑反而会出现接触不良，接触电阻反而增大，同时触头磨削过多，影响使用寿命；更不允许使用砂皮或砂纸来修磨，因为砂布在修磨触头时会使砂粒嵌在触头表面，反而使接触电阻增大，造成触头的过热。

总之，电气维护应保持触头的整洁，要定期检查，清除灰尘和油垢，去除氧化物，修磨灼伤，使触头能正常工作。

用电设备及线路产生过电流的故障也会使触头过热，这就需要从线路和用电装置中找出故障原因予以排除。

（2）触头磨损　触头磨损有两种：一种是电磨损，由于触头间电弧或电火花的高温使触头金属汽化和蒸发所造成的；另一种是机械磨损，由于触头闭合时的撞击、触头接触面的相对滑动摩擦等所造成的。

触头在使用过程中，其厚度愈用愈薄，这就是触头磨损，如触头磨损得很厉害，超行程不符合规定，则应更换触头。一般触头磨损到只剩下厚度的 2/3～1/2 时就需要更换触头；若触头磨损过快，应查明原因、排除故障。

（3）触头熔焊　动、静触头表面被熔化后焊在一起而分断不开的现象，称为触头的熔焊。当触头闭合时，由于撞击和产生振动，在动、静触头间的小间隙中产生短电弧，电弧的温度很高（达 3000～6000℃），可使触头表面被灼伤以至烧熔，熔化的金属会将动、静触头焊在一起。这种故障如不及时排除，会造成人身和设备事故。故障的原因大都是触头弹簧损坏，触头的初始压力太小，这就需要调整触头压力或更换弹簧；或因触头容量太小，或因线路发生过载，触头闭合时通过的电流太大，当电流大于触头额定电流 10 倍以上时，将会使触头熔焊。

触头熔焊后，只有更换触头。如果是触头容量不够而产生熔焊，则应选用容量大一些的电器。

9.1.2　电磁系统的故障及维修

电磁系统一般由铁芯和线圈组成，它的一般故障如下。

（1）铁芯噪声大　电磁系统在工作时发出一种轻微的"嗡嗡"声，这是正常的；若大于正常响声，就说明电磁系统发生了故障。产生铁芯噪声大的原因一般有以下几个方面。

①　衔铁与铁芯的接触面接触不良或衔铁歪斜。衔铁与铁芯经过多次碰撞后，接触面就会变形和磨损，以及接触面上积有锈蚀、油污、尘垢，都将造成相互间接触不良而产生振动，并发出噪声。

铁芯的振动会使线圈过热，严重的甚至烧毁线圈。对于 E 形铁芯，铁芯中柱和衔铁之间留有 0.1～0.2mm 的气隙，铁芯端面的变形会使气隙减小，也会增大铁芯噪声。

铁芯磁极端面若有油污介质，要拆下清洗；若发生变形或磨损，可用细纱布平铺在平铁板上，来回推动铁芯，可得到较平的铁芯端面。

②　短路环损坏。当铁芯经受多次碰撞后，安装在铁芯内的短路环会出现断裂或跳出。短路环断裂常发生在槽外的转角和槽口部分，修复时，可将断裂处焊牢，两端用环氧树脂固定；如不能焊接就调换短路环或铁芯。短路环跳出后，可先用钢锯条将槽壁刮毛，然后用扁錾将短路环压入槽内。

③　机械方面的原因。如果触头弹簧压力过大，或因活动部分运动受到卡阻而使衔铁不能完全吸合，都会产生较强的振动和噪声。

（2）线圈故障　若衔铁与铁芯间吸合不紧密或不能完全吸合，会使线圈电流增大，线圈过热，以至烧毁。

由于线圈绝缘损坏或受机械损伤形成匝间短路或碰地，在这部分线圈中会产生很大的短路电流，温度会剧增，并将热量传递到邻近线匝，使故障扩大，以至使整个线圈烧毁。

电源电压偏低，也会因铁芯吸力不足造成线圈过热烧毁。

其次，衔铁每闭一次，线圈就要受到一次大电流的冲击，如果电器的动作超过额定操作频率时，线圈就会在连续承受大电流的冲击下造成线圈的过热。

（3）灭弧系统的故障及修理　当灭弧罩受潮、磁吹线圈匝间短路、灭弧罩炭化或破碎，或弧角和栅片脱落时，都能引起不能灭弧或灭弧时间延长等故障。在开关分断时倾听灭弧的声音，如果出现软弱无力的"咻咻"声，就是灭弧时间延长的现象，需拆开检查。如系受潮，烘干后即可使用；若系磁吹线圈短路，可用一字旋具拨开短路处；如果灭弧罩炭化，可以刮除积垢；弧角脱落的应重新装上；栅片脱落和烧毁的可用铁片按原尺寸重做。

9.2　常用电器的故障及维修

机床电气控制中使用的电器很多，它们除了上述元件故障外，还有本身整体特有的故障，这里介绍接触器、热继电器、时间继电器和速度继电器等四种常用电器的故障及维修。

9.2.1　接触器的故障及维修

交流接触器的触头和电磁系统的故障及维修与上述情况基本相同，除此之外，常见故障如下。

（1）触头断相　由于某相触头接触不好或连接螺钉松脱造成断相，使电动机缺相运行，此时电动机虽然能转动，但发出较强的"嗡嗡"声。发现这种情况，应立即停车检查。

（2）触头熔焊　接触器的操作频率过高、过载使用、带负载侧短路、触头表面有金属颗粒或触头弹簧压力过小等原因都会引起触头熔焊现象，此时，即使按下停止按钮，电动机也不会停转，应立即切断前一级开关，停车检修。

（3）相间短路　由于接触器的正反转联锁失灵，或因误动作致使两台接触器同时投入运行而造成相间短路；或因接触器动作过快，转换时间短，在转换过程中发生电弧短路。发现这类故障时，可在控制线路中和中间环节改用按钮、接触器双重联锁控制电动机的正反转，或更换动作时间长的接触器，延长正反转转换时间。

（4）线圈过热烧毁　接触器线圈的电源电压过高、线圈匝间短路、操作频率过高或衔铁与铁芯闭合时有间隙等原因，都会引起线圈过热，应立即按下停止按钮，进行检修。

（5）铁芯吸合时噪声过大　这类故障大多是短路环断裂而引起的，其次，铁芯歪斜、机械卡阻或触头弹簧压力过大也会引起噪声过大，应停电进行检修。

9.2.2　热继电器的故障及维修

热继电器的故障一般有热元件烧坏、误动作和不动作等。

（1）热元件损断　当热继电器动作频率太高或负载侧发生短路、电流过大，致使热元件烧断。这时，应先切断电源，检查电路，排除短路故障，重新选用合适的热继电器。更换后，应重新调整整定值。

（2）热继电器误动作　这种故障的原因一般是，整定值偏小，以致未过载就动作；电动机启动时间过长，使热继电器在启动过程中就可能脱扣；操作频率太高，使热继电器经常受启动电流的冲击；使用场合强烈的冲击及振动，使热继电器动作机构松动而脱扣；此外，连接导线太细也会引起热继电器误动作。处理这些故障的方法是调换适合于上述工作性质的热继电器，并合理调整整定值，或更换连接导线。

（3）热继电器不动作　由于热元件烧断或脱焊；电流整定值偏大，以致过载很久而热继电器仍不动作；或导板脱扣；或连接导线太粗等原因，使热继电器不动作，对电动机就不能起到保护作用。可根据以上原因，进行针对性处理。

热继电器动作脱扣后，不要立即手动复位，应等双金属片冷却复原后，再使常闭触头复位。

9.2.3　时间继电器的故障及维修

空气式时间继电器密封不严或橡皮薄膜损坏而漏气，使延时动作时间缩短，甚至不产生延时；空气室内要求很清洁，如果在拆装过程中或其他原因使灰尘进入空气道中，空气道将会阻塞，时间继电器的延时时间就会变得很长，可拆开气室，调换橡皮薄膜或清除灰尘，故障即可排除。

长时间不用的时间继电器，第一次使用时，延时可能要长一些；环境温度发生变化时对延时的长短也有影响。

9.2.4　速度继电器的故障及维修

速度继电器发生故障后，一般表现为电动机停车时不能制动停转。这种故障除了触头接触不良之外，还可能因调整螺钉调整不当或胶木摆杆断裂而引起的。只要拆开速度继电器的后盖进行检修即可。

第 10 章 机床电气控制线路故障检修工艺

机床电气设备的维修包括日常维护保养和故障检修两方面的工作。

10.1 机床电气设备的维护和保养

10.1.1 机床电气设备日常维护保养的重要性

各种机床的电气设备在运行过程中会产生各种各样的故障，致使机床停止运行而影响生产，严重的还会造成人身或设备事故。引起机床电气设备故障的原因很多，除部分是由于机床电器元件的自然老化引起的外，还有相当部分的故障是因为忽视了对机床电气设备的日常维护和保养，以致小毛病发展成大事故，还有些故障则是由于电气维修人员在处理电气故障时的操作方法不当，或因缺少配件凑合行事，或因误判断、误测量而扩大了事故范围所造成。为了保证机床正常运行，应十分重视对机床电气设备的维护和保养。

10.1.2 日常维护保养工作的主要内容

机床电气设备的日常维护对象一般包括：电动机、电器元件和连接导线。

（1）电动机的日常维护保养　主要包括以下几个方面。

① 经常保持电动机的表面清洁。

② 保持良好的通风条件。

③ 对工作在环境条件较差的电动机经常检查绝缘电阻。

④ 检查电动机的接地装置，使之保持牢固可靠。

⑤ 经常查看电动机是否有超负荷运行的情况，用钳形电流表检测三相电流是否正常、是否平衡。

⑥ 检查电动机的温升是否正常。

⑦ 检查电动机轴承部位的工作情况，是否有发热、漏油现象。

⑧ 检查运行中的电动机是否有磨擦声、尖叫声和其他杂声，并注意观察电动机的启动是否困难，等等。

（2）电器元件和连接导线的维护保养　电气柜及电器元件、各部件之间的连接导线和电缆及保护管、按钮和主令开关的手柄及信号灯等应保持完好无损和清洁，一旦发现问题应及时处理。

10.2 机床电气设备的故障与维修

10.2.1 机床电气设备故障的必然性

机床电气故障产生的原因主要有两方面。

（1）自然故障　机床在运行过程中，其电气设备常常要承受许多不利因素的影响，如机械振动、过电流的热效应加速电器元件的绝缘老化变质、电弧的烧损、长期工作的自然磨损、环境温度和湿度的影响、有害介质的侵蚀、元件自身的质量问题、自然寿命等诸多原因。以上种种原因都会使机床电器难免出现一些这样或那样的故障而影响机床的正常运行。因此要加强日常维护保养和定期检修工作，使机床在较长时间内不出或少出故障。

（2）人为故障　机床在运行过程中，由于受到不应有的机械外力的破坏或因操作不当、安装不合理而造成故障，也会造成机床事故，甚至危及人身和设备的安全。

10.2.2　故障的类型

由于机床电气设备的结构不同，电器元件的种类繁多，导致电气故障的因素又是多种多样，因此电气设备所出现的故障必然是各式各样的。这些故障大致可分为两大类。

（1）故障有明显的外表特征并容易被发现　在排除这类故障时，除了更换或修复之外，还必须找出和排除造成故障的原因。

（2）故障没有外表特征　这一类故障是控制电路的主要故障。在电气线路中由于电气元件调整不当、机械动作失灵、触头及压接线头接触不良或脱落，以及某个小零件的损坏、导线断裂等原因造成故障。线路越复杂，出现这类故障的机会就越多。由于没有外表特征，要寻找故障发生点，常需花费较多的时间，一般还需借助各种工具、仪表，而一旦找出故障点则往往只需简单的调整或修理就能使机床恢复正常运行。能否准确和迅速查出故障点是检修这类故障的关键。

10.2.3　故障分析和检修的基本方法与要求

当机床发生电气故障后，为了尽快找出故障原因，应按照一定的方法和步骤进行检查分析，并排除故障。

（1）电气控制线路故障的检修步骤

① 找出故障现象。

② 根据故障现象，依据原理图找到故障发生的部位或故障发生的回路，并尽可能地缩小故障范围。

③ 根据故障部位或回路找出故障点。

④ 根据故障点的不同情况，采用正确的检修方法排除故障。

⑤ 通电空载校验或局部空载校验。

⑥ 正常运行。

（2）电气控制线路故障常用检查和分析方法

在寻找故障点时，要分清是电气故障还是机械故障，对于电气故障应分清是线路故障还是元件故障。

电气控制线路故障常用检查和分析方法有：调查研究法、试验法、逻辑分析法、测量法等。在一般情况下，调查研究法能帮助我们找出故障现象；试验法不仅能找出故障现象，而且还能找到故障部位和故障回路；逻辑分析法是缩小故障范围的有效方法；测量法是找出故障点的基本、可靠和有效的方法。调查研究故障现象，分析寻找故障确切部位，对于简单的控制线路，电器元件和连接导线的数量不多，可采用"问、看、听、摸"的方法检查和发现；对于较复杂的控制线路，还必须很好地分析研究系统原理，采用逻辑分析与测试判断的方法。在检查和分析故障时，往往是几种方法同时运用。具体如下：

① 用调查研究法以及试验法发现故障现象。在用试验法寻求故障现象时，要注意观察电动机运行情况、接触器的动作情况等，如发现有异常情况，应断电检查。

② 用逻辑分析法缩小故障范围。根据故障现象，在熟悉电气原理的基础上，采用分组淘汰的办法，将故障范围缩小。

③ 用测量法准确、迅速地找出故障点。

④ 根据故障点的不同情况，采用正确方法排除故障。

一般故障分析检查的方法和要求如下。

① 通过调查研究，向机床操作工人了解故障的详细情况及具体的症状和故障现象。

② 根据故障现象，从原理图上分析故障原因，在不损伤电气和机械设备的条件下，可直接通电试验，或去掉负载进行试验，以分析故障可能的范围。

③ 对于简单控制线路，根据故障属于哪个部分，先进行一般性的外观检查，如属于控制电路部分的故障，应检查各电器元件有无破裂、变色、烧痕，接点有无脱落等。对于较复杂的控制线路，若采用按部就班地逐级检查的方法，比较耗时间也容易遗漏，需采用准确、快速的逻辑分析检查方法。通过通电试验法仔细观察各电器元件的动作情况，再根据原理图控制原理，逐一排除故障回路中的公共支路上的故障存在，从而缩小故障点的范围。

④ 一般外观检查不易找出故障点，而采用测量法是找到故障点的一种有效方法，但应注意在使用万用表、验电器、校验灯等进行测量时，要防止由于感应电、回路电及其他并联支路的影响而产生误判断。

⑤ 找出故障点后，针对不同故障情况和部位相应采取正确的排除方法，并注意防止产生人为故障。

⑥ 注意总结经验，积累资料，做好维修记录。

（3）电器元件（装置）检修工艺要求　从经济观点出发，损坏的电器装置凡能进行修复的应尽量修复。

① 采用正确的修理方法和步骤。

② 不损坏完好的零部件。

③ 不降低电器装置固有的性能。

④ 修复后能满足质量标准要求。

（4）注意事项

① 排除故障前，应在电气原理图上用虚线标示出故障电路中最短的故障线段。

② 排除故障要求在规定时间内完成，应力求做到准确、迅速。

③ 要熟练地掌握电气原理图中各个环节的作用，做到故障分析、故障排除的思路和方法正确。

④ 带电检查（通电试验查找）和检修故障时，必须有指导教师的准许并监护，应注意人身和设备安全，切实遵守安全操作规程，以确保安全。通电测试时应先检查电源是否正常，先易后难，逐步深入，并可分块、分片进行试验和检查。

有关基本操作，在第二篇中已有叙述。

第11章 电子线路故障分析与排除工艺

所谓电路"故障"，是指电路对给定的输入不能给出正常的输出响应，则此电路被认为有故障。例如，在模拟电路中，静态工作点异常，电路输出波形反常，负载能力差，自激振荡等；在数字电路中，逻辑功能不正常，时序错乱，带不起负载等。

在电子技术实训中，出现故障是常有的，通过查找和排除故障，对全面提高电子技术实践能力十分有益。了解引起故障的原因、掌握查找和排除故障的基本方法是十分必要的。

11.1　引起故障的原因

总地来说，电子技术实训中出现的故障大多是由于元器件、线路和焊接安装三方面的因素引起的。

（1）几种常见故障

① 虚焊造成焊点接触不良。

② 元器件选择不当或由于使用不当而失效。

③ 开关或接插件接触不良。

④ 可调元件的调整端接触不良造成开路。

⑤ 连接导线接错、漏焊或由于机械损伤而断路。

⑥ 由于排布不当，元器件相碰而短路；焊接连接导线时剥皮过多或因热后缩，与其他元器件相碰引起短路。

（2）主要故障原因

① 元器件引脚接错。

② 集成电路引脚插反，未按引脚标记插片。

③ 用错集成电路芯片。

④ 元器件已坏或质量低劣，电路组装件，集成块和半导体管未经测试和筛选，导致坏的器件和质量低劣的元器件被用上。

⑤ 二极管和稳压管极性接反。

⑥ 电源极性接反或电源断路。

⑦ 电解电容极性接反。

⑧ 连线接错，开路，短路（线间或对地等）。

⑨ 接插件接触不良。

⑩ 焊点虚焊，焊点碰接。

以及元器件参数不对或不合理等。

以上列举的都是电子技术实训中的一些常见故障，是查找故障时的重点怀疑对象。

11.2　检查和诊断的基本方法

要寻找故障在哪一级模块和模块内哪个元器件或连线，简易的方法是在电路的输入端施加一个合适的输入信号，依信号流向，逐级观测各级模块的输出是否正常，从而找出故障所在模块。

接下来是查找故障模块内部的故障点，其工艺步骤是：检查元器件引脚电源电压。确定电源是否已接到元器件上及电源电压值是否正常——检查电路关键点上电压的波形和数值是否合乎要求——断开故障模块的负载，判断故障来自故障模块本身还是负载——对照电路图，仔细检查故障模块内电路是否有错——检查可疑的故障处元器件是否已损坏——检查用于观测的仪器是否有问题及使用是否得当。

11.2.1 常用检查方法

（1）直观检查法

① 检查接线。在电路板上接插元器件时，接错线引起的故障占很大的比例，有时还会损坏元器件。如发现电路有故障时，应对照安装接线图检查接线有无漏线、断线和错线，特别要注意检查电源线和地线的接线是否正确。为了避免和减少电路故障，应在通电前检查一遍所接线路。

② 通电检查。电路通电后，听是否有打火声等异常声响，看有无冒烟、烧断、跳火现象，闻有无焦糊等异味出现，摸晶体管管壳是否烫手，集成电路是否温度过高。如遇这些情况，应立即切断电源分析原因，再确定检修部位。如果一时观察不清，可重复通电几次，但每次时间不要太长，以免扩大故障。

（2）电阻法　用万用表测量电路电阻和元器件电阻来发现和寻找故障部位及元器件，注意应在断电条件下进行。

① 通断法。用于检查电路中有无断线、脱焊、短路、接触不良，检查绝缘情况、熔丝通断。要注意检查是否有不允许悬空的输入端未接入电路，尤其是 CMOS 电路的任何输入端不能悬空。一般采用万用表电阻挡 $R \times 1\Omega$ 或 $R \times 10\Omega$ 挡进行测量。

② 测电阻值法。用于检查电路中电阻元件的阻值是否正确，检查电容是否断线、击穿和漏电，检查半导体器件是否击穿、开断及各 PN 结的正反向电阻是否正常，检查变压器好坏等。在检查大容量电容（如电解电容）时，应先用导线将电容两端短路，释放掉电容中的储存电荷后，再检查电容有没有被击穿或漏电是否严重。检查二极管和三极管时，一般用万用表的 $R \times 100\Omega$ 或 $R \times 1\mathrm{k}\Omega$ 挡进行测量。

在测量电阻时，如果是在线测量，应考虑到被测元器件与电路中其他元器件的连接关系，需要准确测量时，元器件的一端必须与电路断开。

（3）电压法　用万用表直流电压挡检查电源、各静态工作点、集成电路引脚的对地电位是否正确。用交流电压挡检查有关交流电压值。测量电压时，应注意电压挡内阻及频率响应对被测电路的影响。

（4）电流法　用万用表测量晶体管和集成电路的工作电流，各部分电路的分支电流及电路的总负载电流，以判断电路及元件是否正常工作。

（5）部件替代法　对怀疑有故障的部件（或元器件），可用一个完好的部件（或元器件）替代，置换后若电路工作正常，则说明原有部件（或元器件）或插件板存在故障，可作进一步检查测定。这种方法对连线层次较多、功率大的元器件及成本较高的部件不宜采用。

对于集成电路，可用同一芯片上的相同电路来替代怀疑有故障的电路。有多个输入端的集成器件，如在实际应用中有多余输入端时，则可换用其余输入端进行试验，以判断原输入端是否有问题。

（6）分割测试法　这种方法是逐级断开各级电路的隔离元件或接插件，使整个电路分割成多个相对独立的单元电路，测试其对故障现象的影响。例如，发现电源负载短路可分区切断负载，检查出短路的负载部分；或通过关键点的测试，把故障范围分为两个部分或多个部分，通过检测排除或缩小可能的故障范围，找出故障点。采用上述方法，应保证拔去或断开部分电路不至于造成关联部分的工作异常及损坏。

11.2.2　逐步逼近法分析与排除故障

在不能直接迅速地判断故障时，可采用逐级检查的方法逐步逼近故障。逐步逼近法也称为信号寻迹法，其分析与排除故障的步骤如下。

（1）判断故障级　在判断故障级时，可采用两种方式

① 由前向后逐级推进寻找故障级。这时从第一级输入信号，用示波器或电压表逐级测试其后各级输出端信号，如发现某一级的输出波形不正确或没有输出时，则故障就发生在该级或下级电路，这时可将级间连线或耦合电路断开，进行单独测试，即可判断故障级。模拟电路一般加正弦波，数字电路可根据功能的不同输入方波、单脉冲或高低电平。

② 由后向前逐级推进寻找故障级。断开后级的输入端，在其输入端加信号源，测试该级输出端信号是否正常，无故障则往前级推进。若在某级输出信号不正常时，则故障就发生在该级。

（2）寻找故障的具体部位或元器件　故障级确定后，按照"先静态后动态"的方法寻找故障具体部位。

① 静态工作点的检查。直流工作状态是一切电路的工作基础，静态工作点不正常，电路就无法实现其特定的电气功能。可按电路原理图给定的静态工作点进行对照测试，也可根据电路元件参数值进行估算后测试。

对于开关电路，如果三极管应处于截止状态，则根据 U_{BE} 电压加以判断，它应略处于正偏或反偏；如果三极管应处于饱和状态，则 U_{CE} 小于 U_{BE}。若工作点值不正常，可检查该级电路的接线点以及电阻、三极管是否完好，查出故障所在点。若仍不能找出故障，应作动态检查。

对于数字电路，如果无论输入信号如何变化，输出一直保持高电平不变时，这可能是被测集成电路的地线接触不良或未接地线。如果输出信号的变化规律和输入相同，则可能是集成电路未加上电源电压或电源线接触不良所致。

② 动态的检查。要求输入端加检查信号，用示波器观察测试各级各点波形，并与正常波形对照，根据电路工作原理判断故障点所在。

（3）更换故障元器件　故障元器件拆下后，应先测试其损坏程度，并分析故障原因，同时检查相邻的元器件是否也有故障。在确定无其他故障后，再动手更换元器件。更换元器件应注意

① 更换电阻应采用同类型、同规格的电阻，一般不可用大功率等级代替，以免电路失去保护功能。

② 对于一般退耦、滤波电容，可用同容量、同耐压电容代用。对于高中频回路电容，一定要用同类型瓷介质电容或高频介质损耗及分布电感相近的其他电容代换。

③ 集成电路应采用同型号、同规格的芯片替换。对于型号相同，但前缀或后缀字母、数字不同的集成电路，应查找相关资料，弄清楚意义方可使用。

④ 晶体管代换，尽量采用同型号、参数相近的代用。当使用不同型号的晶体管代用时，应使其主要参数满足电路要求，并适当调整电路相应元件参数，使电路恢复正常工作状态。

第12章 操作技能训练

课题一 进行如图6-4所示三相异步电动机双重联锁正反转启动能耗制动控制电路故障检修

(1) 目的和要求 熟悉控制线路的基本原理和工作特点，熟练掌握其维护检修基本操作技能。

(2) 任务 熟悉电路的原理和特点，正确利用工具、仪表，用通电试验的方法发现故障现象，进行故障分析，在电气原理图中标出最小故障范围，一一找到并排除主电路、控制电路中人为设置的故障（主电路1处、控制电路2处）。

(3) 工具、设备、器材用品 准备清单如表12-1所列。

表12-1 三相异步电动机双重联锁正反转启动能耗制动控制电路
故障检修工具、设备、器材用品准备清单

序号	名 称	型号与规格	数量	备注
1	配线板	三相异步电动机双重联锁正反转启动能耗制动的控制电路板	1块	
2	电路图	三相异步电动机双重联锁正反转启动能耗制动的控制电路配套电路图	1套	
3	故障排除所用材料	与相应的电路板配套	1套	
4	三相异步电动机	Y112M-4,4kW、380V、△接法或自定	1台	
5	三相四线电源	～3×380/220V、20A	1处	
6	电工通用工具	验电笔、旋具(一字和十字)、尖嘴钳、剥线钳、电工刀、活扳手等	1套	
7	万用表	500型或自定	1只	
8	兆欧表	500V、0～200MΩ	1只	
9	钳形电流表	0～50A	1只	
10	黑胶布、透明胶布	自定	各1卷	

(4) 操作步骤和工艺要点

① 熟悉控制线路各个控制环节的基本原理、作用及特点，通过通电试验观察、研究，找出故障现象。如发现电动机不能启动、运转或制动等故障。

② 在电气线路原理图上分析故障可能的原因，确定检查范围。

③ 排除第一个故障。用试验法进一步分析，缩小故障点所在范围，用测量法找到故障点，排除故障并通电试车。

④ 用同样的方法，逐步排除第二、第三个故障。

⑤ 整理现场。将检修过程中涉及的各部件、各接线点重新检查、紧固一遍，把元器件、导线等恢复和整理好，将绝缘皮、废弃的线头等杂物清理干净，将工具、仪表、器材等收放好，最后打扫干净台面、地面。

要求：

通电试验操作要正确、规范；

应根据故障现象，先在原理图中正确标出最小故障范围的线段，然后采用正确的检查和排故方法排除故障，要正确使用工具、仪表；

排除故障时，必须修复故障点，不得采用更换电器元件、借用触点及改动线路的办法，否则，作不能排除故障处理；

检修时，严禁扩大故障范围和产生新的故障，并不得损坏电器元件、装置；

注意人身和设备安全。

［练习争取在规定的时间内完成，并做到安全生产、文明操作］

课题二　进行如图 12-1 所示并励直流电动机电枢回路串电阻二级启动能耗制动控制电路故障检修

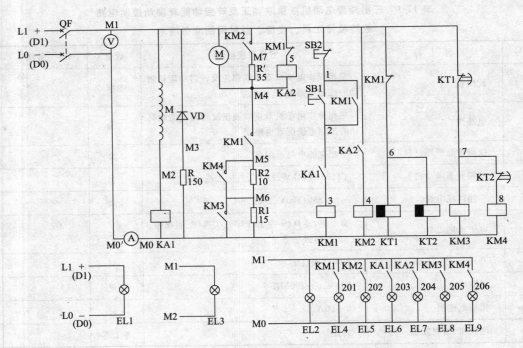

图 12-1　并励直流电动机二级启动能耗制动控制线路原理图

（1）目的和要求　熟悉控制线路的基本原理和工作特点，熟练掌握其维护检修基本操作技能。

（2）任务　熟悉电路的原理和特点，正确利用工具、仪表，用通电试验的方法发现故障现象，进行故障分析，在电气原理图中标出最小故障范围，一一找到并排除主电路、控制电路中人为设置的故障（主电路 1 处、控制电路 2 处）。

（3）工具、设备、器材用品　准备清单如表 12-2 所列。

表 12-2　并励直流电动机电枢回路串电阻二级启动能耗制动控制

表 12-2　并励直流电动机电枢回路串电阻二级启动能耗制动控制电路故障检修工具、设备、器材用品准备清单

序号	名　称	型号与规格	数量	备注
1	配线板	并励直流电动机电枢回路串电阻二级启动、能耗制动的控制电路板	1 块	
2	电路图	并励直流电动机电枢回路串电阻二级启动、能耗制动的控制电路配套电路图	1 套	
3	故障排除所用材料	与相应的电路板配套	1 套	
4	并励直流电动机	自定	1 台	
5	直流电源	与并励直流电动机配套	1 处	
6	电工通用工具	验电笔、旋具（一字和十字）、尖嘴钳、剥线钳、电工刀、活扳手等	1 套	
7	万用表	500 型或自定	1 只	
8	兆欧表	500V、0～200MΩ	1 只	
9	黑胶布、透明胶布	自定	各 1 卷	

（4）操作步骤和工艺要点　基本步骤、方法和要求同课题一中。

课题三　进行如图 12-2 所示 Z3040 摇臂钻床电气控制线路故障检修

（1）目的和要求　熟悉 Z3040 摇臂钻床电气控制线路的基本原理和工作特点，熟练掌握其维护检修基本操作技能。

（2）任务　熟悉线路的原理与特点，正确利用工具、仪表，用通电试验的方法发现故障现象，进行故障分析，在电气原理图中标出最小故障范围，一一找到并排除主电路、控制电路中人为设置的故障（主电路 1 处、控制电路 2 处）。

（3）工具、设备、器材用品　准备清单如表 12-3 所列。

表 12-3　Z3040 摇臂钻床电气控制线路故障检修工具、设备、器材用品准备清单

序号	名　称	型号与规格	数量	备注
1	机床	Z3040 摇臂钻床电气控制线路（模拟装置）	1 台	
2	电路图	Z3040 摇臂钻床电气控制线路配套电路图	1 套	
3	故障排除所用材料	与相应的装置配套	1 套	
4	三相四线电源	～3×380/220V、20A	1 处	
5	单相交流电源	～220V、10A	1 处	
6	电工通用工具	验电笔、旋具（一字和十字）、尖嘴钳、剥线钳、电工刀、活扳手等	1 套	
7	万用表	500 型或自定	1 只	
8	兆欧表	500V、0～200MΩ	1 只	
9	钳形电流表	0～50A	1 只	
10	黑胶布、透明胶布	自定	各 1 卷	

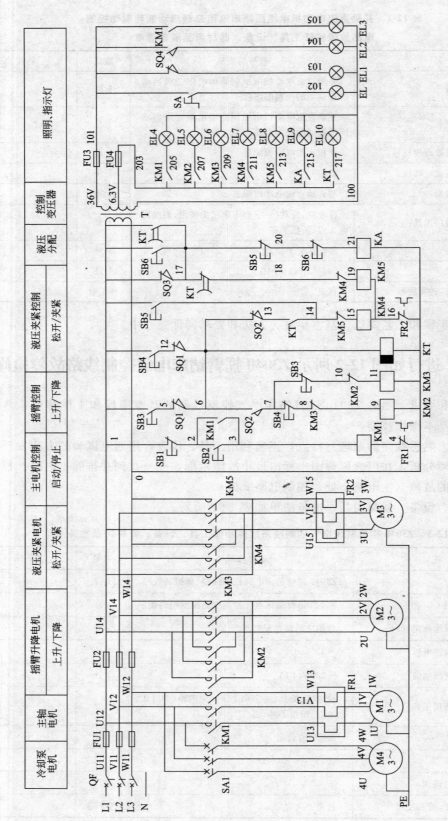

图 12-2 Z3040 摇臂钻床电气控制线路原理图

（4）操作步骤和工艺要点　基本步骤、方法和要求同课题一中。

【附】 教学时注意

① 要求学生熟练掌握电气原理图的各个控制环节的原理、作用及特点，充分了解机床的各种工作状态，以及操作手柄的作用。

② 要求学生熟悉机床电器元件的安装位置、走线情况以及操作手柄处于不同位置时，行程开关的作用与状态。

③ 在有故障的机床上或人为设置自然故障点的机床上（或模拟装置上），由指导教师进行检修示范，一边分析、一边检查，直至故障排除。

④ 指导教师设置让学生知道的故障点，指导学生如何从故障现象着手进行分析，逐步引导学生学会如何采用正确的检查步骤和检修方法。

⑤ 指导教师设置人为的自然故障点，由学生完成检修，无机床实物情况下在与机床线路控制原理一致的模拟排故装置上完成训练。

【附】 Z3040 摇臂钻床基本知识介绍

钻床是一种用途广泛的孔加工机床。它主要用钻头钻削精度要求不太高的孔，另外还可用来扩孔、铰孔、镗孔，以及刮平面、攻螺纹等。

钻床的结构型式很多，Z3040 摇臂钻床是一种立式钻床，它适用于单件或批量生产中带有多孔的大型零件的孔加工。

（1）主要结构及运动情况　Z3040 摇臂钻床主要由底座、内立柱、外立柱、摇臂、主轴箱、工作台等组成。内立柱固定在底座上，在它外面套着空心的外立柱，外立柱可绕着内立柱回转一周，摇臂一端的套筒部分与外立柱滑动配合，借助于丝杠可沿着外立柱上下移动（但两者不能作相对转动，摇臂与外立柱一起相对内立柱回转）。主轴箱是一个复合的部件，它具有主轴及主轴旋转部件和主轴进给的全部变速和操纵机构。主轴箱可沿着摇臂上的水平导轨做径向移动。当进行加工时，利用特殊的夹紧机构将外立柱紧固在内立柱上，摇臂紧固在外立柱上，主轴箱紧固在摇臂导轨上，然后进行钻削加工。

钻削加工时，主轴旋转为主运动，主轴的纵向移动为进给运动，即钻头一面作旋转运动，同时作纵向进给运动。此时，主轴箱应通过夹紧装置紧固在摇臂的水平导轨上，摇臂与外立柱也应通过夹紧装置紧固在内立柱上。辅助运动有摇臂沿外立柱的上下移动、主轴箱沿摇臂水平导轨径向移动、摇臂与外立柱一起绕内立柱的回转运动。

（2）电力拖动特点及控制要求

① 其运动部件较多，为简化传动装置，采用多电动机拖动：主电动机承担主钻削及进给任务，摇臂升降、夹紧放松、冷却泵各用一台电动机拖动。

② 主运动与进给运动皆为主轴的运动，这两种运动由一台主轴电动机拖动，分别经主轴传动机构、进给传动机构实现主轴旋转和进给，它们的变速机构都装在主轴箱内。

③ 为适应多种加工方式的要求，主轴及进给应在较大范围内调速，都是机械调速，用手柄操作变速箱调速，对电动机无任何调速要求。

④ 加工螺纹时要求主轴能正反转，摇臂钻床的正反转一般用机械方法实现，电动机只需单方向旋转。

⑤ 主轴箱与摇臂的夹紧与放松、内外立柱的夹紧与放松由一台电动机配合液压装置来完成，其夹紧与松开是通过液压泵电动机的正反转输出不同流向的压力油，推动活塞、带动棱形块动作来实现，因此要求液压泵电动机能正反向旋转。摇臂的回转和主轴箱的径向移动

都采用手动。

⑥ 摇臂升降由单独电动机拖动，要求能实现正反转。摇臂的夹紧放松与摇臂升降严格按照松开—移动—夹紧的程序自动控制进行。

⑦ 钻削加工时，为对刀具及工件进行冷却，需由一台冷却泵电动机拖动冷却泵输送冷却液。

（3）电气控制线路分析　Z3040 摇臂钻床电气控制线路原理图如图 12-2 所示。

① 主电路分析。采用 380V，50Hz 三相交流电源供电，并有保护接地措施。为了传动各机构，共装有四台电动机：M1 为主轴电动机（3kW、1500r/min），由接触器 KM1 控制，只要求单方向旋转，主轴的正、反转由机械手柄操作，M1 带动主轴及进给传动系统；M2 为摇臂升降电动机（1.5kW、1500r/min），用接触器 KM2、KM3 控制正、反转，属短时间工作；M3 为液压油泵电动机（0.75kW、1500r/min），能正、反转启动和停止，由接触器 KM4、KM5 控制，其主要作用是供给夹紧装置压力油，实现摇臂和立柱的夹紧与松开；M4 为冷却泵电动机（0.09kW、1500r/min），功率很小，由开关直接启动和停止。

② 控制电路分析。

开车前的准备工作。为了保证操作安全，本机床具有"开门断电"功能。所以开车前应将立柱下部及摇臂后部的电门盖关好，才能接通电源。

主轴电动机 M1 的控制。合上电源开关后，按启动按钮 SB2，接触器 KM1 吸合并自锁，主电动机 M1 启动运行，同时指示灯 EL3 亮。停车时按停止按钮 SB1，KM1 释放，M1 停止旋转，同时指示灯 EL3 熄灭。

摇臂升降控制。摇臂上升（或下降），按下上升按钮 SB3（或下降按钮 SB4），则时间继电器 KT 线圈通电，其瞬时动作的常开触点闭合，接触器 KM4 线圈通电，液压油泵电动机 M3 启动正向旋转，拖动液压泵送出压力油，同时 KT 的断电延时断开触头闭合，电磁阀 KA 线圈通电。于是液压泵送出的压力油经二位六通阀进入摇臂夹紧机构的"松开油腔"，推动活塞移动，活塞推动菱形块，将摇臂松开。同时，活塞杆通过弹簧片压位置开关 SQ2 使其触点动作，一则使 KM4 断电释放，液压油泵电动机 M3 停止工作，液压泵停止供油，摇臂维持在松开状态；二则使 KM2（或 KM3）通电吸合，升降电动机 M2 启动正转（或反转），带动摇臂上升（或下降）。注意：如果此时摇臂尚未松开，则 SQ2 的常开触点不致闭合，KM2（或 KM3）就不能吸合，摇臂就不能升（或降）。

当摇臂上升（或下降）到所需位置时，松开按钮 SB3（或 SB4），则接触器 KM2（或 KM3）和时间继电器 KT 同时断电释放，M2 停止工作，随之摇臂停止上升（或下降）。而 KT 线圈断电其断电延时闭合触头经延时 1～3s 后才闭合，断电延时断开触头经延时 1～3s 后才断开，使得在 KT 断电延时的 1～3s 内 KM5 线圈仍处于断电状态，电磁阀 KA 仍处于通电状态，这段延时就确保了摇臂升降电动机在断开电源后到完全停止运转才开始摇臂的夹紧动作。KT 的延时时间视需要一般整定为 1～3s。

当 KT 断电延时时间到，即经过 1～3s 的延时后，延时闭合的常闭触点闭合，使接触器 KM5 吸合，液压油泵电机 M3 反向旋转，拖动液压泵送出压力油。且 KT 的断电延时断开触头断开，电磁阀 KA 线圈断电，这时压力油经二位六通阀进入摇臂的"夹紧油腔"，向相反方向推动活塞和菱形块，使摇臂夹紧。同时，活塞杆通过弹簧片压位置开关 SQ3，使 KM5 断电释放，M3 停止工作，摇臂夹紧完成。从而完成了摇臂的松开—上升（或下降）—夹紧的整套动作。

摇臂自动夹紧程度由位置开关 SQ3 控制，如果液压夹紧系统出现故障不能自动夹紧摇臂，或者由于 SQ3 调整不当，在摇臂夹紧后不能使 SQ3 常闭触头断开，会使液压泵电动机 M3 处于长时间过载运行状态，造成损坏。为了防止损坏 M3，电路中设有热继电器 FR2，其整定值应根据 M3 的额定电流来调整。

组合位置开关 SQ1 用来限制摇臂的升降超程。当摇臂上升到极限位置时，SQ1（左）动作，使 KM2 释放，升降电动机 M2 停止旋转，摇臂停止上升；当摇臂下降到极限位置时，SQ1（右）动作，使 KM3 释放，M2 停止旋转，摇臂停止下降。

立柱、主轴箱的松开与夹紧控制。立柱和主轴箱的松开与夹紧是同时进行的。当按下松开按钮 SB5（或夹紧按钮 SB6），接触器 KM4（或 KM5）线圈通电吸合，液压油泵电动机 M3 正转（或反转），拖动液压泵送出压力油，这时电磁阀 KA 线圈处于断电状态，压力油经二位六通阀进入立柱和主轴箱松开油腔（或夹紧油腔），推动活塞、带动棱形块使立柱和主轴箱松开（或夹紧），而由于 KA 线圈断电，压力油不会进入摇臂松开油腔，其仍处于夹紧状态。

（4）电气控制线路常见故障分析　摇臂钻床电气控制的特殊环节是摇臂升降。Z3040 系列摇臂钻床的工作过程是由电气与机械、液压系统紧密结合实现的。这里主要介绍摇臂升降中的电气故障。

① 摇臂不能升降。升降电动机 M2 旋转带动摇臂升降，其前提是摇臂完全松开，活塞杆压位置开关 SQ2。如果 SQ2 不动作，常见故障是 SQ2 安装位置移动。这时摇臂虽已松开，但活塞杆压不上 SQ2，摇臂就不能升降。有时，液压系统发生故障，使摇臂放松不够，也会压不上 SQ2，使摇臂不能移动。因此，SQ2 的位置非常重要，应配合机械、液压调整好后紧固。

电动机 M3 电源相序接反时，按上升按钮 SB3（或下降按钮 SB4），M3 反转，使摇臂夹紧，SQ2 不动作，摇臂也就不能升降。所以，在机床大修或新安装后，要检查电源相序。

② 摇臂升降后，摇臂夹不紧。由摇臂升降后夹紧的动作过程可知，夹紧动作的结束是由位置开关 SQ3 来完成的，如果 SQ3 动作过早，使 M3 尚未充分夹紧时就停转。常见故障有 SQ3 安装位置不合适，或紧固螺钉松动造成移位，使 SQ3 在摇臂夹紧动作还未完成时就被压上，切断 KM5 回路，M3 停转。

课题四　进行如图 6-7 所示 M7120 平面磨床电气控制线路故障检修

（1）目的和要求　熟悉 M7120 平面磨床电气控制线路的基本原理和工作特点，熟练掌握其维护检修基本操作技能。

（2）任务　熟悉线路的原理与特点，正确利用工具、仪表，用通电试验的方法发现故障现象，进行故障分析，在电气原理图中标出最小故障范围，一一找到并排除主电路、控制电路中人为设置的故障（主电路 1 处、控制电路 2 处）。

（3）工具、设备、器材用品　准备清单如表 12-4 所列。

（4）操作步骤和工艺要点　基本步骤、方法和要求同课题三中。

【附】　M7120 平面磨床基本知识介绍

磨床是用砂轮的周边或端面进行机械加工的精密机床。平面磨床是用砂轮磨削加工各种

表 12-4　M7120 平面磨床电气控制线路故障检修工具、设备、器材用品准备清单

序号	名　称	型号与规格	数量	备注
1	机床	M7120 平面磨床电气控制线路(模拟装置)	1 台	
2	电路图	M7120 平面磨床电气控制线路配套电路图	1 套	
3	故障排除所用材料	与相应的装置配套	1 套	
4	三相四线电源	～3×380/220V、20A	1 处	
5	单相交流电源	～220V、10A	1 处	
6	电工通用工具	验电笔、旋具(一字和十字)、尖嘴钳、剥线钳、电工刀、活扳手等	1 套	
7	万用表	500 型或自定	1 只	
8	兆欧表	500V、0～200MΩ	1 只	
9	钳形电流表	0～50A	1 只	
10	黑胶布、透明胶布	自定	各 1 卷	

零件的平面。M7120 型平面磨床是平面磨床中使用较为普遍的一种，它的磨削精度和光洁度都比较高，操作方便，适于磨削精密零件和各种工具，并可作镜面磨削。

（1）主要结构和运动形式　M7120 平面磨床主要由床身、垂直进给手轮、工作台、位置行程挡块、砂轮修正器、横向进给手轮、拖板、磨头和驱动工作台手轮等部件组成。

它共有四台电动机，砂轮电动机是主运动电动机，直接带动砂轮旋转，对工件进行磨削加工；砂轮升降电动机使拖板（磨头安装在拖板上）沿立柱导轨上下移动，用以调整砂轮位置；工作台和砂轮的往复运动是靠液压泵电动机进行液压传动的，液压传动较平稳，能实现无级调速，换向时惯性小，换向平稳；冷却泵电动机带动冷却泵供给砂轮和工件冷却液，同时利用冷却液带走磨下的铁屑。

（2）电气控制线路分析　M7120 平面磨床电气控制线路原理图如图 6-7 所示。分主电路、控制电路、电磁工作台控制电路及照明与指示灯电路四部分。

① 电气控制系统概况。主电路中共有四台电动机：M1 是砂轮电动机（5.5kW、4 极），带动砂轮转动来完成磨削加工工件；M2 是冷却泵电动机（0.125kW、2 极）；M3 为液压泵电动机（1.5kW、6 极），实现工作台的往复运动。它们只要求单向旋转，分别用接触器 KM1、KM2 控制，冷却泵电机 M2 只有在砂轮电机 M1 运转后才能运转。M4 是砂轮升降电动机（0.55kW、4 极），用于磨削过程中调整砂轮与工件之间的位置。M1、M2、M3 是长期工作的，M4 属短期工作。

本机床电气系统控制分两部分运动部件：电动和液动。电动部分主要由 M1、M2、M4 电动机组成；液动部分由电动机 M3 及相应电磁阀 YV1（YV1-1、YV1-2）组成。电动部分控制砂轮的转动和停止、冷却泵的启动和停止、磨头的上升和下降；液动部分控制工作台的运行和停止、横向进给的启动和停止，及横向向里和向外运行。机床有一块 200×630 的电磁吸盘（XD200×630，DC110V，1.1A），作吸持工件用。

② 电气控制线路及电气系统操作。

合上电源开关 QF，电源指示灯亮表示电源已接通，可以进行操作。

在工作台面上放置好待加工的工件，将充磁退磁旋钮开关打到右侧充磁位置，吸铁台面通电产生磁场吸住金属加工工件。若将充磁退磁旋钮开关打到左侧位置则吸铁台面就退磁，打到中间位置无作用。

　　液压系统受吸铁台面的控制，若吸铁台面没通电或电磁吸力未达到规定值（吸铁台面电流达到 1500mA），或者不用吸铁台面时没有将备用插头插上，那么液压电动机就无法启动。

　　按下 SB3 启动砂轮电动机 M1，同时冷却泵电动机 M2 自行启动。按下 SB2 则都停止。

　　旋钮 SA1 是磨头快速上升和下降的控制钮。可通过它来实现对加工工件的对刀和调整。将它转向右边且保持此位置则磨头快速下降运行；松开手其自动回到中间位置，磨头即刻停止运行；同样，将它转向左边且保持此位置则磨头快速上升运行，松开手其停止运行。

　　磨头上升到最高位有上升极限开关 SQ2 限位控制，一旦压合 SQ2 则升降电动机 M4 停止运行，此时电动机 M4 无法工作，只有通过摇动机械手轮使磨头下移一段距离让 SQ2 脱开压合状态后方能继续电动升降运行。磨头的垂直升降有两种控制方式：电动运行和机械手动运行，当要摇动机械手轮来升降磨头时，须先将小手柄放下使 SQ1 脱开压合状态，这样方可进行机械手动升降；反之，当电动运行时须将小手柄扳上使 SQ1 压合而后才可进行磨头升降。并且，当砂轮电动机 M1 在运行时磨头是无法快速下降运行的。

　　工作台面的左右运行和运行速度的调节，只能通过扳动机床床身前面的大手柄来进行控制。当然只有在液压电动机 M3 已经被启动后方可进行。

　　磨头的横向运行，有机械手动和电动两种控制方式，将小手柄扳上使 SQ5 压合则处于电动控制方式；反之将小手柄放下处于机械手动控制方式。电动控制方式时，按下 SB7 则使磨头横向向里运行，若按下 SB8 则使磨头横向向外运行。一旦在一个运行方向启动后，并可里外自动换向运行，在运行过程中可通过操作 SB7、SB8 随意进行换向运行，也可操作 SB6 使磨头横向运行立即停下来。

　　一旦发生任何紧急情况，只要按下 SB1，机床的所有电动机均立即停止运行，确保运行安全。若要重新启动则须转动它使之往上弹起，而后才可进行正常的操作运行。

　　工件加工好后，先将工作台面和横向运行（当横向运行开出时）停止，然后将充磁退磁旋钮开关打到左侧位置退磁，待退磁结束后方可取下加工好了的工件。

　　当不用吸铁台面时，应将充磁退磁旋钮开关打到中间位置，千万不要打到右侧上磁位置，以免发生故障。

　　③ 电磁吸盘。电磁吸盘是固定加工工件的一种夹具。利用通电导体在铁芯中产生的磁场吸牢铁磁材料的工件，以便加工。它与机械夹具比较，具有夹紧迅速，不损伤工件，一次能吸牢若干小工件以及工件发热可以自由伸缩等优点。所以电磁吸盘在平面磨床中用得十分广泛。

　　电磁吸盘的控制电路包括整流装置、控制装置和保护装置三个部分。

　　④ 安全保护。

　　本机床的电气系统设计有过流、过热的电气保护措施。过流保护方面采用了有电磁、电热双重脱扣的空开断路器及熔断器；过热方面采用了热继电器。

　　本机床还专门设有吸铁台面失磁保护电路，一旦吸铁台面失磁或欠电流继电器 KA4（KA4′）动作，液压电动机 M3 则立即停止运行，从而纵向运行停止，有效的防止了工件因失磁飞出造成事故。

　　磨头快速升降有最高极限开关 SQ2 限位保护，而快速下降与砂轮电动机 M1 间有联锁控制，只有先停止 M1 的运行其方能作快速下降运行，否则只能进行机械式手动进给。这样可避免快速下降时因砂轮转动碰到台面而打坏砂轮的意外事故。

在有紧急情况下，可按紧停钮。

电气箱设计有开门断电联锁装置，将电源开关的手柄转向"OFF"位置，就会自动切断电源，而后方能将门打开，这样以免带电进行修理操作，又须关好门后才能合上电源开关。

(3) 电气线路常见故障分析　对于电动机不能启动、砂轮升降失灵等故障，基本检查方法和钻床一样，主要是检查熔断器、接触器等元件。M7120 平面磨床的特殊问题是电磁吸盘的故障，这里重点介绍。

① 电磁吸盘没有吸力。首先检查变压器的整流输入端熔断器及电磁吸盘电路熔断器是否正常；再检查接插器的接触是否正常。若都未发现故障，则可检查电磁吸盘 YH 线圈的两个出线头，可能发生的情况有两个出线头间短路或本身断路，当其发生短路时，应及时检修，否则就有可能烧毁整流器 VC2 和变压器，这一点在日常维护时应特别注意。

② 电磁吸盘吸力不足。原因之一是电源电压低，整流器输出端直流电压值应不低于正常值，此外，接插器的接触不良也会造成吸力不足；原因之二是整流电路故障。

课题五　进行如图 12-3 所示 XA6132 卧式 万能铣床电气控制线路故障检修

(1) 目的和要求　熟悉 XA6132 卧式万能铣床电气控制线路的基本原理和工作特点，熟练掌握其维护检修基本操作技能。

(2) 任务　熟悉线路的原理与特点，正确利用工具、仪表，用通电试验的方法发现故障现象，进行故障分析，在电气原理图中标出最小故障范围，——找到并排除主电路、控制电路中人为设置的故障（主电路 1 处、控制电路 2 处）。

(3) 工具、设备、器材用品　准备清单如表 12-5 所列。

表 12-5　XA6132 卧式万能铣床电气控制线路故障检修工具、设备、器材用品准备清单

序号	名　称	型号与规格	数量	备注
1	机床	XA6132 卧式万能铣床电气控制线路（模拟装置）	1 台	
2	电路图	XA6132 卧式万能铣床电气控制线路配套电路图	1 套	
3	故障排除所用材料	与相应的装置配套	1 套	
4	三相四线电源	~3×380/220V、20A	1 处	
5	单相交流电源	~220V、10A	1 处	
6	电工通用工具	验电笔、旋具(一字和十字)、尖嘴钳、剥线钳、电工刀、活扳手等	1 套	
7	万用表	500 型或自定	1 只	
8	兆欧表	500V、0~200MΩ	1 只	
9	钳形电流表	0~50A	1 只	
10	黑胶布、透明胶布	自定	各 1 卷	

(4) 操作步骤和工艺要点　基本步骤、方法和要求同课题三中。

对于具体故障的检查、分析，学生按有关要求和方法自行完成。应逐步缩小故障的范

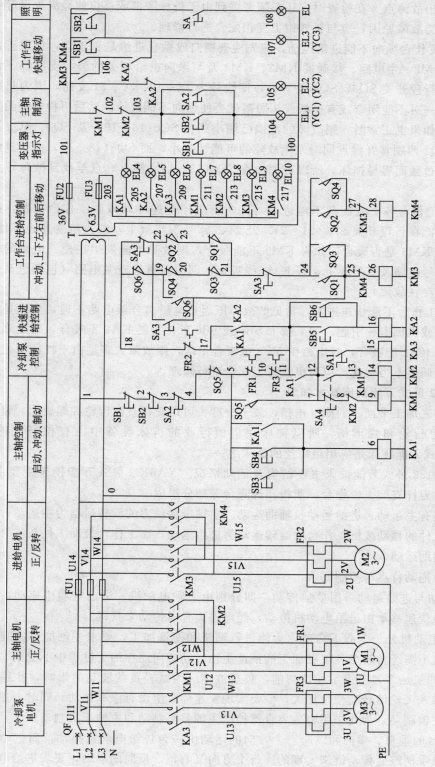

图 12-3 XA6132 卧式万能铣床电气控制线路原理图

117

围，一般可从中间环节的控制开始，然后再进行逐个检查故障范围内的元器件、触点、导线及接点，来查出故障点。在检查时，还必须考虑到由于机械磨损或移位使操纵失灵等一些因素，若发现此类故障原因，应与机修钳工互相配合进行修理。

【如1】 工作台纵向不能进给运动，应先检查横向或垂直进给是否正常，如果正常，说明进给电动机 M2、主电路、接触器 KM3、KM4 及与纵向进给相关的公共支路都正常，此时应重点检查行程开关 SQ6、SQ4 及 SQ3，即线号为 18—19—20—21 支路，因为只要三对常闭触点中有一对不能闭合或有一根线头脱落就会使纵向不能进给。然后再检查进给变速冲动是否正常，如果也正常时，则故障的范围已缩小到在 SQ6(18—19) 及 SQ1、SQ2 上，但一般 SQ1、SQ2 两副常开触点同时发生故障的可能性甚小，而 SQ6(18—19) 由于进给变速时，常因用力过猛而容易损坏，所以可先检查 SQ6(18—19) 触点，直至找到故障点并予以排除。

【如2】 工作台各个方面都不能进给可先进行进给变速冲动或圆工作台控制，如果正常，则故障可能在行程开关 SA3(21—24) 及 21、24 号引接线上，若进给变速也不能工作，要注意接触器 KM3 是否吸合，如果 KM3 不能吸合，则故障可能发生在控制电路的电源部分，即 5—17 号线路及 2 号线上，若 KM3 能吸合，则应着重检查主电路（包括电动机的接线及绕组是否存在故障）。

【如3】 工作台不能快速进给，常见的故障原因是电磁离合器电路不通，多数是线头脱落，线圈损坏或机械卡死引起。如果按下 SB5 或 SB6 后接触器 KA2 不吸合，则故障在控制电路部分，若 KA2 能吸合，且电磁铁 YC3 也吸合正常，则故障大多是由于杠杆卡死或离合器摩擦片间隙调整不当引起，应与机修钳工配合进行修理。

【附】 XA6132 卧式万能铣床基本知识

铣床可用来加工平面、斜面、沟槽，装上分度头可以铣切直齿齿轮和螺旋面，装上圆工作台还可铣切凸轮和弧形槽，所以铣床在机械行业的机床设备中占有相当大的比重。XA6132 型卧式万能铣床是应用最广泛的铣床之一。

（1）XA6132 卧式万能铣床主要结构及运动情况 XA6132 卧式万能铣床主要由底座、床身、悬梁、刀杆支架、工作台、溜板和升降台等部分组成。

运动形式有主运动、进给运动及辅助运动。主轴带动铣刀的旋转运动为主运动；加工中工作台带动工件的移动或圆工作台的旋转运动为进给运动；而工作台带动工件在三个方向的快速移动为辅助运动。

（2）电力拖动特点与控制要求

① 主运动与进给运动采用单独传动，即分别由主轴电动机、进给电动机拖动。而工作台工作进给与快速移动由进给电动机拖动，经电磁离合器传动来获得。

② 主轴电动机处于空载下启动，为能进行顺铣和逆铣加工，要求主轴能够实现正、反转但旋转方向不需经常改变，仅在加工前预选主轴转动方向而在加工过程中不变换。

③ 铣削加工是多刀多刃不连续切削，负载波动。为减轻负载波动的影响，往往在主轴传动系统中加入飞轮使转动惯量加大，但要实现快速停车应设有停车制动。同时，主轴在上刀时也应使主轴制动。为此采用电磁离合器控制主轴停车制动和主轴上刀制动。

④ 工作台的垂直、横向和纵向三个方向的运动由一台进给电动机拖动，而三个方向的选择是由操纵手柄改变传动链来实现的。每个方向又有正、反向的运动，要求进给电动机能正、反转。而且，同一时间只允许工作台只有一个方向的移动，故应有联锁保护。

⑤ 使用圆工作台时，工作台不得移动，即圆工作台的旋转运动与工作台上下、左右、前后三个方向的运动之间有联锁控制。

⑥ 主轴转速与进给速度应有较宽的调节范围。其采用机械变速，为保证变速时齿轮易于啮合，减少齿轮端面的冲击，要求变速时电动机有冲动控制。

⑦ 根据工艺要求，主轴旋转和工作台进给应有先后顺序控制，进给运动要在铣刀旋转之后进行，加工结束必须在铣刀停转前停止进给运动。

⑧ 为供给铣削加工时冷却液，应有冷却泵电动机拖动冷却泵以供给冷却液。

⑨ 为满足铣削加工时操作者在正面与侧面位置均能操作，对主轴电动机的启动与停止及工作台的快速移动应备有两地控制。

⑩ 工作台上下、左右、前后六个方向的运动应具有限位保护。

另外，还应有局部照明电路。

(3) 电气控制线路分析　XA6132 型卧式万能铣床电气控制线路原理图如图 12-3 所示。

XA6132 型卧式万能铣床电气控制原理图中，M1 为主轴电动机（7.5kW、1440r/min），M2 为工作台进给电动机（1.5kW、1400r/min），M3 为冷却泵电动机（0.125kW、2790r/min）。

该电路的特点是：一是采用电磁摩擦离合器控制；二是机械操作和电气操作密切配合进行。在分析电路时，应注意机械操作手柄与相应电器开关动作关系以及各开关的作用，各指令开关的状态，如 SQ1、SQ2 为与纵向机构操作手柄有机械联系的纵向进给行程开关、SQ3、SQ4 为与横向/垂直机构操作手柄有机械联系的垂直/横向进给行程开关、SQ5 为主轴变速冲动开关、SQ6 为进给变速冲动开关；SA2 为主轴上刀制动开关、SA3 为圆工作台选择开关、SA4 为主轴换向选择开关。

① 主拖动控制电路分析。

主轴电动机的启动控制。主轴电动机 M1 由主轴换向选择开关 SA4 预选电动机的正、反转，由接触器 KM1、KM2 实现正、反转全压启动，由停止按钮 SB1 或 SB2、启动按钮 SB3 或 SB4 与 KM1、KM2 构成主轴电动机正、反转两地操作控制电路。启动时，按下启动按钮 SB3 或 SB4，KM1 或 KM2 线圈得电，使 M1 全压启动。且主轴电动机制动电磁摩擦离合器 YC1 线圈电路断开。同时中间继电器 KA1 的另一常开触头闭合为工作台的工作进给与快速移动做好准备。

主轴电动机的制动控制。由停止按钮 SB1 或 SB2、KM1 或 KM2 以及主轴制动电磁摩擦离合器 YC1 构成主轴制动停车控制环节。主轴停车时，按下 SB1 或 SB2，主轴电动机断电，同时 YC1 线圈通电，对主轴产生迅速制动；当松开 SB1 或 SB2 时，YC1 线圈则断电，制动结束。这种制动方式迅速、平稳（制动时间不超过 0.5s）。

主轴上刀换刀时的制动控制。在主轴上刀或更换铣刀时，主轴电动机不得旋转，否则将发生严重人身事故，为此设有主轴上刀制动环节，它由主轴上刀制动开关 SA2 控制。在主轴上刀换刀前，将 SA2 扳到"接通"位置，从而断开主轴启动控制电路，使主轴电动机不能启动旋转；而 SA2 另一触头闭合接通主轴制动电磁离合器 YC1 线圈，使主轴处于制动状态。上刀换刀结束后，再将 SA2 扳到"断开"位置，解除主轴制动状态，同时为主轴电动机启动作准备。

主轴变速冲动控制。变换好主轴转速后，在将主轴变速手柄推回原位置时，将瞬间压下主轴变速冲动行程开关 SQ5，使 KM1 或 KM2 线圈瞬间得电吸合，其主触头瞬间接通主轴电动机作瞬时点动,从而利于齿轮的啮合。当变速手柄榫块落入槽内时 SQ5 则不再受压,切断主轴电动机瞬时点动电路,主轴变速冲动结束。

操作时,无需按下主轴停止按钮 SB1 或 SB2,只需将变速手柄拉出,压下 SQ5,断开主轴电动机的正转或反转接触器线圈电路,电动机即自然停车,而后再进行主轴变速操作。变速完成后,再次启动电动机,主轴将在新选择的转速下启动旋转。

② 进给拖动控制电路分析。工作台进给方向的左右纵向运动、前后横向运动和上下垂直运动,都是由进给电动机 M2 的正、反转来实现的。在工作进给时,快速移动继电器 KA2 线圈处于断电状态,而进给移动电磁离合器 YC2 线圈通电,即工作台的运动是工作进给。

纵向机械操作手柄有左、中、右三个位置,横向/垂直机械操作手柄有上、下、前、后、中五个位置。SQ1、SQ2 为与纵向机构操作手柄有机械联系的行程开关,SQ3、SQ4 为与横向/垂直机构操作手柄有机械联系的行程开关,当它们处于中间位置时,都处在未被压下的原始状态,当扳动手柄时,将压下相应的行程开关。

SA3 为圆工作台选择开关,有"接通"与"断开"两个位置,三对触头。当不需要圆工作台时,SA3 置于"断开"位置,这时 SA3(22—25) 触头断开,其他两对触头闭合;当使用圆工作台时,SA3 置于"接通"位置,这时 SA3(22—25) 触头闭合,其他两对触头断开。

在启动进给电动机之前应先启动主轴电动机,按下 SB3 或 SB4,KA1 线圈得电,为启动进给电动机作准备。

工作台纵向进给运动的控制。如需工作台向右工作进给,将纵向进给操作手柄扳向右侧,在机械上通过联动机构接通纵向进给离合器,在电气上压下行程开关 SQ1,使进给电动机 M2 的正转接触器 KM3 线圈得电吸合,M2 正向启动运转,拖动工作台向右工作进给。向右工作进给结束,将纵向进给操作手柄扳到中间位置,行程开关 SQ1 不再受压,接触器 KM3 线圈断电释放,M2 停转,即工作台向右进给停止。

工作台向左工作进给的电路与其向右进给时相仿,此时是将纵向进给操作手柄扳向左侧,电气上压下的是行程开关 SQ2,使进给电动机 M2 的反转接触器 KM4 线圈得电吸合,M2 反向启动运转,从而拖动工作台向左进给。当将纵向进给操作手柄扳回中间位置时,向左进给结束。

工作台向前与向下进给运动的控制。将垂直与横向进给操作手柄扳到"向前"位置,在机械上接通了横向进给离合器,在电气上压下行程开关 SQ3,正转接触器 KM3 线圈得电吸合,M2 正向启动运转,拖动工作台向前进给。向前进给结束,将垂直与横向进给操作手柄扳回中间位置,SQ3 不再受压,接触器 KM3 线圈断电释放,M2 停转,即工作台向前进给停止。

工作台向下进给电路工作情况与"向前"时完全相同,只是将垂直与横向进给操作手柄扳到"向下"位置,在机械上接通垂直进给离合器,电气上仍压下行程开关 SQ3。

工作台向后与向上进给运动的控制。电路工作情况与向前和向下进给运动的控制相仿,只是将垂直与横向进给操作手柄扳到"向后"或"向上"位置,在机械上接通横向或垂直进给离合器,电气上都是压下行程开关 SQ4。

进给变速冲动控制。进给变速冲动只有在主轴启动后,纵向进给操作手柄、垂直与横向进给操作手柄均置于中间位置时才可进行。

120

进给速度变换操作中，SQ6 压下，正向接触器 KM3 线圈瞬时通电吸合，进给电动机 M2 瞬时正向旋转，获得变速冲动。如一次瞬间点动时齿轮仍未进入啮合状态，此时变速手柄不能复原，可再次拉出手柄并再次推回，直到齿轮啮合为止。

进给方向快速移动的控制。它是由电磁离合器改变传动链来获得的。先开动主轴，将进给操作手柄扳到所需移动方向对应位置，则工作台按此方向以选定的进给速度作工作进给。此时如按下快速移动按钮 SB5 或 SB6，接通快速移动继电器 KA2 电路，KA2 线圈通电吸合，切断工作进给电磁离合器 YC2 线圈电路，快速移动电磁离合器 YC3 线圈通电，使工作台按原运动方向作快速移动。松开 SB5 或 SB6，快速移动立即停止，仍以原进给速度继续进给，所以，快速移动是点动控制。

③ 圆工作台的控制。圆工作台的回转运动是由进给电动机经传动机构驱动的，使用圆工作台时，首先把圆工作台转换开关 SA3 扳到"接通"位置。按下 SB3 或 SB4，主轴电动机启动旋转。接触器 KM3 线圈经 SQ1～SQ4 的常闭触头和 SA3（22—25）触头得电吸合，进给电动机启动运转，拖动圆工作台回转。此时工作台进给的两个机械操作手柄均处于中间位置，工作台不动，只拖动圆工作台回转。

④ 冷却泵的控制。冷却泵电动机 M3 通常在铣削加工时由冷却泵转换开关 SA1 控制，当 SA1 扳到"接通"位置时，冷却泵启动继电器 KA3 线圈通电吸合，电动机 M3 启动旋转。

⑤ 控制电路的联锁与保护。XA6132 型万能铣床运动较多，电气控制线路较为复杂，为安全可靠地工作，电路具有完善的联锁与保护。

主运动与进给运动顺序联锁。

工作台六个运动方向联锁。

长工作台与圆工作联锁。

工作台进给运动与快速运动联锁。

具有完善的保护。有相应的短路保护、长期过载保护、过电流欠电压保护以及工作台六个运动方向的限位保护、打开电气控制箱门断电的保护等。

（4）电气控制线路常见故障分析

① XA6132 型卧式万能铣床电气控制特点。

采用电磁摩擦离合器的传动装置，实现主轴电动机的停车制动和主轴上刀时的制动，以及对工作台工作进给和快速移动的控制。

主轴变速与进给变速均设有变速冲动环节。

进给电动机的控制采用机械挂挡—电气开关联动的手柄操作，而且操作手柄扳动方向与工作台运动方向一致，具有运动方向的直观性。

工作台上、下、左、右、前、后六个方向的运动具有联锁保护。

② 常见故障分析。XA6132 型卧式万能铣床电气控制线路与机械系统的配合十分密切，其电气线路的正常工作往往与机械系统正常工作是分不开的。正确判断是电气还是机械故障和熟悉机、电部分配合情况，是迅速排除电气故障的关键。要求不仅熟悉电气控制线路的工作原理，而且还要熟悉有关机械系统的工作原理以及机床操作方法。

主轴停车制动效果不明显或无制动。若操作正确无误，可能是直流电压偏低，磁场弱使制动力小引起制动效果差，若主轴无制动也可能 YC1 线圈断线而造成。

主轴变速与进给变速时无变速冲动。多因操作变速手柄时压合不上主轴变速冲动开关

SQ5、进给变速冲动开关 SQ6 之故，原因主要是开关松动或开关移位所致，作相应的处理即可。

工作台控制电路故障。应注意检查与有关机械操作手柄有机械联系的相应电器开关的动作与状态是否正常。

课题六 进行如图 12-4 所示 T68 卧式镗床电气控制线路故障检修

（1）目的和要求 熟悉 T68 卧式镗床电气控制线路的基本原理和工作特点，熟练掌握其维护检修基本操作技能。

（2）任务 熟悉线路的原理与特点，正确利用工具、仪表，用通电试验的方法发现故障现象，进行故障分析，在电气原理图中标出最小故障范围，一一找到并排除主电路、控制电路中人为设置的故障（主电路 1 处、控制电路 2 处）。

（3）工具、设备、器材用品 准备清单如表 12-6 所列。

表 12-6　T68 卧式镗床电气控制线路故障检修工具、设备、器材用品准备清单

序号	名　称	型号与规格	数量	备注
1	机床	T68 卧式镗床电气控制线路（模拟装置）	1 台	
2	电路图	T68 卧式镗床电气控制线路配套电路图	1 套	
3	故障排除所用材料	与相应的装置配套	1 套	
4	三相四线电源	~3×380/220V、20A	1 处	
5	单相交流电源	~220V、10A	1 处	
6	电工通用工具	验电笔、旋具（一字和十字）、尖嘴钳、剥线钳、电工刀、活扳手等	1 套	
7	万用表	500 型或自定	1 只	
8	兆欧表	500V、0~200MΩ	1 只	
9	钳形电流表	0~50A	1 只	
10	黑胶布、透明胶布	自定	各 1 卷	

（4）操作步骤和工艺要点 基本步骤、方法和要求同课题三中。

【附】　T68 卧式镗床基本知识介绍

镗床是一种精密加工机床，主要用于加工精确的孔和孔间距离要求较为精确的零件。在生产中使用较广泛的有卧式镗床和坐标镗床，其中卧式镗床具有万能性特点，它不但能完成孔加工，而且还能完成车削端面及内外圆，铣削平面等。

（1）主要结构及运动形式 T68 卧式镗床主要由床身、前立柱、镗头架、工作台、后立柱和尾架等组成。

T68 卧式镗床的运动形式有：主运动、进给运动、辅助运动。主运动是镗轴的旋转运动与花盘的旋转运动；进给运动是镗轴的轴向进给、花盘刀具溜板的径向进给、镗头架的垂直进给、工作台的横向和纵向进给；辅助运动是工作台的旋转、后立柱的水平移动及尾架的垂直移动。

（2）电气控制特点与要求 镗床的工艺范围广，因而它的调速范围大，运动多。

① 为适应各种工件加工工艺的要求，主轴应在大范围内调速，多采用交流电动机驱动

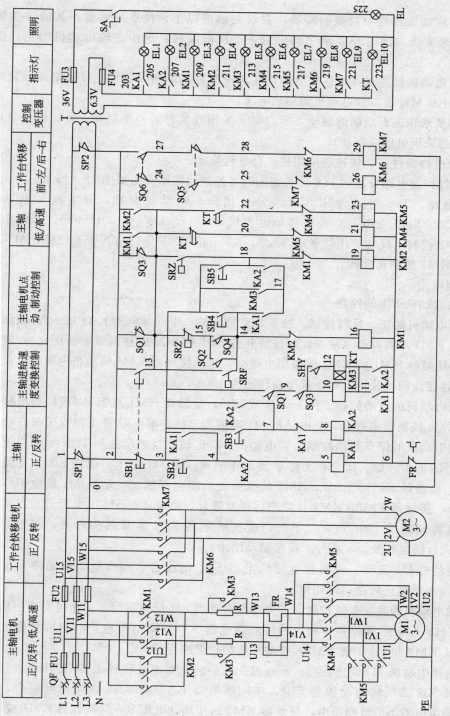

图 12-4 T68 卧式镗床电气控制线路原理图

123

的滑移齿轮变速系统，镗床主拖动要求恒功率拖动，采用"△-ΥΥ"双速电动机。

② 由于采用滑移齿轮变速系统，为防止顶齿现象，要求主轴系统变速时做低速断续冲动。

③ 为适应加工过程中调整的需要，要求主轴可以正、反点动调整，其通过主轴电动机低速点动来实现。同时还要求主轴可以正、反向旋转，这由主轴电动机的正、反转来实现。

④ 主轴电动机低速时可以直接启动，在高速时控制电路要保证先接通低速经延时再接通高速以减小机械冲击以及电动机的启动电流。

⑤ 主轴要求快速而准确的制动，所以必须采用效果好的停车制动，卧式镗床常用反接制动（也有的采用电磁铁制动）。

⑥ 由于进给部件多，快速进给用另一台电机拖动。

(3) 电气控制电路分析　T68 卧式镗床电气控制线路原理图如图 12-4 所示。

① 主电路。T68 卧式镗床共由两台三相异步电动机驱动，即主拖动电动机 M1（7.5kW、2900/1440r/min）和快速移动电动机 M2（2.2kW、1430r/min）。M1 用接触器 KM1 和 KM2 控制正反转，用接触器 KM3、KM4 和 KM5 作△-ΥΥ变速切换。M2 用接触器 KM6 和 KM7 控制正反转。

② 控制电路。

a. 主轴电动机 M1 的控制。

• 主轴电动机的正、反转控制。按下 SB2 或 SB3，中间继电器 KA1 或 KA2 线圈得电吸合，接触器 KM3 线圈得电（注意此时位置开关 SQ1 和 SQ3 已被操纵手柄压合），短接制动电阻 R，且接触器 KM1 或 KM2 线圈得电吸合，进而接触器 KM4 线圈得电吸合，使电动机 M1 接成△连接正向或反向启动，其空载转速为 1500r/min。

• 主轴电动机的点动控制。按下 SB4 或 SB5，接触器 KM1 或 KM2 线圈得电吸合，进而接触器 KM4 线圈得电吸合，使电动机 M1 接成△连接并串电阻 R 正向或反向点动。

• 主轴电动机的停车制动控制。若电动机 M1 正转，当速度达到 120r/min 以上时，速度继电器 SRZ 的常开触头闭合，为停车制动作准备。要 M1 停车，就按 SB1，先是中间继电器 KA1、接触器 KM3、KM1、KM4 的线圈先后断电释放，电动机 M1 断电但作惯性运转。紧接着，接触器 KM2、KM4 线圈先后得电吸合，使电动机 M1 串电阻 R 反接制动。而等到电动机转速降至 100r/min 以下时，速度继电器 SRZ 常开触头断开，接触器 KM2、KM4 线圈先后断电释放，从而停车反接制动结束。

• 若电动机 M1 反转，则通过速度继电器 SRF 的配合，实现电动机的停车反接制动（动作过程与电动机正转制动时相似）。

• 主轴电动机的高、低速控制。若要选择电动机 M1 低速运行，可通过变速手柄使变速行程开关 SHY 处于断开位置，相应的时间继电器 KT 线圈不得电，电动机只能由接触器 KM4（以及 KM3 和 KM1 或 KM2）接成△连接作低速运行。

若要选择电动机 M1 高速运行，则通过变速手柄使变速行程开关 SHY 压合，然后按正转启动按钮 SB2 或反转启动按钮 SB3，中间继电器 KA1 或 KA2 线圈得电吸合，接触器 KM3、时间继电器 KT 线圈得电，接触器 KM3 短接制动电阻 R，且接触器 KM1 或 KM2 线圈得电吸合，进而接触器 KM4 线圈得电吸合，使电动机 M1 接成△连接正向或反向低速启动；此后时间继电器 KT 的常闭触头延时断开使接触器 KM4 的线圈断电释放，常开触头延时闭合使接触器 KM5 的线圈得电吸合，电动机由△连接切换成丫丫连接以高速运行（空载时 3000r/min）。

·主轴变速控制。T68 型卧式镗床主轴的各种速度是通过变速操纵盘改变传动链的传动比来实现的。

当主轴在工作中要变速，可不必按停止按钮 SB1，而可直接进行变速。若电动机 M1 原来是处于正转状态，速度继电器 SRZ 的常开触头早已闭合了。将主轴变速操纵盘的操作手柄拉出，与变速手柄有机械联系的行程开关 SQ1 则不再受压而常开触头断开，接触器 KM3 及 KM1、KM4 线圈先后断电释放，电动机断电，又由于行程开关 SQ1 不再受压后常闭触头闭合，接触器 KM2、KM4 线圈先后得电吸合，电动机串电阻 R 反接制动。等电动机 M1 转速降下来（至 100r/min 以下时）速度继电器 SRZ 的常开触头断开，M1 停车便可转动变速操纵盘进行变速，变速后将变速手柄推回原位，行程开关 SQ1 重新被压合，接触器 KM3 及 KM1、KM4 的线圈重又先后得电吸合，电动机 M1 启动并以新选定的转速运转。

若变速时因齿轮卡住手柄推不上，此时变速冲动行程开关 SQ4 被压合，因速度继电器 SRZ 的常闭触头恢复闭合，接触器 KM1、KM4 的线圈先后得电吸合，使电动机 M1 启动，而当其速度高于 120r/min 时速度继电器 SRZ 常闭触头又会断开，接触器 KM1、KM4 的线圈先后断电释放使电动机 M1 又断电，当其速度降至 100r/min 时速度继电器 SRZ 常闭触头又恢复闭合了，从而又接通低速旋转电路而重复上述过程。这样，主轴电动机被间歇地启动、制动低速旋转，以便齿轮顺利啮合。直到齿轮啮合好手柄推上，松开了 SQ4 压合 SQ1，将冲动电路切断将启动运转电路接通，使电动机 M1 在新选定的转速下启动、运转。

·进给变速控制。其操作和控制与主轴变速的操作和控制相同。只是在进给变速时，拉出的操作手柄是进给变速操纵盘的手柄，与该手柄有机械联系的是行程开关 SQ3，冲动行程开关是 SQ2。

b. 快速移动电动机 M2 的控制。

主轴的轴向进给、主轴箱（包括尾架）的垂直进给、工作台的横向和纵向进给等的快速移动，是由电动机 M2 通过齿轮、齿条等来完成的。快速手柄扳到正向或反向快速移动位置时，压合行程开关 SQ5 或 SQ6，使接触器 KM6 或 KM7 线圈得电吸合，电动机 M2 正转或反转启动，从而实现快速正向或反向移动。

c. 联锁保护装置。

为了防止在工作台或主轴箱自动快速进给时又将主轴进给手柄扳到自动快速进给的误操作，就采用了与工作台和主轴箱进给手柄有机械连接的行程开关 SP1（在工作台后面）。当上述手柄扳到工作台（或主轴箱）自动快速进给的位置时，SP1 被压断开。同样，在主轴箱上还装有另一个行程开关 SP2，它与主轴进给手柄有机械连接，当这个手柄动作时，SP2 也受压分断。但电动机 M1 与 M2 必须在 SP1、SP2 中有一个处于闭合状态时才可以启动。工作台（或主轴箱）在自动进给时，若再将主轴进给手柄扳到自动进给位置，这时 SP1、SP2 均被压而断开，电动机 M1、M2 便都自动停车，从而达到联锁保护的目的。

（4）电气控制线路常见故障分析　T68 卧式镗床采用继电-接触式控制，常见故障的判断和处理方法与车、铣、磨床大致相同。但由于镗床的电气—机械联锁较多，又采用了双速电动机，在运行中会出现一些特有的故障。

① 主轴实际转速比标牌指示数多一倍或少一倍。这大多由于安装调整不当引起。T68 型卧式镗床主轴有 18 种转速，是采用双速电动机和机械滑移齿轮来实现变速的。变速后，

1、2及4、6、8…挡是电动机以低速运转进行驱动，3、5、7、9…挡是电动机以高速运转进行驱动。主轴电动机的高、低速的转换靠行程开关 SHY 的通断来实现。行程开关 SHY 安装在主轴调速手柄的旁边，主轴调速机构转动时推动一个撞钉，撞钉推动簧片使 SHY 通或断，所以在安装调整时应使撞钉的动作与标牌指示相符。标牌指示在第一、二挡时，撞钉不推动簧片，行程开关 SHY 不动作；标牌指示在第三挡时，撞钉推动簧片，使 SHY 动作。如果安装调整不当，使 SHY 动作恰恰相反，则会发生主轴转速比标牌指示数多一倍或少一倍的问题。

② 主轴电动机没有高速挡或者没有低速挡。这类故障原因较多，常见的有时间继电器 KT 不动作，或行程开关 SHY 安装的位置移动，造成 SHY 总是处于接通或断开的状态。如 SHY 始终处于断开状态（或其虽处于接通但时间继电器 KT 不会动作），则主轴电动机 M1 只有低速；若 SHY 总是处于接通状态，则 M1 只有高速。此外，如果时间继电器 KT 虽然吸合，但由于机械卡住或触点损坏，其常开触点不能闭合，接触器 KM5 的主触头不会通，则 M1 也不能转换到高速挡运转，而只能停留在低速挡运转。

③ 主轴变速手柄拉出后，主轴电动机不能冲动；或者变速完毕，合上手柄后主轴电动机不能自动开车。这一故障一般有两种现象：一种是变速手柄拉出后，主轴电动机 M1 仍以原来的转向和转速旋转，变速无法进行；另一种是变速手柄拉出后，M1 能反接制动，但制动到转速为零时，不能进行低速冲动。产生这两种故障现象的原因，前者多数是由于行程开关 SQ1 的常开触点由于质量等原因，有时绝缘被击穿造成手柄拉出后，尽管 SQ1 已动作但短路接通。而后者则由于行程开关 SQ1 和 SQ4 的位置偏移、触头接触不良等，使触头不能闭合亦或速度继电器 SRZ 的常闭触点不能闭合等原因所造成。

④ 主轴电动机 M1 不能进行正反转点动、制动及主轴和进给变速冲动控制。产生这种故障的原因，往往是在上述各种控制电路的公共回路上出现故障。如果伴随着不能进行低速运行，则故障可能是在其相应的控制线路中有断开点，否则，故障可能在主电路的制动电阻器 R 及其引线上有断开点，若主电路仅断开一相电源时，电动机还会伴有缺相运行时发出的嗡嗡声。

⑤ 双速电动机电源进线接错。这种故障常在机床安装接线后进行调试时产生。其故障的现象常见有两种：一是电动机不能启动，发出类似缺相运行时的"嗡嗡"声并熔体熔断；二是电动机高速运行时的转向与低速时相反。产生上述故障的原因常见的是，前者误将电动机接线端子 U1、V1、W1 与线端 U2、V2、W2 互换，使 M1 在△接法时，把三相电源从 U2、V2、W2 引入，而在丫丫接法时，把三相电源从 U1、V1、W1 引入，将 U2、V2、W2 短接所致。而后者是误将三相电源在高速和低速运行时，都接成同相序所致。

课题七　进行 20 /5t 桥式起重机电气控制线路故障检修

（1）目的和要求　熟悉 20/5t 桥式起重机电气控制线路的基本原理和工作特点，熟练掌握其维护检修基本操作技能。

（2）任务　熟悉线路的原理与特点，正确利用工具、仪表，用通电试验的方法发现故障现象，进行故障分析，在电气原理图中标出最小故障范围，一一找到并排除主电路、控制电路中人为设置的故障（主电路 1 处、控制电路 2 处）。

（3）工具、设备、器材用品　准备清单如表 12-7 所列。

表 12-7　20/5t 桥式起重机电气控制线路故障检修工具、设备、器材用品准备清单

序号	名　称	型号与规格	数量	备注
1	桥式起重机	20/5t 桥式起重机电气控制线路（模拟装置）	1 台	
2	电路图	20/5t 桥式起重机电气控制线路配套电路图	1 套	
3	故障排除所用材料	与相应的装置配套	1 套	
4	三相四线电源	～3×380/220V、20A	1 处	
5	单相交流电源	～220V、10A	1 处	
6	电工通用工具	验电笔、旋具（一字和十字）、尖嘴钳、剥线钳、电工刀、活扳手等	1 套	
7	万用表	500 型或自定	1 只	
8	兆欧表	500V、0～200MΩ	1 只	
9	钳形电流表	0～50A	1 只	
10	黑胶布、透明胶布	自定	各 1 卷	

（4）操作步骤和工艺要点　基本步骤、方法和要求同课题三中。

【附】　20/5t 桥式起重机基本知识介绍

起重机是一种用来起吊和放下重物并使重物在短距离内水平移动的起重设备。生产车间使用桥式起重机，常见的桥式起重机有 5t、10t 单钩及 15/3t、20/5t 双钩等，桥式起重机一般通称行车或天车。桥式起重机具有一定的广泛性和典型性，这里介绍和分析 20/5t（重级）桥式起重机（电动双梁吊车）的电气控制线路。

（1）桥式起重机的结构及运动形式　桥式起重机主要由大车和小车组成桥架机构，主钩和副钩组成提升机构。

大车的轨道敷设在沿车间两侧的立柱上，大车可在轨道上沿车间纵向移动；大车上有小轨道供小车横向移动；主钩和副钩都装在小车上，主钩用来提升重物，副钩除了可提升轻物外，在它额定负载范围内也可协同主钩倾转或翻倒工件用。

（2）桥式起重机的供电特点·桥式起重机的电源为 380V，由公共的交流电源供给，起重机在工作时是经常移动的，大车与小车之间、大车与厂房之间都存在相对运动，因此要采用可移动的电源设备供电。一种是采用软电缆供电，多用于小型起重机；另一种常用的方法是采用滑触线和集电刷供电。三根主滑触线沿大车轨道平行方向敷设在车间厂房的一侧。三相交流电源经由三根主滑触线与滑动的集电刷引入起重机驾驶室内的保护控制柜上，再从保护控制柜引出两相电源至凸轮控制器，另一相称为电源的公用相，它直接从保护控制柜接到各电动机的定子接线端。

另外，为了便于供电及各电气设备之间的连接，在桥架的另一侧装设了辅助滑触线。装在小车上的小车电动机、主钩及副钩电动机和电磁制动器的电源，由辅助滑触线来供电。转子电阻也是通过辅助滑触线与电动机连接的。根据凸轮控制器的结构和接线要求，为了减少辅助滑触线的数量，将三相电源中的第一相 U 相作为电源的公用相，直接从保护控制柜用导线或辅助滑触线接到各电动机定子绕组的一相接线端子上。

滑触线通常由角钢、圆钢、V 形钢或工字钢等刚性导体制成。

（3）桥式起重机对电力拖动的要求

① 为了满足设备的电气要求，各电动机均采用绕线式异步电动机和制动可靠的断电式

机械制动。

② 要有合理的升降速度，空载、轻载要求速度快，以减少辅助工时，重载要求速度慢。

③ 应具有一定的调速范围。并根据工作需要能分挡、灵活操作。

④ 当下放负载时，根据负载大小，电动机的运行状态可以自动转换为电动状态，倒拉反接状态或再生发电制动状态。

⑤ 有完善可靠的电气保护环节。

（4）桥式起重机电器设备及控制、保护装置

① 桥式起重机的大车桥架跨度一般较大，两侧装置两个主动轮分别由两台规格相同的电动机 M3 和 M4 拖动，沿大车轨道纵向两个方向同速运动。用一台凸轮控制器 SA3 控制。两台电动机定子绕组接在同一电源上，但三相电源的相序相反，使两台电动机的转向相反，以保证大车在两侧滚轮驱动时，大车的运动方向一致；YA3、YA4 为电磁制动器；位置开关 SQ3 和 SQ4 用作纵向左右两个方向的终端保护。

② 小车移动机构由一台电动机 M2 拖动，沿固定在大车桥架上的小车轨道横向两个方向运动。用一台凸轮控制器 SA2 控制，YA2 为电磁制动器；位置开关 SQ1 和 SQ2 为小车横向前后两个方向的终端保护。

③ 主钩升降由一台电动机 M5 驱动，用一台主令控制器 SA4 和一台磁力控制屏控制；YA5 和 YA6 为电磁制动器，提升的终端保护用位置开关 SQa。

④ 副钩升降由一台电动机 M1 驱动，由凸轮控制器 SA1 控制，YA1 为电磁制动器，位置开关 SQb 为提升的终端保护。

起重机设备上的移动电动机和提升电动机均采用电磁制动器抱闸制动，其中 YA1～YA4 为两相电磁铁，YA5、YA6 为三相电磁铁。当电动机通电时，电磁铁也获电松开制动器，电动机可以自由旋转；当电动机断电时，电磁铁也断电，电动机被制动器所制动。特别是正在运行时突然停电，可保证安全。

⑤ 保护装置。

整个起重机电路和各控制电路都用熔断器作短路保护。

每台电动机都有各自的过电流继电器作过载保护（KA1～KA5）。总电流过载保护的过电流继电器 KA0 是串联在公用相线上。

为保障维修人员的安全，在驾驶室舱门盖上及横梁两侧栏杆门上分别装有 SQc、SQd、SQe 安全位置开关。只要舱门打开，起重机的全部电动机都不能启动运行，保证了人身安全。

起重机有零位联锁，凸轮控制器的手柄必须全部置于零位，方能在按下启动按钮 SB 后将主接触器 KM 吸合，起重机才可以进行操纵。

电源总开关 QS1，熔断器 FU1、FU2，主接触器 KM，紧急开关 SA（QS4 代）以及过电流继电器 KA0～KA5 都安装在保护柜上。保护柜、凸轮控制器及主令控制器均安装在驾驶室内，便于司机操作。当发生紧急情况时，驾驶员可立即拉开 SA（QS4 代），切断电源，防止事故发生。

起重机轨道及金属桥架进行可靠的接地保护。

（5）电气控制线路常见故障分析　桥式起重机的工作环境比较恶劣，某些主要电器设备和元件的密封条件困难。同时，工作频繁、结构复杂，维修不便。常见故障现象及原因分析如下。

① 合上空开 QS1 并按启动按钮 SB 后，主接触器 KM 不吸合。原因一般有：进线无电压；熔断器 FU1 熔断；紧急开关 SA（QS4 代）或安全开关 SQc、SQd、SQe 至少有一只未合上；各凸轮控制器手柄至少有一只未放在"零位"；主接触器 KM 线圈断路；过电流继电器 KA0～KA4 动作后未复位等。

② 主接触器 KM 获电吸合后，过电流继电器 KA0～KA4 立即动作使 KM 释放。原因一般有：凸轮控制器 SA1～SA3 电路接地；电动机 M1～M4 绕组接地；电磁铁 YA1～YA4 线圈接地等。（一般是由于动作的该过电流继电器所保护的线路上有短路故障存在）

③ 当电源接通扳动凸轮控制器手柄后，电动机不启动。原因一般有：凸轮控制器主触头接触不良；集电电刷与滑触线未接触或接触不良；电动机定子绕组或转子绕组断线；电磁铁线圈断路或制动器未放松等。

④ 扳动凸轮控制器后，电动机启动运转，但不能达到额定功率而且转速明显减慢。原因一般有：线路压降太大；电磁制动器处在未完全放松状态；转子电路中的附加电阻未全部切除；转子绕组回路有故障等。

⑤ 凸轮控制器扳动过程中，触点冒火或烧坏。原因一般有：动、静触点接触不良；控制器严重过载等。

⑥ 制动电磁铁线圈过热或噪声大。原因一般有：电磁铁过载；电磁铁线圈电压与线路电压不符；电磁铁吸合后动、静铁芯间的间隙过大；制动器的工作条件与电磁铁线圈特性不符；电磁铁铁芯机械卡阻或歪斜；交流电磁铁短路环开路；动、静铁芯端面有油污；磁路弯曲等。

⑦ 凸轮控制器板动过程中卡阻或扳不到位。原因一般有：凸轮控制器动触头卡在静触头下面；定位机构松动等。

⑧ 主钩既不能上升又不能下降。原因一般有：如欠电压继电器 KV 不吸合，可能是 KV 线圈断路，过电流继电器 KA5 未复位，主令控制器 SA4 零位联锁触头未闭合，熔断器 FU2 熔断；如欠电压继电器吸合，则可能是自锁触头未接通；主令控制器的触头 S2、S3、S4、S5 或 S6 接触不良，电磁铁线圈开路未松闸等。

课题八　进行如图 12-5 所示晶体管稳压电源电路故障检修

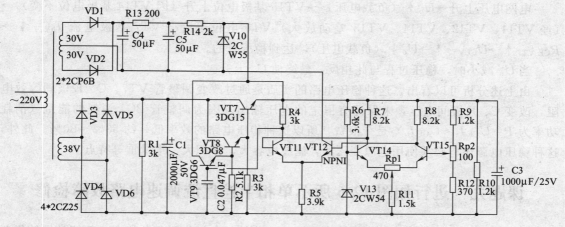

图 12-5　晶体管稳压电源电路原理图

（1）目的和要求　熟悉晶体管稳压电源电路的基本工作原理及特点，熟练掌握较复杂电子线路维护检修基本操作技能。

（2）任务　熟悉线路基本原理及特点，正确利用工具、仪器仪表，用通电试验的方法发现故障现象，进行故障分析，在电气原理图中标出最小故障范围，一一找到并排除主电路、控制电路中人为设置的故障（主电路 1 处、控制电路 2 处）。

（3）工具、设备、器材用品　准备清单如表 12-8 所列。

表 12-8　晶体管稳压电源电路故障检修工具、设备、器材用品准备清单

序号	名　　称	型号与规格	数量	备注
1	电路图	晶体管稳压电源电路图	1 套	
2	电路	晶体管稳压电源电路	1 块	
3	万用表	自定	1 只	
4	单相交流电源	～220V、5A	1 处	
5	电工通用工具	验电笔、旋具（一字和十字）、尖嘴钳、剥线钳、电工刀、活扳手等	1 套	
6	故障排除所用材料	与相应电源电路配套	1 套	
7	笔、纸	自定	1 套	
8	其他			

（4）操作步骤和工艺要点（略）

【附】　晶体管稳压电源电路基本知识介绍

串联式稳压电源实质是通过改变调整管 C、E 极间等效电阻，改变 C、E 极间电压，来保证有恒定的电压输出。

图 12-5 中，VT7、VT8、VT9 构成复合调整管，它等效成一个可变电阻 R，当 VT7 注入的基极电流减小时，VT7 的 C、E 极间等效电阻增加；VT11、VT12、VT14、VT15 构成差动比较放大电路；R9、R12、RP2 组成取样电路；R6、V13 组成基准电压电路；输入电压 U_I 是将 220V 交流电压变压、整流、滤波后变为直流电压；负载电阻 R10 上电压是稳压电路输出的稳压电压 U_o。当电网电压上升使输入电压增加或电源负载减轻（即 R_L 增大）引起输出电压 U_o 上升是，电路稳压过程如下。

电网电压上升 → U_o ↑（负载电压）→ VT15 基极电位上升（因 VT14 基极电位不变）→（经 VT11、VT12、VT14、VT15 差动放大）VT9 电位下降 → VT7 基极电流 I_{bVT7} ↓ → $R_{CE\,VT7}$ ↑ → U_{CEVT7} ↑ → U_o ↓（负载电压），达到稳压目的。

当 U_o 减小时，稳压过程与此相反，最终使 U_o 上升。

由上述分析可以看出，这种稳压电路的实质是通过改变调整管 VT7、C、E 极间等效电阻，改变 C、E 极间电压，来保证有恒定的电压输出。因为调整管 BG1 消耗的能量（消耗功率为 $P=U_{CE}I_e \approx U_{CE}I_o$）是个浪费，所以这种稳压电路的效率低，约 50%～80%。此外，这种稳压电源还有必须使用电源变压器，滤波电容大、体积大、重量重等特点。

课题九　进行如图 12-6 所示单相半控直流调速电路故障检修

（1）目的和要求　熟悉单相半控直流调速电路的基本工作原理及特点，熟练掌握较复杂

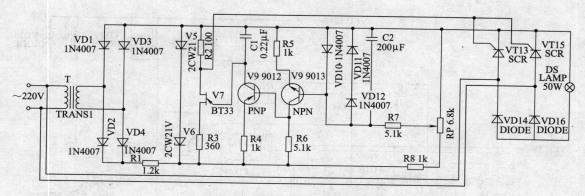

图 12-6　单相半控直流调速电路原理图

电子线路维护检修基本操作技能。

（2）任务　熟悉线路基本原理及特点，正确利用工具、仪器仪表，用通电试验的方法发现故障现象，进行故障分析，在电气原理图中标出最小故障范围，一一找到并排除主电路、控制电路中人为设置的故障（主电路1处、控制电路2处）。

（3）工具、设备、器材用品　准备清单如表12-9所列。

表 12-9　单相半控直流调速电路故障检修工具、设备、器材用品准备清单

序号	名　　称	型号与规格	数量	备注
1	电路图	单相半控直流调速电路图	1套	
2	电路	单相半控直流调速电路	1块	
3	万用表	自定	1只	
4	示波器	双踪	1台	
5	单相交流电源	～220V、5A	1处	
6	电工通用工具	验电笔、旋具（一字和十字）、尖嘴钳、剥线钳、电工刀、活扳手等	1套	
7	故障排除所用材料	与相应电源电路配套	1套	
8	笔、纸	自定	1套	
9	其他			

（4）操作步骤和工艺要点　（略）

【附】　单相半控直流调速电路基本知识介绍

单相半控直流调速电路图如图12-6所示，触发电路是由单结晶体管组成的张弛振荡电路完成。由于电路比较简单，原理由学生自己分析。

课题十　进行如图12-7所示步进电动机转速控制电路故障检修

（1）目的和要求　熟悉步进电动机转速控制电路的基本工作原理及特点，熟练掌握较复杂电子线路维护检修基本操作技能。

（2）任务　熟悉线路基本原理及特点，正确利用工具、仪器仪表，用通电试验的方法发现故障现象，进行故障分析，在电气原理图中标出最小故障范围，一一找到并排除主电路、

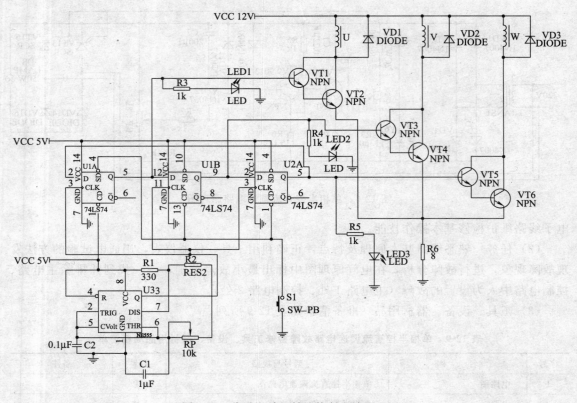

图 12-7 步进电动机转速控制电路原理图

控制电路中人为设置的故障（主电路 1 处、控制电路 2 处）。

（3）工具、设备、器材用品 准备清单如表 12-10 所列。

表 12-10 步进电动机转速控制电路故障检修工具、设备、器材用品准备清单

序号	名　称	型号与规格	数量	备注
1	电路图	步进电动机转速控制电路图	1 套	
2	电路	步进电动机转速控制电路	1 块	
3	万用表	自定	1 只	
4	直流稳压电源	自定	1 台	
5	示波器	双踪	1 台	
6	单相交流电源	～220V、5A	1 处	
7	电工通用工具	验电笔、旋具（一字和十字）、尖嘴钳、剥线钳、电工刀、活扳手等	1 套	
8	故障排除所用材料	与相应电源电路配套	1 套	
9	笔、纸	自定	1 套	
10	其他			

（4）操作步骤和工艺要点（略）

【附】 步进电动机转速控制电路基本知识介绍

电路原理图如图 12-7 所示。

基本原理：555 时基电路组成脉冲信号发生器，脉冲频率可通过电位器 RP（阻值为 10kΩ）调节。两块 74LS74 集成电路（每块内含 2 个 D 触发器）组成三位移位寄存器，输出单三拍信号，经三组复合管驱动步进电动机运行，完成步进电动机转速控制。S1（SW-PB）为启动按钮。

【附】 电气线路故障检修考核评分要求，如表 12-11 所列。

表 12-11　考核评分要求

序号	主要内容	要　　　求	评 分 标 准	配分
1	调查研究	对每个故障现象进行调查研究	排除故障前不进行调查研究，扣 3 分	3
2	故障分析	在电气控制线路上分析故障可能的原因，思路正确	错标或标不出故障范围，每个故障点扣 5 分	15
			不能标出最小的故障范围，每个故障点扣 2 分	6
3	故障排除	正确使用工具和仪表，找出故障点并排除故障	实际排除故障中思路不清楚，每个故障点扣 4 分	12
			每少查出一个故障点扣 5 分	15
			每少排除一个故障点扣 7 分	21
			排除故障方法不正确，每处扣 6 分	18
4	其他	操作有误，从总分中扣分	排除故障时，产生新的故障且不能自行修复，每个扣 20 分；已经修复的，每个扣 10 分	
5	安全文明生产	①穿戴好防护用品，工量具配备齐全 ②遵守用电操作规程 ③不损坏设备、器材、仪器仪表 ④项目完毕后认真整理器材、场地	①穿戴不合要求、工量具不齐全扣 3 分 ②操作违规扣 3～10 分 ③损坏设备、器材、仪表（较轻微）扣 5～10 分 ④发生严重违纪或重大事故，该项目为不合格	10
备注			合计	100

第5篇 电动机基本操作

第13章 电动机基本知识

电动机是利用电磁感应原理，将电能转换为机械能并拖动生产机械工作的动力机。电动机通常分为两大类，一类是直流电动机，另一类是交流电动机。交流电动机按其转速与电源频率之间的关系又分为同步电动机和异步电动机。异步电动机分单相和三相两大类。

三相异步电动机按转子绕组型式分为笼型和绕线转子型两类，小型异步电动机大多为笼型；按尺寸分有大型、中型和小型三种；按防护形式分有开启式、防护式、封闭式以及防爆式四种；按通风冷却方式分有自冷式、自扇冷式、他扇冷式、管道通风式四种；按安装结构型式分有卧式、立式、带底脚、带凸缘四种；按绝缘等级分有 E 级、B 级、F 级、H 级以及 A 级；按工作定额分有连续、断续、短时三种。J2、JO2 系列为一般用途的小型三相笼型异步电动机，已被淘汰，由 Y 系列三相笼型异步电动机所取代。Y2 系列三相异步电动机是 Y 系列电动机的更新产品，进一步采用了新技术、新工艺和新材料。

三相异步电动机由定子和转子两大部分构成。定子包括机座、铁芯、绕组、端盖等，转子分笼式和绕线式，由此而分别称笼式电动机和绕线式电动机。

三相交流电流流过定子三相绕组，产生旋转磁场。旋转磁场使转子产生感生电流，载流转子受到力矩的作用而旋转起来。

笼式三相异步电动机构造简单、使用方便、坚固耐用，启动设备比较简单，价格低廉，但它的启动电流大、启动转矩较小、转速不易调节，一般适用于不经常启动、调速的机械，如一般机床、泵类、通风机、搅拌机和运输机等；绕线式电动机启动电流小，启动转矩大，能在小范围内调速，但结构较复杂，价格也较高，适用于电源容量较小、要求启动转矩大、经常启动和要求小范围内调速的场合，如破碎机、起重机等。在三相异步电动机中，由于笼式电动机具有结构简单、价格低廉、运行可靠等许多优点，使用极为广泛。

13.1 笼式电动机的结构

笼式电动机主要由定子和转子两个基本部分组成。定子和转子之间留有很小的空气间隙。

① 定子由定子铁芯、定子绕组和机座三部分组成。其作用是通入三相交流电源时产生旋转磁场。

定子铁芯组成电动机磁路的一部分，通常由 $0.35\sim0.5mm$ 厚的硅钢片叠压而成，为减少磁滞和涡流损失，硅钢片表面涂有绝缘漆或氧化膜。在硅钢片内圆冲有均匀分布的槽口以嵌放线圈。整个铁芯被固定在铸铁机座内。

定子绕组组成电动机的电路部分。它是由若干线圈组成的三相绕组，在定子圆周上均匀分布，按一定的空间角度嵌放在定子铁芯槽内，每相绕组有两个引出线端，一个叫首端、另一个叫尾端。三相绕组共有六个引出端，其中三个首端分别用 U1、V1、W1 表示，三个尾端分别用 U2、V2、W2 表示。定子绕组可接成丫形或△形。

机座主要用于容纳定子铁芯和绕组并固定端盖，中小型电动机的机座由铸铁制成，其上铸有加强散热功能的散热筋片。

② 转子的作用是在定子旋转磁场感应下产生电磁转矩，沿着旋转磁场方向转动，并输出动力带动生产机械运转。转子由转子铁芯、转子绕组（笼式绕组分铜条绕组和铸铝绕组两种）和转轴三部分组成。

转子铁芯由外圆冲有均匀槽口、互相绝缘的硅钢片叠压而成，铁芯槽内铸有铝质或铜质的笼形转子绕组，两端铸有端环。整个转子套在转轴上形成紧配合，被支承在端盖中央的轴承中，这样由定子铁芯、转子铁芯和两者之间的空气间隙构成了电动机的完整磁路。

③ 其他附件，除定子、转子两个主体部分外，电动机还有端盖、轴承、轴承盖、风扇叶和接线盒等。

13.2　笼式电动机的铭牌

任何新出厂的电动机，在机座上都装有一块铝质或铜质的标牌，叫铭牌。它扼要地标明了电动机的类型、主要性能、技术指标和使用条件。为用户使用和维修电动机提供了重要依据。

（1）型号　表示电动机的品种、规格，由字母和数字组成，如

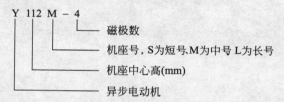

（2）额定功率　电动机按铭牌所给条件运行时，轴端所能输出的机械功率。单位 kW。

（3）额定电压　电动机在额定运行状态下加在定子绕组上的线电压。单位 V。

（4）额定电流　电动机在额定电压和额定频率下运行，输出功率达到额定值时，电网注入定子绕组的线电流。单位 A。

（5）额定频率　指电动机所用电源的频率。铭牌注明 50Hz，表明该电动机只能在 50Hz 电源上使用。

（6）额定转速　指电动机转子输出额定功率时每分钟的转数。通常额定转速比同步转速略低些。

（7）接法　指电动机三相绕组六个线端的连接方法。有星形（丫）连接和三角形（△）连接。

（8）定额　电动机定额分连续、短时和断续三种。连续是指电动机连续不断地输出额定功率而温升不超过铭牌允许值。短时表示电动机不能连续使用，只能在规定的较短时间内输出额定功率，断续表示电动机只能短时输出额定功率，但可多次断续重复启动和运行。

（9）温升　电动机运行中，部分电能转换成热能，使电动机温度升高，经过一定时间，电能转换的热能与机身散发的热能平衡，机身温度达到稳定。在稳定状态下，电动机温度与

环境温度之差，叫电动机温升。环境温度规定为 40℃。

（10）绝缘等级　指电动机绕组所用绝缘材料按它的允许耐热程度规定的等级，这些级别为：A 级 105℃、E 级 120℃、B 级 130℃、F 级 155℃、H 级 180℃。

（11）功率因数　指电动机从电网所吸收的有功功率与视在功率的比值。视在功率一定时，功率因数越高，有功功率越大，电动机对电能的利用率也越高。

第14章 三相异步电动机安装及调试工艺

电动机的安装及调试主要包括电动机基础设施的安装、电动机的搬运、电动机本体的安装、电动机电源管线的安装、配电板的安装、电动机的接线以及安装接线后的检查和调试等工作。

14.1 电动机的安装

在安装电动机前，首先要进行电动机基础设施的安装，电动机底座基础的质量好坏直接影响电动机在运行中的质量。有的电动机用铸铁座作为基础，无固定底座的则要安装在混凝土座墩上，即用混凝土浇筑方法施工，预埋固定地脚螺栓。为了保证地脚螺栓埋得牢固，在其埋入混凝土内的一端要开成人字形或弯成圆圈状，同时，混凝土基础应高出地面110～150mm，每边应比电动机底座宽110～150mm。

安装电动机时，先应对电动机进行必要的检查，如电动机的型号与容量是否与图纸符合，外观是否有损坏的地方，转子转动有无不正常，绕组有无短路或断线等情况，各相绕组之间以及各相绕组与机壳之间绝缘电阻是否符合规定要求，定子与转子的间隙是否正常等。如无异常情况，则可不必抽出转子检查，并经检查后将机身吹扫干净。搬运电机时，应注意不要使电机受到损伤，受潮和弄脏，并要注意安全。电动机就位时，对于容量较小的电动机可用人力抬到基座上，但不能用绳子套在电机的皮带盘或转轴上，也不要穿过端盖孔来抬电机；对于容量较大的电动机可用葫芦或起重机械将其吊到基座上（用绳子拴在电动机的吊环或底座上吊装），如果距离较近还可在电动机下面垫一块垫板，再在垫板下面塞入圆木或金属管（滚杠）以逐步撬移至基座上。然后，穿好地脚螺栓，对角依次拧紧螺母。

电动机安装就位后，应对电动机进行纵向、横向的水平校正和传动装置校正。电动机的水平校正一般用水准器（水平仪）进行，并用0.5～5mm厚的钢片垫在机座下来调整电机的水平，但不能用木片或竹片代替，以免影响安装质量。电动机传动装置校正有几种情况：一是皮带传动，电动机皮带轮的轴和被传动机器皮带轮的轴应平行，它们的皮带轮宽度的中心线应在同一直线上。二是联轴器传动，应将两端轴承装得比中间轴承高一些，使联轴器两平面平行，同时，还要使这对转轴的轴线在联轴器处重合，校准联轴器通常是用钢板尺进行校正，用它测量纵向的间隙和轴向的间隙，先取得一组数据后，把联轴器转180°再测量，这样重复几次，每次所测得的值应相同，否则应调整。三是齿轮传动，电动机的轴与被传动的轴应保持平行，两齿轮应咬得合适，可用塞尺测量两齿轮间的齿间间隙，如果间隙均匀，说明两轴已平行。

电动机电源线安装一般采用两种方法，一种是从电源开关下桩头用阻燃塑料管明敷到电动机接线盒边；另一种是预埋钢管法，这种方法安装较美观，且安装正规、安全系数高、使用长久，被广泛采用。安装配电板时，应正确选配电器，并做到便于操作、维护、检修。

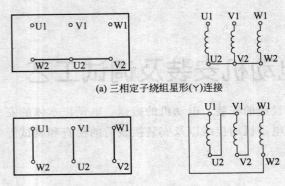

(a) 三相定子绕组星形(Y)连接

(b) 三相定子绕组三角形(△)连接

图 14-1　三相异步电动机三相绕组连接图

14.2　电动机的接线

三相异步电动机三相绕组有星形（Y）连接和三角形（△）连接两种方式，为了便于接线，将三相绕组的六个出线端引至接线盒中。如图 14-1 所示，打开电动机接线盒盖，其三相绕组的六个线头分成上下两排，上排三个接线桩自左至右为 U1、V1、W1 对应首端，下排三个接线桩自左至右为 W2、U2、V2 对应尾端。接线时，应仔细阅读电动机铭牌，弄清接法与要求，根据电动机铭牌标明的额定电压与接线方式进行连接，切不可接错，并注意做好接地保护线的装接。

14.3　电动机安装接线后的检查和调试

电动机安装、接线完毕，应进行检查和调试，以保证工作质量。其主要包括：检查紧固情况是否良好、转子转动是否灵活、转轴径向有无偏摆；检测电动机绕组相之间以及相与地之间绝缘电阻是否符合要求；测试电动机三相空载电流是否正常、是否平衡；观察电动机转向是否正确；测量电动机转速并与额定转速进行比较，以及电动机的温度、振动是否正常等。

第15章　三相异步电动机拆装及一般试验工艺

15.1　三相异步电动机的拆卸和装配

电动机因发生故障或维护保养等原因，经常需要拆卸和装配。如果拆装过程中操作不当，会造成机件的损坏。

15.1.1　拆卸步骤

安装在设备上的电动机，首先应切断电源，拆除电动机与电源的连接线，做好电源线头的绝缘处理。拆除电动机与设备的机械连接，使电动机与设备分离，再进行电动机的拆卸。

（1）皮带轮（或联轴器）的拆卸　拆卸时应在皮带轮（或联轴器）的轴伸端上做好尺寸标记。然后松脱销子的压紧螺栓，慢慢拉下皮带轮（或联轴器）。

（2）风罩、风扇叶的拆卸　松脱风罩固定螺栓，取下风罩。然后松脱风扇的固定螺栓，用木槌在风扇四周均匀轻敲，取下风扇。

（3）拆卸端盖、抽出转子　拆卸前应先在端盖与机座的接缝处做好标记，以便装配时复位。一般小型电动机应先拆前轴承外盖、端盖以及后端盖螺栓，然后用手将转子带着后端盖一起慢慢抽出。注意，抽出转子时，不要碰伤绕组。对于较大型电动机，拆下前、后端盖后，用起重设备将转子吊起，慢慢平移抽出。

（4）轴承的拆卸、清洗与一般检查　拆卸电机轴承时，拆卸器的大小选用要合适，脚应尽量紧扣轴承的内圈将轴承拉出。也可用铜棒敲打的方法拆卸滚动轴承。

清洗轴承时，应先刮去轴承和轴承盖上的废油，用煤油烧净残存油污，然后用清洁布擦拭干净。注意不能用棉纱擦拭轴承。轴承洗净擦拭后，用手旋转轴承外圈，观察其转动是否灵活，若遇卡或过松，需再仔细观察滚道间、保持器及滚珠（或滚柱）表面有无锈迹、斑痕等，根据检查情况决定轴承是否需要更换。

15.1.2　装配步骤

电动机的装配步骤与拆卸步骤相反。在装配时，除各配合处要清理除锈和按部件标记复位外，还应注意以下几方面的问题。

（1）更换新轴承时，应将其置于 70～80℃ 的变压器油中加热 5min 左右，再用汽油洗净，用洁净布擦干，再进行轴承的装配。轴承装配有冷套和热套两种方法。

冷套法：把轴承套在清洗干净并加润滑脂的轴上，对准轴颈，用一般内径略大于轴颈直径且外径略小于轴承内圈外径的套管，套管的一端顶住轴承内圈，另一端垫上木板，用锤子敲打木板，把轴承敲进去。

热套法：将轴承放置在 80～100℃ 的变压器油中加热 30min 左右，加热时油面要超过轴承，且轴承要放在网架上不要与底壁接触。加热要均匀把握好温度和时间。热套时，要趁热迅速将轴承一直推到轴颈。套好后用皮老虎吹去轴承内的变压器油，并擦拭干净。

（2）装润滑脂　轴承的润滑脂应保持清洁和够量，塞装时要均匀，但不宜过量。润滑脂

139

的用量不宜超过轴承及轴承盖容积的 2/3；对于转速在 2000r/min 以上的电动机，润滑脂的用量应减少为轴承盖容积的 1/2。

（3）端盖紧固螺栓时，要按对角线上下左右逐步拧紧。装配完毕，转动转子应转动灵活、均匀、无停滞或偏重现象。

（4）皮带轮（或联轴器）安装时，要注意对准键槽或定位螺孔。在皮带轮（或联轴器）的端面垫上木块用锤子打入。在安装较大型电动机的皮带轮（或联轴器）时，可用千斤顶将皮带轮（或联轴器）顶入。

15.2 三相异步电动机常见故障的判断、检修及一般试验

15.2.1 三相异步电动机常见故障的判断与检修

三相异步电动机常见故障分机械故障和电气故障两大类。电气故障包括：定子和转子绕组的短路、断路，电刷及启动设备故障等。机械故障包括：振动过大、轴承过热、定子与转子相互摩擦及不正常噪声等。其判断与处理方法如表 15-1 所列。

表 15-1　三相异步电动机常见故障判断及检修方法

故障现象	原因分析	处理方法
电动机通电后不启动或转速低	①电源电压过低；②熔丝熔断，电源缺相；③定子绕组或外部电路有一相断路、绕线式转子内部或外部断路，接触不良；④电机连接方式错误，△形误接成丫形；⑤电机负载过大或机械卡住；⑥笼式转子断条或脱焊	①检查电源；②检查原因，排除故障，更换熔丝；③用摇表或万用表检查有无断路或接触不良，查出后连接断路处，处理接触不良处；④改正接线方式；⑤调整负载，处理机械部件；⑥更换或补焊铜条，或更换铸铝转子
电动机过热或内部冒烟、起火	①电动机过载；②电源电压过高；③环境温度过高，通风散热障碍；④定子绕组短路或接地；⑤缺相运行；⑥电机受潮或修后烘干不彻底；⑦定转子相摩擦；⑧电动机接法错误；⑨启动过于频繁	①降低负载或更换大容量电动机；②检查，调整电源电压；③更换 B 或 F 级绝缘电机，降低环境温度，改善通风条件；④检查绕组直流电阻、绝缘电阻，处理短路点；⑤分别检查电源和电机绕组，查出故障点，加以修复；⑥若过热不严重、绝缘尚好，应彻底烘干；⑦测量气隙、检查轴承磨损情况，查出原因修复；⑧改为正确接法；⑨按规定频率启动
电刷火花过大、滑环过热	①电刷火花太大；②内部过热；③滑环表面有污垢、杂物；④滑环不平、电刷与滑环接触不严；⑤电刷牌号不符、尺寸不对；⑥电刷压力过大或过小	①调整、修理电刷和滑环；②消除过热原因；③清除污垢、杂物，使其表面和电刷接触良好；④修理滑环、研磨电刷；⑤更换合适的电刷；⑥调整电刷压力到规定值
三相电流过大或不平衡电流超过允许值	①定子绕组某一相首尾端错；②三相电源电压不平衡；③定子绕组有部分短路；④单相运行；⑤定子绕组有断路现象	①重新判别首尾端后再接线运行；②检查电源；③查出短路绕组，检修或更换；④检查熔丝、控制装置各接触点，排故；⑤查出短路绕组，检修或更换
振动过大	①电机座不平；②轴承缺油、弯曲或损坏；③定子或转子绕组局部短路；④转动部分不平衡，连接处松动；⑤定子、转子相摩擦	①重新安装、调平机座；②清洗加油、校正或更换轴承；③查出短路点，修复；④校正平衡、查出松动处拧紧螺栓；⑤检查，校正动、静部分间隙

15.2.2 电动机检修后的一般性试验

修理后的电动机为保证其检修质量，应做以下检查和试验。

（1）检修后装配质量检查　轴承盖及端盖螺栓是否拧紧，转子转动是否灵活，轴伸部分

140

是否有明显的偏摆。绕线转子电动机还应检查电刷装配情况是否符合要求。在确认电动机一般情况良好后，才能进行试验。

（2）绝缘电阻的测定 修复后的电动机绝缘电阻的测定一般在室温下进行。额定工作电压在 500V 以下的电动机，用 500V 摇表测定其相间绝缘和绕组对地绝缘。小修后的绝缘电阻应不低于 0.5MΩ，大修更换绕组后的绝缘电阻一般不应低于 5MΩ。

（3）空载电流的测定 试验时，应在电动机定子绕组上加三相平衡的额定电压，且电动机不带负荷。测得的电动机任意一相空载电流与三相电流平均值的偏差不得大于 10%，试验时间为 1h。试验时可检查定子铁芯是否过热或温升不均匀，轴承温度是否正常，倾听电动机启动和运行有无异常响声。

（4）耐压试验 电动机大修后，应进行绕组对机壳及绕组相间的绝缘强度（即耐压）试验。对额定功率为 1kW 及以上的电动机，且额定电压为 380V，其试验电压为交流 50Hz，有效值为 1760V。对额定功率小于 1kW 的电动机、额定电压为 380V，其试验电压有效值为 1260V。

第16章　电动机基本操作技能训练

课题一　进行三相异步电动机基本检测

（1）**目的和要求**　认识三相异步电动机的基本结构、原理和性能，熟练掌握电动机基本项目检测与判断基本操作技能。

（2）**任务**　正确使用工具、仪表进行：

① 用万用表判别三相绕组首末端。

② 用直流单臂电桥测量三相绕组直流电阻。

③ 用兆欧表测量绕组相间、相与地间的绝缘电阻。

④ 接线并通电运行，用钳形电流表测量电动机的启动电流和空载电流，用转速表测量电动机转速。

⑤ 对电动机进行简单维护。

（3）**工具、仪表与器材**　准备清单如表16-1所列。

表 16-1　电动机基本检测工具、仪表与器材准备清单

序号	名　称	型号与名称	数量	备注
1	三相异步电动机	Y160M-4 或自定	1台	
2	万用表	自定	1只	
3	兆欧表	500V、0～200MΩ 或自定	1台	
4	钳形电流表	0～50A 或自定	1只	
5	直流单臂电桥	QJ-23 或自定	1台	
6	转速表	LZ-30 或自定	1只	
7	电工通用工具	验电笔、旋具(一字与十字)、尖嘴钳、剥线钳、电工刀等	1套	
8	三相四线电源	～3×380/220V、20A	1处	
9	劳保用品	绝缘鞋、工作服等	1套	

（4）**操作步骤与工艺要点**

【如】用万用表判别三相绕组首末端，可利用电动机转子铁芯中的剩磁在定子三相绕组内感应电动势的原理进行。

① 用万用表欧姆挡区分出每相绕组的两个出线端。

② 将万用表的转换开关转到直流毫安挡上，并将三相绕组接成图16-1所示线路。

③ 用手转动电动机的转子，观察万用表的指针。如果万用表指针不动，说明三相绕组

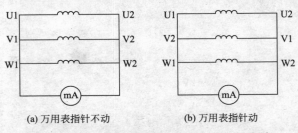

(a) 万用表指针不动　　　　(b) 万用表指针动

图 16-1　用万用表判别电动机三相绕组首末端

的头尾区分是正确的；如果万用表指针动了，说明有一相绕组的头尾反了，调整后重新试验，直到万用表指针不动为止。

【附】 三相异步电动机基本检测考核评分要求，如表 16-2 所列。

表 16-2 考核评分要求

序号	主要内容	要求	评分标准	配分
1	电机绕组测量	① 绕组同名端判别； ② 用电桥测量三相绕组的直流电阻； ③ 测量绕组相间、绕组对地的绝缘电阻	① 绕组首尾端判断错误扣 10 分； ② 直流电阻测量错误，每处扣 5～10 分； ③ 绝缘电阻测量错误，每处扣 5～10 分	30
2	电机运行检测	① 将电机绕组接成丫形运行； ② 测量电动机启动电流、空载电流； ③ 测量电机转速	① 绕组接线错误扣 10 分； ② 电流测量错误扣 5～10 分； ③ 转速测量错误扣 5～10 分	30
3	维护	① 简述电动机各部件的名称和作用； ② 进行电动机的一般维护	① 各部件的名称和作用不清楚扣 2～10 分； ② 维护要点不清扣 5～10 分	20
4	仪表使用	① 正确使用仪表； ② 正确读取测量数据	① 仪表使用不当扣 5～10 分； ② 测量数据错误扣 5～10 分	10
5	安全文明生产	① 穿戴好防护用品，工量具配备齐全； ② 遵守用电操作规程； ③ 不损坏设备、器材、仪器仪表； ④ 项目完毕后认真整理器材、场地	① 穿戴不合要求、工量具不齐全扣 3 分； ② 操作违规扣 3～10 分； ③ 损坏设备、器材、仪表（较轻微）扣 5～10 分； ④ 发生严重违纪或重大事故，该项目为不合格	10
备注			合计	100

课题二 进行三相异步电动机的拆装及一般调试

（1）目的和要求 熟悉三相异步电动机的基本结构，熟练掌握电动机的拆卸、装配及调试基本操作技能。

（2）任务 正确使用工具、仪表与器材进行：

① 电动机的拆卸。

② 电动机的装配。

③ 拆装后检查调试。

（3）工具、仪表与器材 准备清单如表 16-3 所列。

表 16-3 电动机拆装及一般调试工具、仪表与器材准备清单

序号	名 称	型号与名称	数量	备注
1	三相异步电动机	Y160M-4 或自定	1 台	
2	拆装用工具、材料	拉具、扳手、手锤、纯铜棒、皮老虎、厚木板、钢管、钢条、油盆以及棉布、柴油、润滑油适量等	1 套	
3	万用表	自定	1 只	
4	兆欧表	500V、0～200MΩ 或自定	1 台	

序号	名　称	型号与名称	数量	备注
5	钳形电流表	0～50A 或自定	1只	
6	直流单臂电桥	QJ-23 或自定	1台	
7	转速表	LZ-30 或自定	1只	
8	电工通用工具	验电笔、旋具(一字与十字)、尖嘴钳、剥线钳、电工刀等	1套	
9	三相四线电源	～3×380/220V，20A	1处	
10	劳保用品	绝缘鞋、工作服等	1套	

（4）操作步骤与工艺要点

① 准备好所需工具、设备、器材用品以及场地等。

② 切断电源，拆下电动机电源连接线，并做好线头的绝缘处理。注意，拆卸前电源接线头要做好标记，将拆下的螺钉放在盒中。

③ 拆卸带轮。先在带轮的轴伸端做好标记，再将定位螺钉或销子取下，用拉具慢慢把带轮拉出。若拉不出，不要硬卸，可在定位螺孔内注入煤油，过一段时间再拉，如还是拉不出，可用喷灯在带轮四周加热，使其膨胀即可拉出。注意，拉具的丝杆顶端要对准电动机轴的中心，加热时温度不能太高以防止轴变形，不能用手锤直接敲打带轮以免带轮损坏、轴变形。

④ 拆卸风扇。先卸下风扇罩，然后松脱或取下转子轴尾端风扇上的定位销子或螺栓，取下风扇。取下风扇前，可用手锤在风扇四周均匀敲打，风扇即可取下。若风扇是塑料材料，可将其浸入热水中膨胀后卸下；

⑤ 拆卸轴伸端端盖。在端盖处做好标记，拆下轴伸端轴承盖螺钉，松开端盖的紧固螺钉，用手锤敲打端盖四周，吊住端盖以免端盖卸下时碰伤绕组和跌碎端盖。注意，不能用手锤直接敲打端盖，为防止定子、转子相碰损伤，拆下端盖后应在气隙中垫上绝缘纸板。

⑥ 拆卸前端盖。拆下前端盖上的轴承盖螺钉，并取下轴承外盖，吊住端盖，卸下前端盖。注意，一般小型电动机只需拆风扇侧的端盖，然后将转子、端盖、轴承及风扇一起抽出，对于大、中型电动机，由于其转子较重，需拆卸两侧端盖。

⑦ 抽出转子。如转子较重，要用起重设备将其吊出，用钢丝绳套住转子两端的轴径，在定子与转子之间垫入纸板衬垫，并在转子移出的轴端垫以支架或木板，然后用钢丝绳吊住转子，逐步将转子全部吊出。注意，钢丝绳要绑牢靠，抽出转子时要特别小心，防止碰伤定子绕组。

⑧ 拆卸轴承。根据轴承的大小选用合适的拉具，将其拆下并检查质量，然后清洗轴承、涂注润滑脂。注意，轴承一般只在损坏需要更换时才取出，如无特殊原因，不必拆卸，拉具脚爪应紧扣在轴承的内圈上，丝杆顶点要对准转子轴的中心，扳动丝杆要慢，用力要均匀，轴承涂注润滑脂不要超过腔体的 2/3。

⑨ 重新装配。装配与拆卸步骤相反，安装完毕后，用手转动转轴，转子应转动灵活、均匀、无停滞或偏重现象，安装带轮时，可用千斤顶将带轮顶入。注意，装配时一定要对好标记，拧紧端盖螺钉应四周用力均匀，按对角线上下左右逐步拧紧，不能先拧紧一个后再去拧紧另一个，用千斤顶安装带轮时，要用固定支持物顶住电动机的另一端。

⑩ 检查。装配后，应检查如轴承盖及端盖螺栓是否拧紧，转子转动是否灵活，轴伸部

分是否有明显的偏摆，包括绝缘性能检测等。用兆欧表测量电动机三相绕组相与相、相与地之间的绝缘电阻，若低于规定要求，应采取烘干措施。

⑪ 接线。重新按要求方式将电动机的连接线接上，保证接线的正确性。注意，线头要保持清洁，若氧化严重应进行处理，接线时要拧紧，防止松动。

⑫ 通电试车。接上电动机的电源线，并接好保护接地线，通电使其运行，测量三相电流、转速，检查是否过热、有无异常声音等。注意，要正确使用仪表，当发现电动机有异常现象时应立即停车检查。

⑬ 清理现场。

【附】 三相异步电动机拆装及一般调试考核评分要求如表 16-4 所列。

表 16-4　考核评分要求

序号	主要内容	要求	评分标准	配分
1	拆装前的准备	① 操作前将所需工具、仪表及材料准备好； ② 正确拆除电动机电源电缆头及电动机外壳保护地线，电缆头应有保安措施； ③ 正确拉下联轴器	① 没有准备好所需工具、仪表及材料扣2分； ② 拆除电动机电源电缆头及电动机外壳保护地线工艺不正确，电缆头没有保安措施共扣3分； ③ 拉下联轴器方法不正确扣3分	8
2	拆卸	① 拆卸方法和步骤正确； ② 不能碰伤绕组； ③ 不损坏零部件； ④ 标记清楚	① 拆卸方法和步骤不正确每次扣2分； ② 碰伤绕组扣8分； ③ 损坏零部件每次扣5分； ④ 装配标记不清楚每处扣2分	25
3	装配	① 装配方法和步骤正确； ② 不能碰伤绕组； ③ 不损坏零部件； ④ 轴承清洗干净，加润滑油适量； ⑤ 螺钉紧固 ⑥ 装配后转动灵活	① 装配方法和步骤错误每次扣2分； ② 碰伤绕组扣8分； ③ 损坏零部件每次扣5分； ④ 轴承清洗不干净、加润滑油不适量每只扣2分； ⑤ 紧固螺钉未拧紧每只扣2分； ⑥ 装配后转动不灵活扣8分	25
4	接线	① 接线正确、熟练； ② 电动机外壳接地良好	① 接线不正确、不熟练扣6分； ② 电动机外壳接地不好扣6分	12
5	电气测量	① 测量电动机绝缘电阻合格； ② 测量电动机的电流、振动、转速及温度等	① 电动机绝缘电阻不合格扣4分； ② 不会测量电动机的电流、振动、转速及温度等扣6分	10
6	通电试车	① 空载试验方法正确； ② 根据试验结果判断电动机是否合格	① 空载运转试验方法不正确扣5分； ② 根据试验结果不会判断电动机是否合格扣5分	10
7	安全文明生产	① 穿戴好防护用品，工量具配备齐全； ② 遵守用电操作规程； ③ 不损坏器材、仪表； ④ 项目完毕后认真整理器材、场地	① 穿戴不合要求，工量具不齐全扣5分； ② 操作违规扣5～10分，较严重违规扣20～40分（项目总分中扣除）； ③ 损坏设备、仪表扣10～30分（项目总分中扣除）； ④ 出现严重违纪或发生重大事故，该项目为不合格	10
备注			合计	100

课题三　进行三相异步电动机的安装及试验

（1）目的和要求　熟练掌握三相异步电动机的安装、接线及电动机安全运行的一般检查、试验等基本操作技能。

（2）任务　正确使用工具、仪表、器材进行：

① 电动机的安装与接线。

② 电动机安全运行的一般检查与试验。

（3）工具、仪表与器材　准备清单如表 16-5 所列。

表 16-5　电动机安装及试验工具、仪表与器材准备清单

序号	名　称	型号与名称	数量	备注
1	三相异步电动机	Y160M-4 或自定	1 台	
2	安装用工具、材料	扳手、弯管器、钢锯、管径合适的钢管等	1 套	
3	万用表	自定	1 只	
4	兆欧表	500V、0～200MΩ 或自定	1 台	
5	钳形电流表	0～50A 或自定	1 只	
6	转速表	LZ-30 或自定	1 只	
7	电工通用工具	验电笔、旋具（一字与十字）、尖嘴钳、剥线钳、电工刀等	1 套	
8	三相四线电源	～3×380/220V、20A	1 处	
9	劳保用品	绝缘鞋、工作服等	1 套	

（4）操作步骤与工艺要点　基本步骤为：

① 准备好所需工具、设备、器材用品等；

② 准备安装场地；

③ 制作地脚螺钉；

④ 制作安装座墩；

⑤ 电动机搬运；

⑥ 电动机本体安装；

⑦ 水平调整；

⑧ 线管敷设；

⑨ 安装配电板；

⑩ 接线；

⑪ 检查、试验；

⑫ 清理现场。

【附】　三相异步电动机安装及试验考核评分要求如表 16-6 所列。

表 16-6　考核评分要求

序号	主要内容	要求	评分标准	配分
1	安装前的准备	① 设备无灰尘、无污垢； ② 安装、接线、调试所需工具、仪表及材料准备齐全	① 设备有灰尘、有污垢扣 5 分； ② 工具、仪表及材料准备不齐全扣 5 分	10

序号	主要内容	要求	评分标准	配分
2	安装	① 安装方法和步骤正确； ② 螺钉紧固； ③ 安装后转动灵活,符合机械传动的有关要求	① 安装方法和步骤不正确每处扣 5 分； ② 安装不牢固有松动现象每处扣 10 分； ③ 安装不符合机械传动有关要求每处扣 10 分	35
3	接线	① 接线正确、熟练； ② 电缆头接地良好； ③ 电动机外壳接地良好	① 接线不正确、不熟练扣 9 分； ② 电缆头金属保护层及电动机外壳接地不好扣 6 分	15
4	电气测量	① 测量电动机绝缘电阻合格； ② 测量电动机的电流、振动、转速及温度等	① 电动机绝缘电阻不合格扣 4 分； ② 不会测量电动机的电流、振动、转速及温度等扣 6 分	10
5	通电试车	① 空载试验方法正确； ② 根据试验结果判断电动机是否合格	① 空载试验方法不正确扣 10 分； ② 根据试验结果不会判断电动机是否合格扣 10 分	20
6	安全文明生产	① 穿戴好防护用品,工量具配备齐全； ② 遵守用电操作规程； ③ 不损坏器材、仪表； ④ 项目完毕后认真整理器材、场地	① 穿戴不合要求,工量具不齐全扣 5 分； ② 操作违规扣 5～10 分,较严重违规扣 20～40 分(项目总分中扣除)； ③ 损坏设备、仪表扣 10～30 分(项目总分中扣除)； ④ 出现严重违纪或发生重大事故,该项目为不合格	10
备注			合计	100

附录一　职业技能鉴定维修电工中级操作技能考核模拟试卷

试　卷　一

试题1　设计继电—接触式电路图，并按图进行安装与调试

有1台设备长10m，由2台电动机拖动工作，其中主轴电动机采用△连接，油泵电动机采用三相微型电动机，根据工艺要求：

(1) 油泵电动机先启动，主轴电动机才能启动运转。

(2) 由于床身长且高，要求能三处启动、停止。

(3) 主轴电动机需降压启动。

(4) 主轴电动机停车后经10秒后，油泵电动机方能停止。

(5) 两台电动机具有短路保护、过载保护、失压和欠压保护。

试设计符合技术要求的继电—接触式电路图，并按图进行安装与调试。

考核要求：

(1) 按要求设计继电—接触式电气控制线路，并进行正确熟练地安装；元件在配线板上布置要合理，安装要准确紧固，配线要求美观、牢固、导线要进行线槽。正确使用工具和仪表。

(2) 按钮盒不固定在配线板上，电源和电动机配线、按钮接线要接到端子排上，进出线槽的导线要有端子标号，引出端要用别径压端子。

(3) 安全文明操作。

(4) 考核注意事项：满分40分，考试时间240分钟。

考场准备要求：

序号	名称	型号与规格	单位	数量	备注
1	三相电动机	Y112M-4、380V、△接法；或自定	只	2	
2	配线板	500mm×450mm×20mm	块	1	
3	组合开关	HZ10-25/3	只	1	
4	交流接触器	CJ10-10,线圈电压380V 或 CJ10-20,线圈电压380V	只	3	
5	热继电器	JR16-20/3D,整定电流8.8A	只	1	
6	时间继电器	JS7-4A,线圈电压380V	只	1	
7	熔断器及熔芯配套	RL1-60/20A	只	3	
8	熔断器及熔芯配套	RL1-15/4A	只	2	
9	三联按钮	LA10-3H 或 LA4-3H	个	1	
10	接线端子排	JX2-1015,00V、1A、15节	只	1	
11	木螺丝	3×20mm 3×15mm	只	25	

序号	名　　称	型号与规格	单位	数量	备注
12	平垫圈	4mm	只	25	
13	圆珠笔	自定	只	1	
14	塑料软铜线	BVR-2.5mm，颜色自定	m	20	
15	塑料软铜线	BVR-1.5mm，颜色自定	m	20	
16	塑料软铜线	BVR-0.75mm，颜色自定	m	5	
17	别径压端子	UT1-3，UT1-4，UT1-5	只	若干	
18	行线槽	TC3025，长 34cm，两边打 3.5mm 孔	m	5	
19	异型塑料管	ϕ3.5mm	m	0.2	
20	单相交流电源	～220V 和 36V，5A	处	1	
21	三相四线电源	3×380/220V，20A	处	1	
22	电工通用工具	验电笔、钢丝钳、旋具（一字形和十字形）、电工刀、尖嘴钳、活扳手、剥线钳等	套	1	
23	万用表	自定	只	1	
24	兆欧表	型号自定，或 500V，0～200MΩ	只	1	
25	钳形电流表	0～50A	只	1	
26	劳保用品	绝缘鞋、工作服等	套	1	

试题 2　检修 T68 镗床的电气线路故障

在 T68 镗床模拟线路板上，设隐蔽故障 3 处，其中主回路 1 处，控制回路 2 处。考生向考评员询问故障现象时，考评员可以将故障现象告诉考生，考生必须单独排除故障。

考核要求：

（1）从设故障开始，考评员不得进行提示。

（2）根据故障现象，在电气控制线路图上分析故障可能产生的原因，确定故障发生的范围。

（3）排除故障过程中如果扩大故障，在规定时间内可以继续排除故障。

（4）正确使用工具和仪表。

（5）考核注意事项：

① 满分 40 分，考试时间 45 分钟。

② 在考核过程中，要注意安全。

·否定项：故障检修得分未达 20 分，本次鉴定操作考核视为不通过。

考场准备要求：

序号	名　　称	型号与规格	单位	数量	备注
1	机床	T68 镗床模拟线路板	台	1	
2	机床配套电路图	T68 镗床配套电路图	套	1	
3	故障排除所用材料	与相应的机床配套	套	1	
4	单相交流电源	～220 V 和 36 V，5 A	处	1	
5	三相四线电源	～3×380/220 V、20 A	处	1	

序号	名　称	型号与规格	单位	数量	备注
6	电工通用工具	验电笔、钢丝钳、旋具(一字形和十字形)、电工刀、尖嘴钳、活扳手、剥线钳等	套	1	
7	万用表	自定	块	1	
8	兆欧表	型号自定,或500 V,0~200 MΩ	台	1	
9	钳形电流表	0~50 A	块	1	
10	黑胶布	自定	卷	1	
11	透明胶布	自定	卷	1	
12	圆珠笔	自定	支	1	
13	劳保用品	绝缘鞋、工作服等	套	1	

试题3　用双臂电桥测量并励直流电动机电枢绕组的电阻

考核要求:

(1) 用万用表估测电动机电枢绕组的电阻后,用双臂电桥测量出电枢绕组的实际电阻值。

(2) 考核注意事项:满分10分,考核时间20分钟。

·否定项:不能损坏仪器、仪表,损坏仪器、仪表扣10分。

考场准备要求:

序号	名　称	型号与规格	单位	数量	备注
1	万用表	500型或自定	块	1	
2	直流双臂电桥	QJ44型或自定	台	1	
3	直流并励电动机	Z2-52或自定	台	1	
4	绝缘电线	BVR-4 mm²	米	2	

试题4　在各项技能考核中,要遵守安全文明生产的有关规定

考核要求:

(1) 劳动保护用品穿戴整齐。

(2) 电工工具佩戴齐全。

(3) 遵守操作规程。

(4) 尊重考评员,讲文明礼貌。

(5) 考试结束要清理现场。

(6) 遵守考场纪律,不能出现重大事故。

(7) 考核注意事项:

① 本项目满分10分。

② 安全文明生产贯穿于整个技能鉴定的全过程。

③ 考生在不同的技能试题中,违犯安全文明生产考核要求同一项内容的,要累计扣分。

·否定项:出现严重违犯考场纪律或发生重大事故,本次技能考核视为不合格。

序号	名　称	型号与规格	单位	数量	备注
1	劳保用品	绝缘鞋、工作服等	套	1	
2	安全设施	配套自定	套	1	

试　卷　二

试题 1　按图安装和调试如下单相可控调压电路

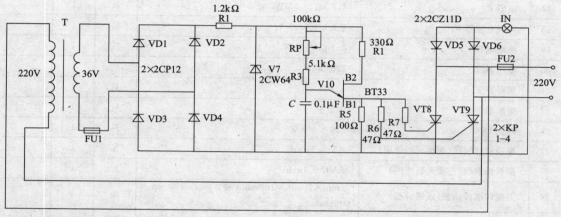

考核要求：

（1）装接前要先检查元器件的好坏，核对元件数量和规格，如在调试中发现元器件损坏，则按损坏元器件扣分。

（2）在规定时间内，按图纸的要求进行正确熟练地安装，正确连接仪器与仪表，能正确进行调试。

（3）正确使用工具和仪表，装接质量要可靠，装接技术要符合工艺要求。

（4）考核注意事项：

① 满分 40 分，考试时间 120 分钟。

② 安全文明操作。

考场准备要求：

序号	名　称	型号与规格	单位	数量	备注
1	二极管 VD1	2CP12	只	1	
2	二极管 VD2	2CP12	只	1	
3	二极管 VD3	2CP12	只	1	
4	二极管 VD4	2CP12	只	1	
5	二极管 VD5	2CZ11D	只	1	
6	二极管 VD6	2CZ11D	只	1	
7	稳压二极管 V7	2CW64,18～21 V	只	1	
8	晶闸管 VT8	KP1-4	只	1	
9	晶闸管 VT9	KP1-4	只	1	

151

序号	名　称	型号与规格	单位	数量	备注
10	单结晶体管 V10	BT33	只	1	
11	电阻 R1	1.2 kΩ、0.25 W	只	1	
12	电位器 RP	100 kΩ、1 W	只	1	
13	电阻 R3	5.1 kΩ(3.5 kΩ)、0.25 W	只	1	
14	电阻 R4	330 Ω、0.25 W	只	1	
15	电阻 R5	100 Ω、0.25 W	只	1	
16	电阻 R6	4.7 kΩ、0.25 W	只	1	
17	电阻 R7	4.7 kΩ、0.25 W	只	1	
18	可调电位器 RP	6.8 kΩ、0.25 W	只	1	
19	涤纶电容 C1	0.1 μF/160 V	只	1	
20	变压器 T	220/50 V	只	1	
21	熔断器 FU1	0.2 A	只	1	
22	熔断器 FU1	0.2 A	只	1	
23	灯泡 IN	220 V/60 W	只	1	
24	单股镀锌铜线(连接元器件用)	AV-0.1mm²	m		
25	多股细铜线(连接元器件用)	AVR-0.1mm²	m		
26	万能印刷线路板(或铆钉板)	2mm×70mm×100mm (或 2 mm×150 mm×200 mm)	块	1	
27	电烙铁、烙铁架、焊料与焊剂	自定	套	1	
28	直流稳压电源	0～36 V	只	1	
29	信号发生器	XD1	只	1	
30	示波器	SB-10 型或自定	台	1	
31	单相交流电源	～220 V 和 36 V、5 A	处	1	
32	电工通用工具	验电笔、钢丝钳、旋具(一字形和十字形)、电工刀、尖嘴钳、活扳手、剥线钳等	套	1	
33	万用表	自定	块	1	
34	劳保用品	绝缘鞋、工作服等	套	1	

试题 2　检修三速交流异步电动机自动变速控制电路

在其电路板上，设隐蔽故障 3 处，其中主回路 1 处，控制回路 2 处。考生向考评员询问故障现象时，考评员可以将故障现象告诉考生，考生必须单独排除故障。

考核要求：

(1) 从设故障开始，考评员不得进行提示。

(2) 根据故障现象，在电气控制线路图上分析故障可能产生的原因，确定故障发生的范围。

(3) 排除故障过程中如果扩大故障，在规定时间内可以继续排除故障。

(4) 正确使用工具和仪表。

(5) 考核注意事项：

① 满分 40 分，考试时间 45 分钟。

② 在考核过程中，要注意安全。

· 否定项：故障检修得分未达 20 分，本次鉴定操作考核视为不通过。

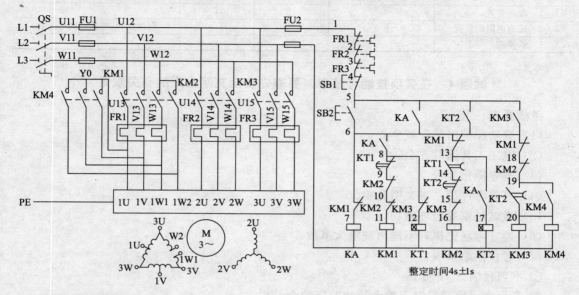

考场准备要求：

序号	名　称	型号与规格	单位	数量	备注
1	配线板	模拟三速交流异步电动机自动变控制电路配线板	块	1	
2	配线板配套电路图	三速交流异步电动机自动变速控制电路配套电路图	套	1	
3	故障排除所用材料	和相应的配线板配套	套	1	
4	三速交流异步电动机	自定	台	1	
5	三相四线电源	～3×380/220 V、20 A	处	1	
6	电工通用工具	验电笔、钢丝钳、旋具（一字形和十字形）、电工刀、尖嘴钳、活扳手、剥线钳等	套	1	
7	万用表	自定	块	1	
8	兆欧表	型号自定，或 500 V，0～200 MΩ	台	1	
9	钳形电流表	0～50 A	块	1	
10	黑胶布	自定	卷	1	
11	透明胶布	自定	卷	1	
12	圆珠笔	自定	支	1	
13	劳保用品	绝缘鞋、工作服等	套	1	

试题 3　用三端钮接地电阻测量仪测量接地装置的接地电阻

考核要求：

（1）用接地电阻测量仪测量接地装置的接地电阻，测量结果准确无误。

（2）考核注意事项：满分 10 分，考核时间 20 分钟。

·否定项：不能损坏仪器、仪表，损坏仪器、仪表扣 10 分。

考场准备要求：

序号	名称	型号与规格	单位	数量	备注
1	接地装置		处	1	
2	接地电阻测量仪	ZC-8	台	1	包括探针、连接导线等附件
3	铁榔头		把	1	

试题 4　在各项技能考核中，要遵守安全文明生产的有关规定

考核要求：

（1）劳动保护用品穿戴整齐。

（2）电工工具佩戴齐全。

（3）遵守操作规程。

（4）尊重考评员，讲文明礼貌。

（5）考试结束要清理现场。

（6）遵守考场纪律，不能出现重大事故。

（7）考核注意事项：

① 本项目满分 10 分。

② 安全文明生产贯穿于整个技能鉴定的全过程。

③ 考生在不同的技能试题中，违犯安全文明生产考核要求同一项内容的，要累计扣分。

·否定项：出现严重违犯考场纪律或发生重大事故，本次技能考核视为不合格。

考场准备要求：

序号	名称	型号与规格	单位	数量	备注
1	劳保用品	绝缘鞋、工作服等	套	1	
2	安全设施	配套自定	套	1	

试　卷　三

试题 1　安装和调试并励直流电动机电枢回路串电阻二级启动控制电路

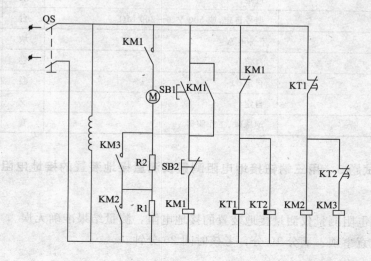

考核要求：

（1）按图纸的要求进行正确熟练的安装；元件在配线板上布置要合理，安装要正确、紧固，配线要求紧固、美观，导线要进行线槽。正确使用工具和仪表。

（2）按钮盒不固定在板上，电源和电动机配线、按钮接线要接到端子排上，进出线槽的导线要有端子标号，引出端要用别径压端子。

（3）安全文明操作。

（4）考核注意事项：

① 满分 40 分，考试时间 180 分钟。

② 考核过程中，考评员要进行监护，注意安全。

考场准备要求：

序号	名　　称	型号与规格	单位	数量	备　注
1	直流电源、直流并励电动机、启动电阻	配套自定	套	1	
2	配线板	500mm×600mm×20mm	块	1	
3	组合开关	HZ10-25/3	个	1	
4	直流接触器	与直流电动机配套,型号与规格自定	只	3	
5	时间继电器	型号与规格自定	只	2	
6	三联按钮	LA10-3H 或 LA4-3H	个	1	
7	接线端子排	JX2-1015,500 V、10 A,15 节或配套自定	条	1	
8	木螺丝	φ3×20 mm;φ3×15 mm	个	30	
9	平垫圈	φ4 mm	个	30	
10	圆珠笔	自定	支	1	
11	塑料软铜线	BVR-2.5 mm²,颜色自定	m	15	
12	塑料软铜线	BVR-1.5 mm²,颜色自定	m	15	
13	塑料软铜线	BVR-0.75 mm²,颜色自定	m	5	
14	别径压端子	UT2.5-4,UT1-4	个	10	
15	行线槽	TC3025,长 34 cm,两边打 φ3.5 mm孔	条	5	
16	异型塑料管	φ3 mm	m	0.2	
17	电工通用工具	验电笔、钢丝钳、旋具(一字形和十字形)、电工刀、尖嘴钳、活扳手、剥线钳等	套	1	
18	万用表	自定	块	1	
19	兆欧表	型号自定,或 500 V,0～200 MΩ	台	1	
20	单相交流电源	～220 V 和 36 V,5 A	处	1	
21	三相四线电源	～3×380/220 V,20 A	处	1	
22	劳保用品	绝缘鞋、工作服等	套	1	

试题 2　检修 Z35 摇臂钻床的电气线路故障

在 Z35 摇臂钻床电气线路上，设隐蔽故障 3 处，其中主回路 1 处，控制回路 2 处。考生向考评员询问故障现象时，考评员可以将故障现象告诉考生，考生必须单独排除故障。

考核要求：

（1）从设故障开始，考评员不得进行提示。

（2）根据故障现象，在电气控制线路图上分析故障可能产生的原因，确定故障发生的范围。

（3）排除故障过程中如果扩大故障，在规定时间内可以继续排除故障。

（4）正确使用工具和仪表。

（5）考核注意事项：

① 满分 40 分，考试时间 45 分钟。

② 在考核过程中，要注意安全。

· 否定项：故障检修得分未达 20 分，本次鉴定操作考核视为不通过。

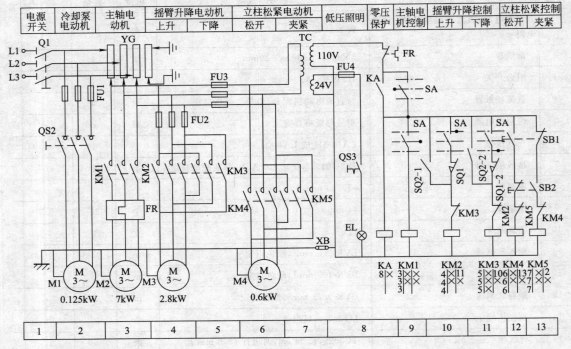

考场准备要求：

序号	名称	型号与规格	单位	数量	备注
1	机床	Z35 摇臂钻床	台	1	
2	机床配套电路图	Z35 摇臂钻床配套电路图	套	1	
3	故障排除所用材料	与相应的机床配套	套	1	
4	单相交流电源	～220 V 和 36 V，5 A	处	1	
5	三相四线电源	～3×380/220 V，20 A	处	1	
6	电工通用工具	验电笔、钢丝钳、旋具（一字形和十字形）、电工刀、尖嘴钳、活扳手、剥线钳等	套	1	
7	万用表	自定	个	1	
8	兆欧表	型号自定，500 V、0～200 MΩ	个	1	
9	钳形电流表	0～50 A	个	1	
10	黑胶布	自定	卷	1	
11	透明胶布	自定	卷	1	
12	圆珠笔	自定	支	1	
13	劳保用品	绝缘鞋、工作服等	套	1	

试题 3　用示波器观察信号发生器输出的波形

考核要求：

（1）将低频信号发生器的输出电压接入示波器，调节示波器，使其分别在两种频率（400Hz、1000Hz）时，荧光屏上都出现三个稳定的正弦波形，并使波形高度为 6cm，总宽度为 8cm。

（2）考核注意事项：满分 10 分，考核时间 30 分钟。

·否定项：不能损坏仪器、仪表，损坏仪器、仪表扣 10 分。

考场准备要求：

序号	名称	型号与规格	单位	数量	备注
1	单相交流电源	～220 V	处	2	
2	普通示波器	SB-10 型	台	1	其他型号的普通示波器也可
3	低频信号发生器	XD-1	台	1	其他型号低频信号发生器也可
4	绝缘电线	BVR-2.5 mm²	m	1	

试题 4　在各项技能考核中，要遵守安全文明生产的有关规定

考核要求：

（1）劳动保护用品穿戴整齐。

（2）电工工具佩戴齐全。

（3）遵守操作规程。

（4）尊重考评员，讲文明礼貌。

（5）考试结束要清理现场。

（6）遵守考场纪律，不能出现重大事故。

（7）考核注意事项：

① 本项目满分 10 分。

② 安全文明生产贯穿于整个技能鉴定的全过程。

③ 考生在不同的技能试题中，违犯安全文明生产考核要求同一项内容的，要累计扣分。

·否定项：出现严重违犯考场纪律或发生重大事故，本次技能考核视为不合格。

考场准备要求：

序号	名　称	型号与规格	单位	数量	备注
1	劳保用品	绝缘鞋、工作服等	套	1	
2	安全设施	配套自定	套	1	

试 卷 四

试题 1　按工艺规程，进行 55kw 以上防爆电动机的安装、接线和试验

考核要求：

（1）准备：

① 安装、接线及调试的工具准备齐全。

② 各种仪器准备齐全。

（2）安装：

① 电动机及所带的机械地脚螺丝紧固。

② 联轴器联接牢固且符合机械传动的有关要求。

③ 装好联轴器防护罩。

④ 电缆头金属保护层接地良好。

⑤ 电动机外壳接地良好。

（3）接线：接线正确、熟练。

（4）电气测试：

① 测量电动机绝缘电阻合格。

② 测量电动机的电流、振动、转速及温度等正常。

（5）试车：

① 空载试验方法正确。

② 根据试验结果判定电动机是否合格。

（6）考核注意事项：

① 满分40分，考试时间240分钟。

② 正确使用工具和仪表。

③ 遵守电动机安装、接线及调试的有关规程。

考场准备要求：

序号	名称	型号与规格	单位	数量	备注
1	55 kW以上防爆电动机	自定（或其他电机替代）	台	1	
2	安装、接线及调试的专用工具和仪表	配套自定	套	1	
3	助手	配初级工助手	人	1~2	
4	单相交流电源	～220 V和36 V、5 A	处	1	
5	三相四线电源	～3×380/220 V、20 A	处	1	
6	电工通用工具	验电笔、钢丝钳、旋具（一字形和十字形）、电工刀、尖嘴钳、活扳手、剥线钳等	套	1	
7	万用表	自定	块	1	
8	兆欧表	500 V、0~200 MΩ	台	1	
9	钳形电流表	自定	块	1	
10	黑胶布	自定	卷	1	
11	透明胶布	自定	卷	1	
12	圆珠笔	自定	支	1	
13	演草纸	A4或B5或自定	张	2	
14	劳保用品	绝缘鞋、工作服等	套	1	

试题2 检修较复杂集成块模拟电子线路板

在较复杂集成块模拟电子线路板上设隐蔽故障2处。由考生单独排除故障。考生向考评员询问故障现象时，考评员可以将故障现象告诉考生。

考核要求：

（1）正确使用电工工具、仪器和仪表。

（2）根据故障现象，在电子线路图上分析故障可能产生的原因，确定故障发生的范围。

（3）在考核过程中，带电进行检修时，注意人身和设备的安全。

（4）满分 40 分，考试时间 60 分钟。

·否定项：故障检修得分未达 20 分，本次鉴定操作考核视为不通过。

考场准备要求：

序号	名称	规格	单位	数量	备注
1	双踪示波器	SR8 型	台	1	
2	万用表	自定	块	1	
3	电工通用工具	验电笔、钢丝钳、旋具（包括十字口、一字口）、电工刀、尖嘴钳、活扳手等	套	1	
4	圆珠笔	自定	个	1	
5	演草纸	自定	张	2	
6	劳保用品	绝缘鞋、工作服等	套	1	
7	较复杂集成块模拟电子线路板	自定	台	1	
8	电路图	与较复杂集成块模拟电子线路板相配套电路图	套	1	
9	故障排除所用的设备及材料	与相应较复杂集成块模拟电子线路板配套	套	1	

试题 3　用三只单相有功功率表测量三相无功功率，要求按三表跨相法正确接线

考核要求：

（1）按三表跨相法正确接线即可。

（2）考核注意事项：

① 满分 10 分，考核时间 30 分钟。

② 考核过程中，要注意安全。

·否定项：不能损坏仪器、仪表，损坏仪器、仪表扣 10 分。

考场准备要求：

序号	名称	型号与规格	单位	数量	备注
1	单相有功功率	D26-W	只	3	
2	绝缘电线	BVR-2.5 mm²	m	10	
3	电工通用工具	尖嘴钳、旋具	套	1	
4	木配电板	500 mm×450 mm×20 mm	块	1	

试题 4　在各项技能考核中，要遵守安全文明生产的有关规定

考核要求：

（1）劳动保护用品穿戴整齐。

（2）电工工具佩带齐全。

（3）遵守操作规程。

（4）尊重考评员，讲文明礼貌。

（5）考试结束要清理现场。

（6）遵守考场纪律，不能出现重大事故。

（7）考核注意事项：

① 本项目满分 10 分。

② 安全文明生产贯穿于整个技能鉴定的全过程。

③ 考生在不同的技能试题中，违犯安全文明生产考核要求同一项内容的，要累计扣分。

·否定项：出现严重违犯考场纪律或发生重大事故，本次技能考核视为不合格。

考场准备要求：

序号	名　称	型号与规格	单位	数量	备注
1	劳保用品	绝缘鞋、工作服等	套	1	
2	安全设施	配套自定	套	1	

试 卷 五

试题 1　安装和调试三相异步电动机双重联锁正反转启动反接制动控制电路

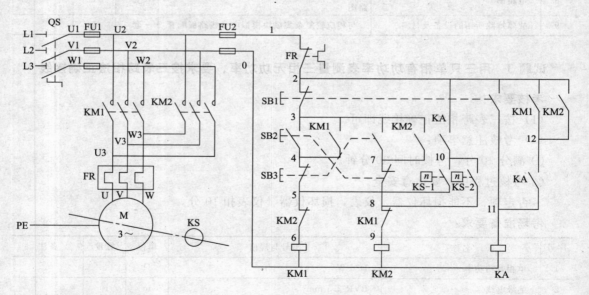

考核要求：

（1）按图纸的要求进行正确熟练的安装；元件在配线板上布置要合理，安装要正确、紧固，配线要求紧固、美观，导线要进行线槽。正确使用工具和仪表。

（2）按钮盒不固定在板上，电源和电动机配线、按钮接线要接到端子排上，进出线槽的导线要有端子标号，引出端要用别径压端子。

（3）安全文明操作。

（4）考核注意事项：

① 满分 40 分，考试时间 180 分钟。

② 考核过程中，考评员要进行监护，注意安全。

考场准备要求：

序号	名称	型号与规格	单位	数量	备注
1	三相四线电源	～3×380/220V、20A	处	1	
2	单相交流电源	～220V 和 36V、5 A	处	1	
3	三相电动机	Y112M-4、4kW、380V、△接法；或自定	台	1	
4	配线板	500mm×600mm×20mm	块	1	
5	组合开关	HZ10-25/3	个	1	
6	交流接触器	CJ10-10，线圈电压 380V 或 CJ10-20，线圈电压 380 V	只	3	
7	热继电器	JR16-20/3，整定电流 10～16 A	只	1	
8	速度继电器	JY1	只	1	
9	中间继电器	JZ7-44 A，线圈电压 380 V	只	4	
10	制动电阻	自定	只	3	
11	熔断器及熔芯配套	RL1-60/20	套	3	
12	熔断器及熔芯配套	RL1-15/4	套	2	
13	三联按钮	LA10-3H 或 LA4-3H	个	2	
14	接线端子排	JX2-1015，500V、10A、15 节或配套自定	条	1	
15	木螺丝	$\phi 3 \times 20$ mm；$\phi 3 \times 15$ mm	个	30	
16	平垫圈	$\phi 4$ mm	个	30	
17	圆珠笔	自定	支	1	
18	塑料硬铜线	BV-2.5 mm²，颜色自定	m	20	
19	塑料硬铜线	BV-1.5 mm²，颜色自定	m	20	
20	塑料软铜线	BVR-0.75 mm²，颜色自定	m	5	
21	别径压端子	UT2.5-4，UT1-4	个	20	
22	异型塑料管	$\phi 3$ mm	m	0.2	
23	电工通用工具	验电笔、钢丝钳、旋具(一字形和十字形)、电工刀、尖嘴钳、活扳手、剥线钳等	套	1	
24	万用表	自定	块	1	
25	兆欧表	型号自定，或 500V、0～200MΩ	台	1	
26	钳形电流表	0～50A	块	1	
27	劳保用品	绝缘鞋、工作服等	套	1	

试题 2　检修 XA6132 铣床的电气线路故障

在 XA6132 铣床模拟线路板上，设隐蔽故障 3 处，其中主回路 1 处，控制回路 2 处。考生向考评员询问故障现象时，考评员可以将故障现象告诉考生，考生必须单独排除故障。

考核要求：

（1）从设故障开始，考评员不得进行提示。

（2）根据故障现象，在电气控制线路图上分析故障可能产生的原因，确定故障发生的范围。

（3）排除故障过程中如果扩大故障，在规定时间内可以继续排除故障。

（4）正确使用工具和仪表。

（5）考核注意事项：

① 满分 40 分，考试时间 45 分钟。

② 在考核过程中，要注意安全。

· 否定项：故障检修得分未达 20 分，本次鉴定操作考核视为不通过。

考场准备要求：

序号	名称	型号与规格	单位	数量	备注
1	机床	XA6132 铣床模拟线路板	台	1	
2	机床配套电路图	XA6132 铣床配套电路图	套	1	
3	故障排除所用材料	与相应的机床配套	套	1	
4	单相交流电源	～220 V 和 36 V、5 A	处	1	
5	三相四线电源	～3×380/220 V、20 A	处	1	
6	电工通用工具	验电笔、钢丝钳、旋具（一字形和十字形）、电工刀、尖嘴钳、活扳手、剥线钳等	套	1	
7	万用表	自定	块	1	
8	兆欧表	型号自定，或 500V、0～200MΩ	台	1	
9	钳形电流表	0～50A	块	1	
10	黑胶布	自定	卷	1	
11	透明胶布	自定	卷	1	
12	圆珠笔	自定	支	1	
13	劳保用品	绝缘鞋、工作服等	套	1	

试题 3 用示波器观察信号发生器输出的波形

考核要求：

（1）将低频信号发生器的输出电压接入示波器，调节示波器，使其分别在两种频率（500Hz、2000Hz）时，荧光屏上都出现三个稳定的正弦波形，并使波形高度为 6cm，总宽度为 8cm。

（2）考核注意事项：满分 10 分，考核时间 30 分钟。

· 否定项：不能损坏仪器、仪表，损坏仪器、仪表扣 10 分。

考场准备要求：

序号	名称	型号与规格	单位	数量	备注
1	单相交流电源	～220 V	处	2	
2	普通示波器	SB-10 型	台	1	其他型号的普通示波器也可
3	低频信号发生器	XD-1	台	1	其他型号低频信号发生器也可
4	绝缘电线	BVR-2.5 mm²	m	1	

试题 4 在各项技能考核中，要遵守安全文明生产的有关规定

考核要求：

（1）劳动保护用品穿戴整齐。

（2）电工工具佩带齐全。

（3）遵守操作规程。

（4）尊重考评员，讲文明礼貌。

（5）考试结束要清理现场。

（6）遵守考场纪律，不能出现重大事故。

（7）考核注意事项：

① 本项目满分 10 分。

② 安全文明生产贯穿于整个技能鉴定的全过程。

③ 考生在不同的技能试题中，违犯安全文明生产考核要求同一项内容的，要累计扣分。

·否定项：出现严重违犯考场纪律或发生重大事故，本次技能考核视为不合格。

考场准备要求：

序号	名　称	型号与规格	单位	数量	备注
1	劳保用品	绝缘鞋、工作服等	套	1	
2	安全设施	配套自定	套	1	

试　卷　六

试题 1　按图安装和调试如下集成运放与晶体管组成的功率放大器电路

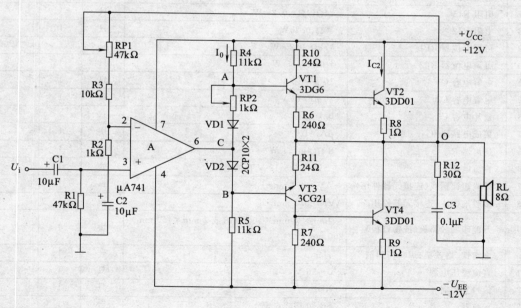

考核要求：

（1）装接前要先检查元器件的好坏，核对元件数量和规格，如在调试中发现元器件损坏，则按损坏元器件扣分。

（2）在规定时间内，按图纸的要求进行正确熟练地安装，正确连接仪器与仪表，能正确进行调试。

（3）正确使用工具和仪表，装接质量要可靠，装接技术要符合工艺要求。

（4）考核注意事项：

① 满分 40 分，考试时间 120 分钟。

② 安全文明操作。

考场准备要求：

序号	名称	型号与规格	单位	数量	备注
1	三极管 VT1	3DG6	只	1	
2	三极管 VT2	3DD01	只	1	
3	三极管 VT3	3CG21	只	1	
4	三极管 VT4	3DD01	只	1	
5	二极管 VD1	2CP10	只	1	
6	二极管 VD2	2CP10	只	1	
7	电阻 R1	47 kΩ、0.25 W	只	1	
8	电阻 R2	1kΩ、0.25 W	只	1	
9	电阻 R3	10kΩ、0.25 W	只	1	
10	电阻 R4	11kΩ、0.25 W	只	1	
11	电阻 R5	11kΩ、0.25 W	只	1	
12	电阻 R6	240Ω、0.25 W	只	1	
13	电阻 R7	240Ω、0.25 W	只	1	
14	电阻 R8	1Ω、0.25 W	只	1	
15	电阻 R9	1Ω、0.25 W	只	1	
16	电阻 R10	24Ω(4Ω)、0.25 W	只	1	
17	电阻 R11	24Ω(4Ω)、0.25 W	只	1	
18	电阻 R12	30Ω、0.25W	只	1	
19	可调电位器 RP1	47kΩ、0.25 W	只	1	
20	可调电位器 RP2	1 kΩ、0.25 W	只	1	
21	电解电容 C1	10 μF/16 V	只	1	
22	电解电容 C2	10 μF/16 V	只	1	
23	瓷片电容 C3	0.1 μF	只	1	
24	集成电路块 IC	μA741	块	1	
25	扬声器 RL	8 Ω(4in)、1 W	只	1	
26	直流电源	+12 V～-12 V 直流电源	处	1	
27	单股镀锌铜线（连接元器件用）	AV-0.1 mm²	m	1	
28	多股细铜线（连接元器件用）	AVR-0.1 mm²	m	1	
29	万能印刷线路板（或铆钉板）	2mm×70mm×100mm（或 2 mm×150 mm×200 mm）	块	1	
30	电烙铁、烙铁架、焊料与焊剂	自定	套	1	
31	直流稳压电源	0～36 V	只	1	
32	信号发生器	XD1	只	1	
33	示波器	SB-10 型或自定	台	1	
34	单相交流电源	～220 V 和 36 V、5 A	处	1	
35	电工通用工具	验电笔、钢丝钳、旋具（一字形和十字形）、电工刀、尖嘴钳、活扳手、剥线钳等	套	1	
36	万用表	自定	块	1	
37	劳保用品	绝缘鞋、工作服等	套	1	

试题 2 检修断电延时带直流能耗制动的 丫-△ 启动的控制电路的故障

在断电延时带直流能耗制动的 丫-△ 启动的控制电路模拟线路板上，设隐蔽故障 3 处，其中主回路 1 处，控制回路 2 处。考生向考评员询问故障现象时，考评员可以将故障现象告诉考生，考生必须单独排除故障。

考核要求：

（1）从设故障开始，考评员不得进行提示。

（2）根据故障现象，在电气控制线路图上分析故障可能产生的原因，确定故障发生的范围。

（3）排除故障过程中如果扩大故障，在规定时间内可以继续排除故障。

（4）正确使用工具和仪表。

（5）考核注意事项：

① 满分 40 分，考试时间 45 分钟。

② 在考核过程中，要注意安全。

• 否定项：故障检修得分未达 20 分，本次鉴定操作考核视为不通过。

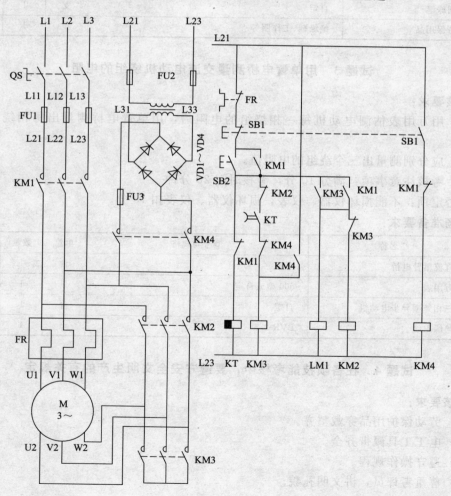

考场准备要求：

序号	名称	型号与规格	单位	数量	备注
1	配线板	模拟断电延时带直流能耗制动的丫-△启动的控制电路配线板	块	1	
2	电路图	断电延时带直流能耗制动的丫-△启动的控制电路配套电路图	套	1	
3	故障排除所用材料	和相应的配线板配套	套	1	
4	异步电动机	Y112M-4,4 kW、380 V、△接法;或自定	台	1	
5	三相四线电源	~3×380/220 V,20 A	处	1	
6	电工通用工具	验电笔、钢丝钳、旋具(一字形和十字形)、电工刀、尖嘴钳、活扳手、剥线钳等	套	1	
7	万用表	自定	块	1	
8	兆欧表	型号自定,或 500 V,0～200 MΩ	台	1	
9	钳形电流表	0～50 A	块	1	
10	黑胶布	自定	卷	1	
11	透明胶布	自定	卷	1	
12	圆珠笔	自定	支	1	
13	劳保用品	绝缘鞋、工作服等	套	1	

试题 3　用单臂电桥测量交流电动机绕组的电阻

考核要求：

（1）用万用表估测电动机每一相绕组的电阻后，用单臂电桥测量出每相绕组电阻的数值。

（2）应分别测量出三个绕组的电阻值。

（3）考核注意事项：满分 10 分，考核时间 20 分钟。

·否定项：不能损坏仪器、仪表，损坏仪器、仪表扣 10 分。

考场准备要求：

序号	名称	型号与规格	单位	数量	备注
1	直流单臂电桥	自定	台	1	
2	万用表	500 型或自定	只	1	
3	三相笼型异步电动机	自定	台	1	
4	绝缘电线	BVR-2.5	m	1	

试题 4　在各项技能考核中，要遵守安全文明生产的有关规定

考核要求：

（1）劳动保护用品穿戴整齐。

（2）电工工具佩带齐全。

（3）遵守操作规程。

（4）尊重考评员，讲文明礼貌。

（5）考试结束要清理现场。

（6）遵守考场纪律，不能出现重大事故。

（7）考核注意事项：

① 本项目满分 10 分。

② 安全文明生产贯穿于整个技能鉴定的全过程。

③ 考生在不同的技能试题中，违犯安全文明生产考核要求同一项内容的，要累计扣分。

·否定项：出现严重违犯考场纪律或发生重大事故，本次技能考核视为不合格。

考场准备要求：

序号	名　　称	型号与规格	单位	数量	备注
1	劳保用品	绝缘鞋、工作服等	套	1	
2	安全设施	配套自定	套	1	

附录二 中级维修电工操作技能鉴定要素与考核要求(部分)

鉴定范围		鉴定点	
名称	鉴定比重	名称	考核要求
设计、安装与调试	40	用软线进行较复杂继电-接触式基本控制线路的安装与调试	按图纸要求,正确使用工具和仪表,熟练安装电器元件;元件布置合理,安装准确、紧固;接线美观、紧固、无毛刺,导线进行线槽;电源和电动机配线、按钮接线接到端子排上,进出线槽的导线有端子标号,引出端用别径压端子;在保证人身和设备安全的前提下,通电试验一次成功。时间限定在180~240分钟
		用硬线进行较复杂继电-接触式基本控制线路的安装与调试	按图纸要求,正确使用工具和仪表,熟练安装电器元件;元件布置合理,安装准确、紧固;布线横平竖直、接线紧固美观,电源和电动机配线、按钮接线接到端子排上,注明引出端子标号;导线不乱线敷设;在保证人身和设备安全的前提下,通电试验一次成功。时间限定在240分钟
		用软线进行较复杂机床部分主要控制线路的安装并进行调试	按图纸要求,正确使用工具和仪表,熟练安装电器元件;元件布置合理,安装准确、紧固;接线美观、紧固、无毛刺,导线进行线槽;电源和电动机配线、按钮接线接到端子排上,进出线槽的导线有端子标号,引出端用别径压端子;在保证人身和设备安全的前提下,通电试验一次成功。时间限定在180~240分钟
		较复杂继电-接触式控制线路的设计、安装与调试	根据提出的电气控制要求,正确绘出电路图;按所设计电路图,提出主要材料单;按图纸要求,正确使用工具和仪表,熟练安装电器元件;元件布置合理,安装准确、紧固;接线美观、紧固、无毛刺,导线进行线槽;电源和电动机配线、按钮接线接到端子排上,进出线槽的导线有端子标号,引出端用别径压端子;在保证人身和设备安全的前提下,通电试验一次成功。时间限定在180~240分钟
		较复杂分立元件模拟电子线路的安装与调试	正确使用工具和仪表,装接质量可靠,装接技术符合工艺要求;在规定时间内,使用仪器仪表调试后进行通电试验。时间限定在100分钟
		较复杂带集成块模拟电子线路的安装与调试	正确使用工具和仪表,装接质量可靠,装接技术符合工艺要求;在规定时间内,使用仪器仪表调试后进行通电试验。时间限定在120分钟
		带晶闸管的电子线路的安装与调试	正确使用工具和仪表,装接质量可靠,装接技术符合工艺要求;在规定时间内,使用仪器仪表调试后进行通电试验。时间限定在120分钟
		按工艺规程,进行55kW以上交流异步电动机的拆装、接线和一般调试	将所需工具、仪表及材料准备好;正确拆除电动机电源电缆头及电动机外壳保护地线,电缆头要有保安措施,正确拉下联轴器,拆卸方法和步骤正确,不碰伤绕组,不损坏零部件,标记清楚;装配方法和步骤正确,不碰伤绕组,不损坏零部件,轴承清洗干净,加润滑油适量,螺钉紧固,装配后转动灵活;接线正确、熟练,电动机外壳接地良好;测量电动机绝缘电阻合格,测量电动机的电流、振动、转速和温度等;空载试验方法正确,并根据试验结果判断电动机是否合格。时间限定在240分钟
		按工艺规程,进行55kW以上异步电动机的安装、接线及试验	设备无灰尘、无污垢,安装、接线、调试的工具及仪器准备齐全;安装方法和步骤正确,螺钉紧固,装配后转动灵活,符合机械传动有关要求;接线正确、熟练,电缆头及电动机外壳接地良好;测量电动机绝缘电阻合格,空载试验方法正确,根据试验结果判断电动机是否合格。时间限定在180~240分钟

鉴定范围		鉴定点	
故障检修	40	检修较复杂机床的模拟电气控制线路	对每个故障现象进行调查研究;在电气控制线路上分析故障可能的原因,思路正确;正确使用工具和仪表,找出故障点并排除故障。时间限定在60分钟。否定项:故障检修得分少于20分,本次技能考核视为不合格
		检修较复杂继电-接触式基本控制线路	对每个故障现象进行调查研究;在电气控制线路上分析故障可能的原因,思路正确;正确使用工具和仪表,找出故障点并排除故障。时间限定在60分钟。否定项:故障检修得分少于20分,本次技能考核视为不合格
		检修较复杂电子线路	对每个故障现象进行调查研究;在线路上分析故障可能的原因,思路正确;正确使用工具和仪器仪表,找出故障点并排除故障。时间限定在60分钟。否定项:故障检修得分少于20分,本次技能考核视为不合格
		检修55kW以上异步电动机	对故障进行调查,弄清出现故障时的现象;查阅有关记录;检查电动机的外部有无异常,必要时进行解体检查;根据故障现象分析故障原因,判明故障部位,采取有针对性的处理方法进行故障部位的修复,思路正确;正确使用工具和仪表,找出故障点并排除故障,遵守电动机修理的有关工艺要求;故障排除后,电气测试合格,试车时会测量电动机的电流、振动、转速与温度等,对电动机进行观察和测试后,判断电动机是否合格。时间限定在180~240分钟。否定项:故障检修得分少于20分,本次技能考核视为不合格
仪器仪表使用与维护	10	功率表的选择、使用与维护	测量准备工作准确到位,能对功率表进行简单的维护保养,不损坏仪表;正确选择、使用功率表;使用功率表测量有功功率和无功功率,测量步骤正确,测量结果准确无误。时间限定在30分钟。否定项:损坏功率表,扣10分
		直流单臂电桥的使用及维护	测量准备工作准确到位,能对直流单臂电桥进行简单的维护保养,不损坏仪表;正确选择、使用直流单臂电桥;使用直流单臂电桥测量电阻,测量步骤正确,测量结果准确无误。时间限定在15分钟。否定项:损坏直流单臂电桥,扣10分
		直流双臂电桥的使用及维护	测量准备工作准确到位,能对直流双臂电桥进行简单的维护保养,不损坏仪表;正确选择、使用直流双臂电桥;使用直流双臂电桥测量电阻,测量步骤正确,测量结果准确无误。时间限定在20分钟。否定项:损坏直流双臂电桥,扣10分
		接地电阻测量仪的使用及维护	测量准备工作准确到位,能对接地电阻测量仪进行简单的维护保养,不损坏仪表;正确选择、使用接地电阻测量仪;使用接地电阻测量仪测量接地电阻,测量步骤正确,测量结果准确无误。时间限定在20分钟。否定项:损坏接地电阻测量仪,扣10分
		普通示波器的使用及维护	测量准备工作准确到位,能对示波器进行简单的维护保养,不损坏仪器、仪表;正确选择、使用示波器;使用示波器观察信号波形,使波形稳定清晰,符合要求;测量步骤正确,测量结果准确无误。时间限定在10~30分钟。否定项:损坏示波器,扣10分
安全文明生产	10	严格遵守各种安全规程	劳动保护用品穿戴整齐,电工工具佩带齐全;遵守操作规程,尊重考评员,讲文明礼貌;考试结束后清理现场。否定项:出现严重违纪或发生重大事故,本次技能考核视为不合格

附录三　电工电子实训安全制度

1. 学生参加电工电子实训必须接受安全教育，严格遵守安全纪律与制度。

2. 学生在实训场所，禁止穿拖（凉）鞋、穿背心，必须穿工作服、绝缘鞋，穿戴应整洁、符合规定要求。

3. 不准在实训场所打闹和喧哗，保持实训环境安静有序、秩序良好。

4. 操作前必须认真检查工具及设备、仪器仪表是否完好，并确保绝缘良好可靠。

5. 安装、维修操作中，应严格遵守安全操作技术规程和有关规定，对于邻近有带电部分的操作，须保证安全距离。

6. 任何电器、设备未经验明无电时一律视为有电，不准用手触及。不可用湿手接触带电的电器和设备。

7. 实训场所一切设备、仪器仪表，未经指导老师许可，不得擅自搬动和动手操作。电器搬移，须先切断电源。

8. 设备、仪器仪表使用前要进行安全性能检查，在未充分了解设备、仪器仪表性能和操作方法之前，不得擅自操作。

9. 一个插座盒上不应连接过多的用电器，用电设备较多时应适当分散连接，保证用电安全、可靠。

10. 实训中，务必听从主讲与指导老师的安排、指导和管理，并严格遵守该项目安全操作技术规程。

11. 完成线路装接需要通电调试时，必须经过指导老师检查，并在教师指导和监护下通电试验。凡强电项目实训，严禁带电操作，试车时禁止用手探摸高速运转的装置和部件。

12. 正确使用和摆放工具、仪器仪表、设备、器材，以免造成损害和伤及人身。

13. 学生在操作中如发现设备、仪器仪表故障或异常情况时，应立即停止操作，并及时报告指导老师以便检查和处理。发生险情应立即切断电源，采取相应的安全保护措施，做到妥善处理。

14. 两人以上同时使用一台设备时，应密切配合，相互照顾，防止发生事故。

15. 发生安全事故后，应立即采取相应措施，并保护好现场，报告有关部门和领导，进行事故分析、处理，总结经验教训，防止事故再次发生。

16. 实训中，严禁将工具、器材及实训作品等带离实训场所。

17. 凡违反上述条例，按违反实训纪律严肃处理。

参 考 文 献

［1］ 劳动和社会保障部培训就业司/职业技能鉴定中心编. 维修电工（中、高级）操作技能考试手册. 东营：石油大学出版社，2001.

［2］ 赵明编. 工厂电气控制设备. 第2版. 北京：机械工业出版社，2001.

［3］ 技工学校机械类通用教材编审委员会编. 电工工艺学. 第3版. 北京：机械工业出版社，1999.

［4］ 孙惠康编. 电子工艺实训教程. 北京：机械工业出版社，2001.

［5］ 劳动和社会保障部教材办公室编. 国家职业技能鉴定操作技能强化训练维修电工（中、高级）. 北京：中国劳动社会保障出版社，2004.

［6］ 朱承编. 电子线路实训教程. 北京：机械工业出版社，2005.

［7］ 殷建国编. 工厂电气控制技术. 北京：经济管理出版社，2006.